Miu Degen

Wollüstige Spiele im Fitness-Studio

Erotischer Roman

Blue Panther Books

BLUE PANTHER BOOKS TASCHENBUCH
BAND 2870
1. AUFLAGE: SEPTEMBER 2024

VOLLSTÄNDIGE TASCHENBUCHAUSGABE
ORIGINALAUSGABE

LEKTORAT: CLAUDIA REES

COVER:
© CHAGIN @ 123RF.COM
© YOKEZ @ 123RF.COM
UMSCHLAGGESTALTUNG: MT DESIGN
GESETZT IN DER TRAJAN PRO UND ADOBE GARAMOND PRO

PRINTED IN POLAND
ISBN 978-3-7561-7050-0
WWW.BLUE-PANTHER-BOOKS.DE

Eng umschlungen liegen sie im Bett. Ihre Köpfe berühren sich. Tinas Hand liegt auf Werners Hüfte, während seine ihre Taille streichelt. Langsam wandert sie zu ihrem Hintern. Seine Finger streichen über den Stoff ihres Pyjamas und sanft drückt er ihre weichen, schön geformten Rundungen.

Sie kennt dieses eindeutige Zeichen und innerlich stöhnt sie genervt auf. Aber sie lässt es zu, wie die Finger langsam tiefer gleiten, bis die Hand komplett ihre Pobacke bedeckt und sanft daran zieht.

Es fühlt sich angenehm an, wie er ihren Hintern knetet und massiert. Sie folgt seinem Zug und drückt sich enger an ihn heran. Ihr Schenkel berührt sein Glied, das hart und bereit auf die Möglichkeit wartet, in sie einzudringen.

Seine Lippen suchen ihre, finden sie und der Kuss ist liebevoll.

Seine Hände gleiten nun schneller über ihren Körper. Der Kuss wird heftiger und er drückt sich fester gegen ihren Leib.

Schon schieben sich seine Finger in den Bund ihrer Pyjamahose und ziehen sie langsam abwärts. Sie unterstützt ihn, indem sie ihre Hüfte und die Beine anhebt, bis die Hose ausgezogen ist.

Die Hände streicheln über ihre Haut. Auch das fühlt sich sehr angenehm an und sie genießt es, während sie nun ihrerseits Werner unter dem Oberteil seines Schlafanzugs streichelt. Sie spürt den behaarten Rücken und gleitet sanft über seine Haut.

Noch immer küssen sie sich. Jetzt gleitet seine Zunge in ihren Mund, findet ihre und umspielt sie. Gleichzeitig bewegen sich seine Finger auf der Innenseite des Schenkels auf und ab und lösen Glücksgefühle in ihr sowie eine leichte Erregung aus.

Leise Geräusche ertönen. Schmatzen, Seufzen, schweres Atmen und das Rascheln der Bettdecken ist zu vernehmen.

Vorsichtig gleiten seine Fingerkuppen über den Stoff ihres Slips und lösen in ihr ein sanftes Kitzeln aus. Es ist anregend und schön. Während sie küsst, huscht ein leichtes Lächeln über ihre Lippen.

Die Temperatur in ihrem Unterleib erhöht sich etwas und ein sanftes Ziehen und Kribbeln setzt ein. Sie wird feucht und die kreisenden Bewegungen der Finger werden großzügiger und weitflächiger.

Fast behäbig lösen sich seine Lippen von ihren und er richtet sich etwas auf. Seine Finger ergreifen den Bund des Slips und vorsichtig zieht er auch diesen herunter.

Tina hebt ihren Hintern und zieht die Knie an, damit er die Unterhose komplett entfernen kann. Sorgfältig legt er sie neben ihre Bettdecke, um sich anschließend halb auf sie drauf zu legen.

Sein rechtes Bein schiebt sich zwischen ihre Schenkel. Sein steifes Glied presst gegen ihren Oberschenkel und sein halber Oberkörper liegt auf ihrem.

Erneut suchen seine Lippen ihre, finden sie und er küsst seine Frau erneut. Zärtlich und liebevoll liegt sein Mund auf ihrem und die Zungen spielen miteinander.

Das Schmatzen wird lauter und er schiebt seine rechte Hand unter ihren Pyjama, bis sie ihre linke Brust erreicht. Sanft massiert er sie und spielt mit den Fingern an der Warze, bis diese hart aufgestellt ist.

Das Ziehen in Tinas Unterleib verstärkt sich. Es fühlt sich gut an und die Erregung steigert sich langsam.

Noch immer die Verbindung der Lippen haltend, hebt Werner seinen Körper an und gleitet zwischen ihre Beine. Tina öffnet ihre Schenkel und lässt ihn gewähren.

Sie weiß, was als Nächstes kommt, und legt ihre Hände auf seine Hüften, die nun suchend kreisen.

Die Spitze stößt etwas unkontrolliert gegen ihre Schenkel, die Leisten und das Schambein, bis sie endlich die Schamlippen spaltet und wie in Zeitlupe in sie eindringt.

Werner öffnet seinen Mund und lässt ein leises Seufzen vernehmen, während er tief in sie hineingleitet.

Das Gefühl, immer stärker ausgefüllt zu werden, raubt Tina fast den Atem. Sie genießt es. Dabei wird ihr wärmer und das Kribbeln und Ziehen verstärken sich in ihrem Unterleib.

Mit langsamen, gefühlvollen Bewegungen gleitet sein Ständer in ihr vor und zurück. Sie spürt den Atem ihres Mannes auf dem Gesicht und sein Gewicht auf ihrem Körper.

Mühsam beherrscht sich Tina, ihm ihr Becken nicht entgegenzuschieben. Ihr ist danach, aber sie weiß, was dann sehr schnell passiert. Auf der anderen Seite musste sie sich schon den Kommentar anhören, sie liege wie ein toter Fisch da, während sie sich bumsen lässt.

Also legt sie ihre Hände auf seine Hüften und drückt ihn aktiv nach unten. Dabei atmet sie lauter, was wie ein leises Stöhnen klingt.

Es fühlt sich sehr angenehm an und ihre Lust und Temperatur steigen weiter an. Sie genießt mit leisen Tönen seine Bewegungen, die sich etwas beschleunigen.

Gern würde sie ihm sagen, er solle schneller machen oder tiefer in sie eindringen, aber da sagte er mal, dass er in der Firma schon genug Kommandos zu hören bekommt.

Also schweigt sie und lässt sich weiter bumsen.

Die Hitze in ihr steigert sich und nun kann sie es nicht mehr verhindern. Automatisch stößt ihr Becken nach oben. Zuerst fast unmerklich, aber schon beim dritten Mal rammt sie es hart gegen seinen Schoß.

Die Reaktion erfolgt sogleich. Werner stöhnt lauter und sein gesamter Körper verspannt sich. Laut zieht er die Luft zwischen den Zähnen ein und im nächsten Augenblick geht ein Ruck durch seinen Unterleib. Der Schwanz in ihr zuckt und spritzt ab.

Ihre Arme halten seinen Körper umschlungen und sie presst ihn fest an sich. Sein Mund liegt genau an ihrem linken Ohr und sie kann ihn schwer atmen hören.

»Es tut mir leid«, hört sie seine Stimme, wie so oft in den vergangenen Monaten. Immer, wenn er schnell kommt, bevor sie überhaupt die Chance hat, in die Nähe eines Orgasmus zu gelangen, ist er fertig und entschuldigt sich.

Und wie jedes Mal lautet ihre Antwort gleich: »Ist schon gut.«

»Soll ich es dir mit der Hand machen?«, fragt er vorsichtig und hebt den Körper an, um das Gewicht von ihr zu nehmen.

»Nein, nicht nötig«, antwortet sie routiniert, wie immer in dieser Situation.

Das mache ich lieber selbst, ergänzt sie in ihren Gedanken. Allein die Frage findet Tina unmöglich. Entweder macht er es ihr oder lässt es sein. Aber sie zu fragen ist das Allerletzte.

Allerdings traut sie sich nicht ihm das zu sagen, denn in der Vergangenheit endeten ähnliche Diskussionen so, dass er eingeschnappt war.

Langsam erhebt sich Werner, küsst seine Frau noch kurz auf den Mund und legt sich neben sie ins Bett.

Was nun kommt, ist ebenfalls Routine, die jedoch aus zwei Varianten besteht.

Entweder beide schlafen ein und irgendwann nachts oder morgens, wenn Tina mal aufwacht, sucht sie sich ihre Klamotten zusammen und zieht sich wieder an oder sie ist noch wach, während ihr Mann selig neben ihr schnurrend schläft. Dann steht sie auf, schnappt sich ihre Kleidung und geht ins Badezimmer.

Heute ist mal wieder der zweite Fall eingetreten. Kaum hört sie Werner gleichmäßig und tief atmen, steht sie auf und verlässt auf Zehenspitzen das Schlafzimmer.

Die Tür zum Badezimmer verschließt sie hinter sich und kurz darauf sitzt sie auf der Toilette und hört dem leisen Plätschern zu, während das Sperma aus ihr heraustropft.

Ihre Gedanken kreisen um die Vergangenheit. Bevor sie Kinder hatten, war der Sex abwechslungsreich und aufregend. Mal haben sie in der Küche oder auf der Couch gevögelt. Auch im Badezimmer, vor dem Waschbecken oder in der Badewanne hatten sie Sex.

Sie machten es sich auch einfach mal nur im Auto mit den Händen, das war irgendwie alles aufregend und abwechslungsreich.

Mit einem Lächeln im Gesicht erinnert sich Tina daran, wie es sich anfühlte, als sie seinen Ständer in der Hand hielt und die Vorhaut auf und ab bewegte. Sie spürte sein Beben und die Erregung. Die Krönung war dann immer der Moment, in dem er abspritzte.

Sie musste immer vor Freude lachen und genoss es. Dieser Druck, der von seinem Glied auf ihre Hand übertragen wurde, erregte sie immer.

Bei diesem Gedanken verspürt sie sogleich wieder dieses Ziehen und ihre rechte Hand wandert langsam von ihrem Oberschenkel die Haut herab, bis ihre Finger den Schritt erreichen. Sanft gleiten sie außen und innen an ihren Schamlippen entlang.

Früher hat er sie auch gestreichelt. Ihre Muschi gerieben, bis sie kam. Bis zu dem Tag, als sie beide etwas angeheitert von einer Party kamen und er sehr ungestüm ihre Scham bearbeitete. Es war schnell und wild, aber leider auch schmerzhaft. Sie sagte es ihm und er entschuldigte sich sogleich. Seither hat er aber größten Respekt vor der Berührung ihrer Vagina.

Natürlich war es angenehm, wenn er sie ganz sanft und vorsichtig streichelte. Allerdings war es zu vorsichtig. Nein, es war lahm. Sie wurde zwar feucht und es erregte sie, aber so richtig in Fahrt kam sie nicht.

Als sie ihm das eines Tages sagte, war er kurz richtig sauer. Er fragte, ob sie denn wisse, was sie wolle. Nicht fest, nicht leicht. Was denn nun?

Tja, es endete in einer sinnlosen Diskussion, dabei ist es doch so einfach.

Tina schüttelt voller Unverständnis den Kopf, während sie sich denkt, dass er nur ganz sanft über den Kitzler kreisen müsste, so wie sie es jetzt macht.

Und hin und wieder die Schamlippen beglücken, so wie jetzt, während ihre Finger bis zum Damm herabgleiten, um auf der Innenseite der Muschi bis zum Schambein hochzufahren.

Kaum die Klitoris erreicht, kreisen ihre Finger zunächst langsam und gefühlvoll darüber und steigern nach kurzer Zeit die Geschwindigkeit.

Ja, so müsste er es machen. Die Hitze in ihrem Unterleib steigt an. Das Ziehen und Kribbeln verdrängen ihren Verstand und lassen in ihrem Kopf die Glücksgefühle überhandnehmen.

Alles in ihrem Unterleib scheint zu brodeln. Sie ist feucht, nein, sie ist nun richtig nass. Ein leises Schmatzen erfüllt das Badezimmer und sie atmet lang und tief durch.

Warum kann das Werner nicht auch so machen?, fragt sie sich und reibt noch schneller.

Sie erinnert sich daran, wie sie früher oft, vor und direkt nach der Eheschließung, Sex hatten. Bestimmt zwei bis drei Mal die Woche. Nach der Geburt ihrer ersten Tochter nahm die Häufigkeit ab und nach der zweiten Niederkunft noch mehr.

Dabei war es immer so schön wie jetzt, während ihre Finger intensiver streicheln.

Plötzlich muss sie an Adam denken, an diesen jungen Typ, der im Fitnessstudio immer wieder aushilft, um als armer Student etwas Geld zu verdienen.

Gleichzeitig nutzt er die Möglichkeit, sich selbst fit zu halten. *Und wie er das macht.*

Der athletische Körper und sein knackiger Arsch erscheinen in Tinas Kopf und sie reibt schneller. *Ja, das ist ein echter Leckerbissen*, denkt sie sich und lächelt. Die Hitze und Feuchtigkeit in ihrer Muschi nehmen zu. Sanft gleiten ihre Finger über den dünnen Film, der sich gebildet hat.

Sie ist sich sicher, dass sie ihn locker verführen könnte. Oder nicht?

Die Finger reiben hastig und heizen sie weiter auf. Das Ziehen und Kribbeln in ihrem Unterleib sind betörend und anregend zugleich.

Früher hatte sie ein schlechtes Gewissen, wenn sie beim Masturbieren an andere Männer gedacht hat. Aber nachdem sie in einem Artikel lesen konnte, dass es normal sei und vor allem das männliche Geschlecht es sehr oft tue, war es mit dem schlechten Gewissen vorbei.

Jetzt genießt sie die Vorstellung, von dem jungen Mann berührt zu werden. Oder wenn sie ihre Hand auf seine Schenkel oder den Hintern legt. Ihre Finger rasen förmlich über ihre feuchte Muschi und dringen dabei immer ein paar Zentimeter ein. Sie denkt an das charmante Lächeln von Adam und seinen knackigen Körper. *Wie sich wohl sein Ständer anfühlt?*

Ein Lächeln huscht über ihr Gesicht. Die Gedanken drehen sich um die Berührung mit der Hand, ihrem Hintern oder sogar dem Schoß. Sie stellt sich vor, sie sitzt breitbeinig auf der Hantelbank und Adam stellt sich zwischen die Schenkel und hilft ihr bei den Gewichten. Er beugt sich vor und reibt an den Innenseiten ihrer Oberschenkel.

Die Hitze nimmt schlagartig zu und sie reibt intensiver.

Tief zieht sie die Luft in die Lungen, und schon bäumt sich ihr Körper auf. Schlagartig wird die Hitze zu einer Feuersbrunst, die durch ihren Leib fährt, und sie zuckt, verkrampft sich und hält den Atem an. Noch ein kurzer Ruck. Die Hand hält ihre Muschi fest, drückt dagegen und fixiert sie, bis der Höhepunkt abklingt. Tief und zufrieden atmet sie durch.

Wenige Sekunden später ist sie wieder im Schlafzimmer und legt sich neben ihren Ehemann, der tief und gleichmäßig atmet.

***

Heute ist wieder Trainingstag. Die Kinder sind bettfertig, der Ehemann sitzt vor dem Fernseher und Tina betritt soeben das Studio.

Ein älterer Mann hinter dem Tresen hebt die Hand zum Gruß.

»Hi Tina, schön dich zu sehen«, ruft er und lächelt freundlich.

»Hallo Günter. Auch schön, dich zu sehen«, sagt sie lachend und begibt sich zu den Umkleidekabinen.

Einige Minuten später steht sie im Studio und beginnt ihr Aufwärmtraining auf dem Laufband. Schnell wird ihr warm und erste Schweißtropfen perlen über ihre Haut herab. Dennoch hält sie die dreißig Minuten durch.

Anschließend geht es zum Rudergerät. Sie hat gerade ein paar Züge gemacht, da hört sie schon die vertraute Stimme hinter sich.

»Du sollst den Rücken gerade halten. Nicht wie eine bucklige Dienerin«, ergänzt er lachend und Tina dreht den Kopf, um dem charmanten Adam ins Gesicht zu blicken.

»Ach ja? Vielleicht liegt das auch daran, dass ich als halbe

Hausfrau die Dienerin meiner Familie bin. Und nur, weil das männliche Weltbild das so vorsieht«, gibt sie ketzerisch zurück, grinst jedoch dabei. Sie liebt diesen verbalen Schlagabtausch mit Adam. Und der steigt sofort darauf ein.

»Ich weiß, dass manche Männer auf unterwürfige Diener und diese Spielchen stehen, aber ich kann mir nicht vorstellen, dass du dabei mitmachst.«

Er sagt es ruhig und sachlich. Schüttelt dabei anfangs den Kopf, als würde er diese Macho-Männer verachten, und lacht am Ende gewinnend.

Auch das mag Tina an dem jungen Mann. Irgendwie ist er leicht frivol, aber weit von einer Grenze entfernt, hinter der es vulgär wird. Daher lacht sie mit und schüttelt nur den Kopf.

»Nein, mache ich auch nicht. Meinem Mann würde ich etwas erzählen, wenn er mit Fesselspielen um die Ecke kommen würde. Oder anderen erniedrigenden Wünschen.«

»Aber du wünschst dir so was schon, oder nicht?«

Seine Augenbrauen wippen heftig auf und ab, und auch die Augen sind fragend weit aufgerissen.

Tina muss kurz lachen.

»Natürlich. Immer an Weihnachten«, antwortet sie kurz angebunden und bringt auch Adam damit zum Lachen.

»Ich sehe schon. In deiner Ehe ist alles bestens.«

Feixend entfernt sich Adam wieder und lässt eine nachdenkliche Tina zurück.

Alles bestens? Na ja, wie man es nimmt. Beim Sex, und darauf hatte Adam bestimmt Bezug genommen, läuft es nicht so gut. Aber das geht ihn auch nichts an. Alles andere passt in ihrer Ehe.

Tina trainiert weiter. Nach dem Rudergerät folgt eine Pause, in der sie einen Drink am Tresen nimmt. Dabei gibt es weitere verbale Kabbeleien zwischen den beiden. Die immer wieder frivol, aber nicht sexistisch sind. Nur leicht angehaucht, aber alles in Grenzen.

Dafür lachen die zwei viel, bis Tina die zweite Trainingsrunde startet. Radfahren und Gewichte stemmen. Eine knappe Stunde später ist sie fertig.

Jetzt ist sie allein im Studio. Die beiden letzten Gäste sind vor knapp einer halben Stunde gegangen. Dabei hat sie ihnen unauffällig hinterhergeschielt. Der eine heißt Paul und der andere Thorsten, Thomas oder so ähnlich. Auf jeden Fall haben die zwei Männer auch sehr schöne Hintern.

So einen wünsche ich mir bei meinem Mann auch, dachte sich Tina und trainierte weiter.

Klitschnass vom Schweiß begibt sie sich kurz nach neun in die Umkleidekabine. Heute ist sie tatsächlich die Letzte im Studio.

Mühsam zieht sie sich das Shirt über den Kopf. Der Schweiß lässt den Stoff auf ihrer Haut kleben. Gerade möchte sie ihre Leggins abstreifen, da hört sie ein Geräusch aus Richtung der Duschen. Als hätte jemand einen schweren Kunststoffbehälter abgestellt. Und das nachfolgende Kläppern erinnert sie an einen Metallbügel.

Auf einen Schlag wird ihr bewusst, dass sie allein ist. Nun ja, wohl nicht ganz, denn anscheinend ist hier noch jemand.

Ihr Instinkt rät ihr, zu verschwinden. Einfach nach Hause zu gehen. Auch dort kann sie duschen. Aber dann siegt doch ihr Verstand und sie schüttelt den Kopf.

Nur mit dem weißen Bustier und ihren schwarzen Leggins bekleidet geht sie leise zum Durchgang, der zu den Duschen führt.

Links befinden sich vier große Waschbecken. Rechts gelangt man durch einen breiten Gang zu dem Bereich mit den Duschen. Geradeaus, durch einen weiteren, großen Durchgang, geht es zu einem von beiden Umkleiden zugänglichen Bereich, der sie jedes Mal an eine Halle erinnert.

Zum einen der Größe wegen, aber auch, weil die Decke hier bestimmt einen Meter höher ist als in der Umkleide und der Dusche.

Die hintere Wand verläuft etwas schräg, sodass die Halle eine eigentümliche Form darstellt. Rechts im Eck befindet sich eine Sauna, die von beiden Geschlechtern benutzt werden kann.

Daher auch der Zugang von beiden Umkleidebereichen.

Vorsichtig späht sie um den Mauervorsprung und blickt in die Halle hinein. Direkt an der Sauna, nur wenige Meter von ihr entfernt steht Adam mit dem Rücken ihr zugewandt und putzt gerade die Tür.

Darin befindet sich ein großes, rundes Fenster, durch das man hinein- oder auch hinausschauen kann.

Dafür zeigt Tina jedoch kein Interesse. Ihre Augen kleben auf dem knackigen Arsch, der in der engen Jogginghose steckt und bei jeder Wischbewegung leicht hin und her wippt.

Ja, den würde ich gern mal anfassen, denkt sie sich und muss lächeln. Aber schon im nächsten Augenblick schämt sie sich dafür und weicht zurück.

Leise geht sie in den Umkleideraum und zieht sich komplett aus. Anschließend schnappt sie ihr großes Handtuch sowie das Duschmittel und geht zu den Duschen.

Ihr ist bewusst, dass nur die Wand sie und Adam voneinander trennt, und irgendwie findet sie das aufregend. Nein, nicht *auf*regend, sondern *er*regend.

Sie zieht an dem Hebel und schon spritzt das Wasser aus dem Duschkopf. Zunächst schreckt sie zurück, weil es so kalt ist. Aber schon nach wenigen Sekunden wird es wohlig warm und sie genießt das fließende Nass, wie es über ihren Kopf, die Haare und ihren Körper herabströmt. Dabei wandern ihre

Gedanken wieder zu Adam. Es wäre für ihn ein Leichtes, zum Durchgang zu gehen, um die Ecke zu spähen oder gleich zu ihr unter die Dusche zu kommen. Das macht ihr etwas Angst, aber gleichzeitig findet sie die Vorstellung auch spannend. Sie weiß, dass Adam so etwas nie machen würde. Seinen Job riskieren, für so eine Dummheit, nein, dafür ist er garantiert nicht der Typ.

Sie beugt sich vor und holt sich die Flasche mit ihrem Duschgel, die auf dem gefliesten Boden steht.

Der Anblick würde ihm bestimmt auch gefallen, denkt sie sich und schmunzelt, während sie sich wieder aufrichtet und anschließend ihr Duschmittel in die Hand spritzt.

Erneut beugt sie sich vor und in ihrer Vorstellung kommt Adam wie zufällig vorbei und betrachtet ihren Hintern, so wie sie seinen kurz zuvor bewundert hat. Er würde einen lockeren Spruch loswerden und sie würden lachen.

Sie richtet sich wieder auf, schämt sich etwas für ihre Fantasie und reibt das Gel in ihre Haare und über den Körper.

Mit den Fingerkuppen massiert sie die Kopfhaut und wäscht ihre Haare. Anschließend gleiten ihre Hände über ihre Haut, um den Schweiß abzuwaschen.

Arme, Achseln, Gesicht, Hals. Alles geht schnell und routiniert. Es folgen der Oberkörper und der Bauch. An den Brüsten lässt sie sich etwas mehr Zeit und umkreist sie, während weiter das Wasser auf ihren Rücken plätschert.

Ob Adam noch immer nebenan ist und die Sauna putzt?

Unbewusst spielen ihre Finger mit den Brustwarzen, bis sie sich aufstellen. Sie stellt sich extra so, dass sie nicht direkt zum Durchgang blicken kann. Sie traut sich nicht und genießt die Fantasie, die in ihrem Kopf Purzelbäume schlägt. Adam, wie er sie beobachtet, wie sie duscht. Adam, der junge, geile Bursche, der einen Ständer dabei bekommt, weil er heimlich spannt. Und Adam, der bei ihrem Anblick onaniert, weil er sie so geil findet.

Das wäre unverschämt und unmöglich, ja, richtig empörend. Gleichzeitig findet sie diese Gedanken, ihre eigene Fantasie, irgendwie schäbig und sie schämt sich dafür. Aber nur ein bisschen, denn auf eine unerklärliche Weise fände sie es auch schön, wenn er sie so attraktiv finden würde, dass er einen Ständer bekommt.

»Attraktiv« ist dann wohl das falsche Wort. »Geil« trifft es besser.

Bei diesen Gedanken muss sie leise kichern und lässt ihre Hände gerade über ihren Hintern gleiten.

Ja, das Training macht sich bemerkbar.

Sanft drücken die Finger zu und sie findet, dass er knackig und geil ist. *So wie der von Adam.*

Sie knetet ihn weiter und stellt sich vor, dass es sein Arsch ist, den sie spürt.

Ihre Hände wandern nach vorn, reiben die Schenkel, Waden und Füße ein, um sie abzuwaschen. Am Ende folgt der Genitalbereich. Dort lässt sie sich etwas mehr Zeit. Streicht über die Leisten und die Schamlippen. Vorsichtig und langsam. Auch der Kitzler wird gewaschen, ebenfalls zärtlich und sanft.

Ihre Brustwarzen sind noch immer hart und die Berührungen der Klitoris sowie der Schamlippen lassen sie entzücken.

Die Gedanken sind wieder bei Adam. *Ob er eine Frau auch so vorsichtig und sanft berührt?*

Sie weiß es nicht, aber vorstellen darf sie es sich doch.

Die Berührungen der Finger werden intensiver. Das warme Wasser plätschert weiter über ihren Hinterkopf, die Schultern und den Rücken herab. Sie bekommt es nicht mehr mit.

Das Becken schiebt sich im Takt der Finger vor und zurück. Sie spannt ihre Muskeln an, denkt weiterhin an Adam, seinen Körper, seinen Arsch und wie es sich wohl anfühlt, seinen

Unterleib zwischen ihren Schenkeln zu spüren. Die Reibung seiner Haut auf ihrer und sein Glied, das über ihr Schambein schrammt, direkt über dem Kitzler.

Die Hitze in ihr nimmt zu. Ihre linke Hand hält ihre Brust erneut gepackt und drückt sie intensiver. Die Lustwellen rasen durch ihren Körper und feuern das Kribbeln und Ziehen in ihrem Unterleib unvorstellbar an.

Sie stellt sich breitbeinig unter die Dusche und schiebt die Hand tiefer, sodass ihre Finger mit ihren Schamlippen spielen können. Reibend kreisen sie darüber und schieben sich regelmäßig dazwischen.

Die Vorstellung, seinen nackten Körper auf ihr zu spüren, lässt sie nicht mehr los.

Ganz plötzlich hört sie sogar seine Stimme, die sie fragt, was sie sich jetzt wünscht.

Tina schließt die Augen. Ihr Körper krümmt sich leicht und sie keucht leise.

Steck ihn rein. Steck ihn endlich rein, sind ihre einzigen Gedanken, die sich im Moment in ihrem Kopf bilden.

Zur Verstärkung schiebt sie ihren Mittel- und Ringfinger zwischen ihre Schamlippen und ertastet ihr warmes, weiches Fleisch im Inneren.

Ihre Beine zittern, der Bauch bebt und alle Muskeln spannen sich langsam an.

Die Atmung fällt ihr schwer und sie schnappt nach Luft. Noch immer schießen die Bilder von Adam, nackt, auf ihr, wild durch den Kopf, die sie auch nicht mehr herausbekommt.

Die Finger stoßen nun in schneller Folge in ihre Muschi hinein.

Was würde er sagen, wenn ich ihn frage, was er sich wünscht?, schießt es ihr durch den Kopf und sofort kommt die Antwort: *mit dir schlafen*, oder: *deinen Körper*.

Die Welt um Tina verschwimmt für einen kurzen Moment. Alles in ihr verkrampft sich, als der Höhepunkt ihren Unterleib zu zerreißen scheint.

Mehrmals ruckt ihr Becken nach vorn. Mit einer Hand stützt sie sich mühsam ab und schnappt nach Luft. Aus ihrer Kehle dringt nur ein leiser, gequält wirkender Laut.

Aber in Wirklichkeit ist es keine Qual, sondern purer Genuss. Der aber nach wenigen Sekunden wieder abklingt.

Tina duscht anschließend fertig, trocknet sich ab, föhnt ihre Haare und zieht sich wieder komplett an.

***

»Hey, das hat ja ganz schön lange gedauert«, ruft Adam gut gelaunt und mit erhobener, grüßender Hand.

Verdammt, denkt sich Tina und spürt die Röte in ihr Gesicht steigen. Peinlich berührt, sucht sie fieberhaft nach einer Ausrede.

»Ich war so fertig, dass ich zunächst einige Minuten auf der Bank saß und nach Luft geschnappt habe, bevor ich zum Duschen ging. Und auch dort habe ich den Wasserstrahl sehr lange genossen.«

Tina bemerkt sein frivoles Grinsen und ergänzt sofort: »Also, auf meinem Rücken. Ich stand mit dem Rücken zur Dusche und ließ mir das Wasser genüsslich den Körper herablaufen.«

Sie spürt, dass sie übertrieben und dadurch alles nur noch verschlimmert hat. Also schweigt sie.

»Alles klar. Außerdem warst du ja allein«, erklärt Adam und widmet sich wieder den Zetteln, die er in der linken Hand hält.

Tina stockt und runzelt die Stirn.

»Ähm, was soll das jetzt wieder heißen?« Neugierig und zugleich kampfbereit, tritt sie an den Tresen heran, hinter dem Adam anscheinend in diese Liste vertieft ist, die alles andere als wichtig wirkt.

Tina erwartet sogleich einen flapsigen Kommentar von ihm, den sie sofort niederkämpfen muss.

Aber er hebt fast schon gelangweilt den Kopf, schaut ihr einige Sekunden in die Augen, scheint in einer anderen Welt gefangen zu sein, bevor er sich wieder bei ihr befindet.

»Och, vor ein paar Monaten gab es da einen Zwischenfall«, beginnt er gelangweilt und schaut erneut auf seine Liste.

Aber Tina hat schon angebissen.

»Was denn für ein Zwischenfall?«, poltert sie los und hebt ihre Hände fragend in Hüfthöhe.

Adam reagiert zunächst nicht.

»Hey, das mag ich ja. Zuerst Andeutungen machen, dann aber nichts mehr sagen. Na los, erzähl schon!«, fährt sie ihn ungeduldig an und entdeckt das schelmische Lächeln bei ihm, das sofort aufhört, während er den Kopf anhebt.

Seine Augen funkeln belustigt. Das restliche Gesicht wirkt gelangweilt.

»Tja, also, wir hatten hier ein Paar und das kam immer spät zum Training. Sie waren fast immer die Letzten. Irgendwann fand ich dann Spuren in der Sauna«, sagt er noch immer langsam und gelangweilt. Aber seine Augen sind hellwach.

»Was denn für Spuren?«, platzt es aus Tina heraus und sie erntet einen Blick, als ob sie gefragt hätte, warum es nachts dunkel ist.

»Ich musste weiße, klebrige Pampe in großen Mengen von den Sitzen in der Sauna wegputzen«, erläutert Adam den Sachverhalt so nüchtern wie möglich. Allerdings betont er jedes Wort noch deutlicher als das vorherige.

Tina erstarrt und muss gegen das Grinsen ankämpfen. Sprachlos starrt sie Adam an, der nach einigen Sekunden weiterspricht.

»Die zwei hatten Sex. Sie haben in der Sauna und wahrscheinlich auch unter der Dusche gevögelt. Da musste ich wenigstens nichts wegputzen.«

Seine Augen fixieren Tina und sie spürt, wie er sie mustert.

Er möchte wissen, wie ich auf solche Themen reagiere, denkt sie und entscheidet sich schnell für eine Variante.

»Tja, vielleicht hatten sie Kinder zu Hause, die sie gestört hätten«, versucht sie es mit einem humorvollen Spruch. Sie wollte ihm nicht zeigen, ob sie diese Geschichte abstoßend oder anregend findet.

»Du hast doch auch Kinder zu Hause und kommst nicht mit deinem Mann hier vorbei.«

Schlagfertig und mit einem breiten Grinsen erfolgt die Antwort.

Darum mache ich es mir hier auch allein, schießt es Tina durch den Kopf und sie errötet sogleich noch mal.

»Vielleicht war es bei den beiden auch nur der Kick«, versucht Tina von ihr abzulenken und lächelt gewinnend.

»Na, ich glaube eher, es war der Fick!«, kommt es wie aus der Pistole geschossen von Adam zurück, der sofort zu lachen anfängt.

Auch Tina prustet los und lacht mit.

»Auf jeden Fall bin ich froh, dass die zwei nicht mehr da sind. Womöglich laufe ich gerade in die Dusche und die zwei schieben gerade eine Nummer.« Tina lacht weiter und Adam gleich mit. Er schlägt sich auf den Oberschenkel und schaut sie dabei unentwegt an.

»Die hätten bestimmt einen riesigen Schreck bekommen und wären peinlich berührt abgehauen. Nackt!« Das letzte Wort schreit sie förmlich heraus und lacht noch schallender, aber Adam schüttelt den Kopf.

»Ich glaube nicht. So wie ich den Mann einschätze, hätte er dich eher zu einem Dreier eingeladen.« Jetzt lacht er schallend los und schlägt sich erneut auf den Oberschenkel.

Tina hingegen erstarrt mitten im Lachen.

»Wie bitte?«, sagt sie fassungslos, noch immer ein Grinsen im Gesicht.

»Ja klar«, ruft Adam und stockt nun selbst.

»Du willst mir doch nicht sagen, dass du noch nie einen Dreier hattest?«

Voller Verwunderung und inbrünstig sagt er die Worte, die von ganz tief aus seiner Brust zu kommen scheinen.

»Nein, natürlich nicht!«

Wie selbstverständlich stemmt Tina ihren linken Arm in die Hüfte, denn auf der rechten Seite baumelt ihre Sporttasche.

Das Lachen erstirbt und Adams Augen mustern sie und funkeln dabei.

»Ehrlich? Das hätte ich jetzt nicht gedacht«, sagt er mit einer Stimme, die nachdenklich klingt.

»Hey, sehe ich so aus, als würde ich mit jedem vögeln?«

Halb amüsiert und halb empört wirft sie ihm die Worte an den Kopf.

Adam zögert etwas mit der Antwort und taxiert sie von oben bis unten. Normalerweise ist es Tina unangenehm, wenn ein Mann so offensichtlich ihren Körper mustert.

Aber zum einen kennt sie Adam, der gern übertreibt und sonst harmlos ist, und zum anderen hat sie jetzt, nach viel Schweiß und monatlichen Entbehrungen, wieder einen geilen Body.

»Nein«, kommt langsam und gedehnt über seine Lippen. »Nicht mit jedem, aber du siehst so aus, als würdest du gern vögeln«, resümiert er und grinst dabei frech und auffordernd zugleich.

Tina fängt diesen Ball gern auf.

»Ach ja? Und woran willst du erkennen, dass ich gern vögle?«

Sie nähert sich provozierend mit vorgerecktem Kinn.

»Weil du einen geilen Körper hast und ihn bestimmt nicht nur wegen der Gartenarbeit so pflegst. Außerdem habe ich gesehen, wie du den Männern hier auf den Arsch schielst.«

Sein Grinsen wird nun fast schon unanständig.

»Was? Das stimmt doch gar nicht!«, platzt es aus Tina heraus und sie weicht mit ihrem Kopf sofort zurück. Ihre Augen strahlen pure Empörung aus, aber Adam wischt das alles beiseite.

»Ich habe gesehen, wie du Thomas und Paul hinterhergeschaut hast. Und deine Augen lagen nicht auf deren Hinterkopf.«

Verdammt, denkt sich Tina und beißt sich unbewusst auf die Unterlippe.

»Außerdem hast du auch mir auf den Arsch gestarrt, als ich das letzte Mal die Sauna geputzt habe«, ergänzt Adam noch und nun wird Tina rot.

»Woher …«, fragt sie total perplex und sein Grinsen wird noch breiter. Es wirkt, als würde er sich gleichzeitig in beide Ohrläppchen beißen wollen.

»Die Sauna hat Fenster und wenn es hinter Glas dunkel ist, dann sind sie wie Spiegel.«

Sein überheblicher und arroganter Blick scheint Tina den letzten Nerv herauszusaugen.

Jetzt gibt es nur noch eins: Flucht.

»Also, ich gehe dann. Bis zum nächsten Mal«, sagt sie mit zum Gruße erhobener Hand und dreht sich augenblicklich zur Tür, ohne noch auf seine Aussage einzugehen.

»Aber dein Hintern ist auch geil«, sagt er voller Anerkennung in der Stimme und Tina bleibt nach zwei Schritten stehen und dreht sich um.

Sie überlegt kurz, was sie erwidern soll.

»Danke, dass du ihn nicht als Arsch bezeichnet hast«, lobt sie ihn und findet, sich gut aus der Affäre gezogen zu haben, und dreht sich wieder zur Tür.

»Nein, das habe ich mir nur gedacht«, kommt sogleich von Adam. Gefolgt von einem herzhaften Lachen, das auch ihr ein Lächeln ins Gesicht wirft.

Sie bleibt stehen und dreht sich erneut zu ihm um.

»Oh, ihr jungen Männer. Gerade mal aus der Pubertät heraus, und schon glaubt ihr, die Welt gehört euch.«

Dieser total verallgemeinerte Ausspruch passt nach Tinas Meinung immer. Vor allem, da sie weiß, dass es den jungen Männern unter die Haut geht, wenn sie ihnen klarmacht, dass sie viel mehr Erfahrung aufweisen kann.

»Hey, so viel älter bist du auch nicht«, erwidert er schwach und Tina spürt den Aufwind, auf dem sie sich gerade bewegt.

»Ach, komm doch. Ich könnte deine Mutter sein, und …« Weiter kommt sie nicht, denn er fängt schallend zu lachen an.

»Du bist gerade mal dreizehn Jahre älter als ich. Hattest du in diesen jungen Jahren schon Sex?«

Verdammt, denkt sich Tina nicht das erste Mal an diesem Abend. Wieder ist sie reingelaufen, bei diesem Jungspund, der eine riesige Klappe hat.

Aber er ist auch witzig, amüsant und irgendwie sexy.

»Wer weiß«, antwortet sie vage und dreht sich nun zum letzten Mal um. Winkend verlässt sie das Studio und vergisst dabei nicht, mit ihrem Arsch zu wackeln.

***

An diesem Abend sitzen sie wie fast immer gemeinsam auf der Couch und schauen in den Fernseher. Sie verfolgen eine Gesangsshow, in der die Jury zunächst mit den Rücken zum Sänger sitzt, und wenn ihm der Gesang gefällt, drückt das Jurymitglied einen Buzzer und der Stuhl dreht sich langsam herum. Erst dann sehen sie den Sänger.

Es ist ganz amüsant. Werners linke Hand liegt auf ihrem Oberschenkel und streichelt ihre Jogginghose, die sie wie immer trägt. Sie liebt dieses lockere Outfit, das superbequem ist.

Sie kommentieren immer wieder abwechselnd die Gesangseinlagen oder auch das Aussehen der Sänger.

Tina spürt, wie sich seine Hand langsam weiter auf die Innenseite des Schenkels bewegt. Langsam, aber unaufhaltsam.

Nun ja, es ist schon eine Weile her, dass sie Sex auf der Couch hatten. Früher, bevor die Kinder da waren, hatten sie das öfter.

Jetzt liegen die zwei Knirpse in ihren Betten und Werner wird bestimmt nicht gestört.

Die Finger haben soeben die Naht am Oberschenkel erreicht und bewegen sich nun fast unmerklich aufwärts.

Gerade hat sich eine junge Frau mit etlichen Piercings im Gesicht auf die Bühne gestellt und das Publikum schweigt für einen Moment.

Das etwas schwerere Atmen ihres Mannes dringt an Tinas Ohr und sie erkennt seine Erregung darin. Fast automatisch legt sie ihre rechte Hand auf seinen Oberschenkel.

Kaum berührt sie den Stoff seiner Jeans, bewegt er seine Finger zügig über ihren Schritt, das Schambein bis zu ihrem Bauch hoch, um dort die Richtung zu ändern und die Hand langsam in ihre Jogginghose zu schieben.

Die Haut entlanggleitend, wandert die Hand auch gleich in ihren Slip, bis die Fingerspitzen ihren Kitzler erreichen.

Sanft und zärtlich kreisen sie darüber. Gleichzeitig schiebt sie ihre Hand zu seinem Schritt und ertastet sogleich seine Beule. Ihre Finger gleiten die Erhebung entlang, während er schneller reibt. Es wirkt etwas unkontrolliert, hektisch und auch gierig.

Sie öffnet seine Hose, während in diesem Moment die Sendung durch einen Werbeblock unterbrochen wird. Ihre Finger erreichen seine Stange und drücken sie genüsslich. Ein sanftes Lächeln zeigt sich auf ihrem Mund und sie zieht die Vorhaut sanft nach unten. Etwas fester drückend, schiebt sie diese wieder hoch.

Von da an reibt sie regelmäßig und gefühlvoll. Sie mag das Gefühl der Fülle und Härte seines Glieds und nun setzt auch die Heizung in ihrem Unterleib ein.

Langsam wird ihr warm und die Feuchtigkeit nimmt zu. Seine Finger kreisen schneller und ihr Becken bewegt sich ganz dezent mit.

Beide atmen tiefer und schwerer. Gleichzeitig schauen sie mit unklarem Blick zur Mattscheibe, auf der gerade für ein Spülmittel geworben wird.

Immer schneller wichst sie seinen Ständer, während in ihrem Unterleib ein herrliches Kribbeln und Ziehen entsteht.

Tinas Augenlider schließen sich langsam und ihr Lächeln wird breiter. Ihre Hand drückt fester und reibt schneller, zumindest, wie es die geöffnete Hose zulässt.

Gleichzeitig feuern die Flammen in ihrer Muschi die Hitze weiter an. Aber gerade, als sie sich ihnen vollkommen hingeben möchte, gleiten die Finger tiefer, zu ihren Schamlippen, und dringen in sie ein.

Das ist zwar auch gut, aber das zuvor war besser.

Mit leichter Verzweiflung wichst sie noch hastiger und vernimmt, wie ihr Mann nach Luft schnappt. Schon verspannt er sich und nur einen Wimpernschlag später wird sein Sperma kraftvoll durch sein Glied hindurchgepumpt und ins Freie entlassen.

Angestrengt, aber zugleich zufrieden atmet ihr Mann durch und entspannt sich, während sein Saft über ihre Finger herabläuft.

Leider stoppen auch seine Bewegungen und erst nachdem er ganz tief durchgeschnauft hat, streicheln die Finger ihre Muschi erneut.

Aber in ihr ist etwas erkaltet. Die Lust ist weg und sie lässt seinen Schwanz los, der schon kleiner wird.

Sanft tätschelt sie seinen Bauch. Dabei lächelt sie ihn an.

»Ich wasche mir schnell die Hände«, sagt sie geschwind und während sie sich aufrichtet, zieht er hastig seine Hand aus ihrer Hose.

Etwas frustriert blickt Tina in den Spiegel, während sie die Hände von der klebrigen Masse befreit.

Das warme Wasser ist angenehm und dank der Seife werden ihre Hände gleich wieder sehr angenehm riechen.

Wobei sie den Geruch von Sperma schon immer mochte. Es hat etwas. Etwas Aufregendes, Kribbliges und Verruchtes.

Nachdem sie den Wasserhahn abgestellt hat, steht sie noch immer einige Sekunden vor dem Spiegel. Und während die Wassertropfen langsam von ihren Händen herabfallen, knirscht sie leicht mit den Zähnen.

Wie oft ist es jetzt schon vorgekommen, dass sie ihrem Mann einen Orgasmus beschert hat, aber sie leer ausgegangen ist?

Auf der einen Seite kann das mal vorkommen. Aber auf der anderen sollte ein gewisses Gleichgewicht der Zuwendungen, wie sie es immer nennt, vorherrschen. Es muss ja nicht immer ein Orgasmus sein, aber dann wenigstens ein paar zusätzliche Streicheleinheiten.

Aber auch das wird es nicht geben. Nun presst sie enttäuscht und etwas wütend die Lippen aufeinander und trocknet sich die Hände ab.

»Ich hätte jetzt Lust auf einen Rotwein. Du auch?«, fragt sie ihn und überspielt ihre gekränkte Laune.

»Mmh, ja, gern. Aber wir haben keinen mehr oben. Soll ich schnell in den Keller gehen und einen holen?«, bietet sich Werner an, aber Tina winkt ab.

»Lass nur, ich bin gleich wieder da.«

Kurz darauf geht sie das Treppenhaus nach unten. Die drei Stockwerke geben ihr die Zeit, ihre Gedanken weiter zu sortieren, und sie versucht dabei ihren Ärger zu verdrängen.

Sie betritt den Gang, in dem die Kellerabteile durch Gitter voneinander getrennt sind. Einige Bewohner haben diese mit Kartonage oder dicker, undurchsichtiger Folie verhängt, sodass man nicht hineinsehen kann.

So auch ihr Abteil, das sich genau in der Mitte des Gangs befindet. Sie schließt auf und geht in den ordentlich aufgeräumten Raum.

Links und rechts stehen Regale und nur an der gegenüberliegenden Wand, direkt unter dem Fenster, befindet sich eine Holzkiste, auf die sie steigt, wenn sie an Dinge ganz oben, im Regal, kommen möchte.

Hinter sich schließt sie die Tür, denn die Weinflaschen befinden sich direkt dahinter. Kurz überlegt sie, welchen sie nehmen soll, und entscheidet sich für einen 1998er Rioja Vega Reserva.

Sie hält ihn einige Sekunden in der Hand und mit einem Schmunzeln erscheinen Erinnerungsfetzen in ihrem Kopf.

Als sie diesen mit ihrem Mann das erste Mal getrunken hat, landeten sie im Anschluss im Bett. Damals war der Sex aufregend, lang und erfüllend gewesen. Manchmal hat sie sogar zwei Orgasmen gehabt.

In diesem Augenblick geht das Licht im Flur des Kellers aus und sie steht im Dunkeln.

Verdammte Zeitschaltung, flucht Tina innerlich, weil sie so kurz ist, dass sie schon öfter hier im Dunkeln herumlaufen musste. Da in dieser Nacht Vollmond herrscht, kommt genug Licht durch das Fenster, dass sie noch immer die Regale und die Kiste an der Wand erkennen kann.

Es wäre ein Leichtes, das Licht in ihrem Abteil anzumachen, aber etwas in ihr lässt sie zögern.

Dieses Abenteuer, dieses Spannende und etwas Verruchte aus der Vergangenheit, das eben noch in ihrer Erinnerung aufgetaucht ist, lässt sie lächelnd zur Kiste gehen und sich daraufsetzen.

In der Linken hält sie die Flasche und ihre Rechte streichelt sanft über ihren Schenkel, wandert langsam auf die Innenseite, während sie gleichzeitig ihre Beine etwas öffnet.

Ja, früher, da hat ihr Mann sie noch richtig verführt. Es war aufregend und sehr erregend gewesen. Nicht so stumpf wie heute.

Plötzlich denkt sie an Adam. Dieser knackige, süße Typ, der sie so oft zum Lachen bringt. Ja, sein charmantes, verführerisches Lächeln, das sie jedes Mal in ihren Bann zwingt.

Was wohl wäre, wenn sie jetzt gemeinsam hier im Abteil stehen würden? Das Licht im Flur geht aus und vor Schreck prallt sie gegen seinen Körper. Er hält sie fest und sie spürt seinen warmen, kräftigen Körper.

Ihre Hand erreicht ihren Schritt und wandert hoch zum Hosenbund.

Mein Hintern drückt gegen seinen Schoß und ich spüre seine Erregung. Tina lächelt, während sie ihre Hand von oben in die Hose schiebt, in der vor einigen Minuten noch die ihres Mannes steckte.

Die Finger erreichen den Kitzler und reiben zunächst langsam, dann stetig schneller werdend, darüber.

Sie denkt an Adams starke Arme, die sie festhalten und Schutz gewähren. Sie fühlt sich sicher und hat auch nichts dagegen, dass seine Finger sanft ihren Körper streicheln und gleichzeitig erforschen.

Ihre Brüste, der Bauch und die Schenkel werden erforscht und werden fordernder. Dabei drücken sein Schoß und die Beule fester gegen ihren Hintern.

Die Finger an ihrer Klitoris kreisen schneller und die Hitze in ihrem Unterleib nimmt zu. Sie spürt die Feuchtigkeit mit dem Kribbeln und Ziehen einhergehen.

Durch den offenen Mund zieht sie die Luft tief in die Lungen und schließt die Augen.

Plötzlich hört sie die Türe zum Keller aufgehen und leises Gelächter folgt. Tina erstarrt und wagt kaum noch zu atmen. Noch immer ist ihre Hand in ihrer Hose.

Das Licht im Gang flammt auf und leise lauschend erkennt sie die Stimme von Corinna, der zwanzigjährigen Tochter von Karchers, die zwei Stockwerke unter ihnen wohnen.

»Komm, sei leise«, sagt sie kichernd und Tina hört gleich eine Männerstimme, die noch recht jung klingt.

»Was hast du deinen Eltern gesagt?«, fragt diese, ebenfalls lachend.

»Ich bin kurz draußen, um mich mit einer Freundin zu treffen. Bin aber gleich wieder da.«

Tina hört das Schloss eines Kellerabteils und die Türe, wie sie sich bewegt.

»Komm schnell rein. Ich lass das Licht aus, normalerweise reicht das vom Gang, bis es ausgeht.«

»Und wenn jemand kommt?«, möchte der junge Mann wissen, der nun aufgeregt klingt.

»Dann sind wir einfach ganz leise«, sagt Corinna mit einem lasziven Unterton und wieder herrscht Schweigen im Keller. Tina hört nur ein ganz dezentes Schmatzen. Sie küssen sich.

Jetzt vernimmt sie das Rascheln von Stoff. Ziehen sich die

zwei etwa aus?

»Wow, ist der dick«, raunt ihre Stimme und sein Lachen erklingt erneut im Keller.

»Die hier aber auch«, kommt lüstern die Antwort von dem jungen Mann, was fast nur ein Hauchen ist.

Tina erinnert sich, dass Corinna tatsächlich eine ordentliche Oberweite besitzt.

»Ja, aber die will ich nirgends reinstecken.«

Ein heiseres Lachen erfolgt, untermalt von einem schnellen Schmatzen.

»Ganz im Gegensatz zu ihm hier. Ich hoffe, den steckst du irgendwo rein.«

Sie kichert und das Schmatzen wird noch schneller.

»Auf jeden Fall. Am besten fangen wir mit deiner frechen Klappe an.«

Seine Stimme klingt gepresst.

»Gern!«, ruft sie und kurz darauf hört Tina ein stöhnendes Seufzen von ihm. Das Schmatzen klingt nun auch anders und Tina vernimmt angestrengte, gedämpfte Laute.

Sie verspürt pure Empörung. Zum einen, dass die Tochter der sonst so biederen Nachbarsfamilie den Penis eines Mannes in den Mund nimmt. Zum anderen, dass sie es hier im Keller, also in einem öffentlichen Bereich macht.

Aber was tue ich hier?, fragt sie sich und blickt automatisch herab und betrachtet ihre weit vorgeschobene Hose, in der ihr halber Unterarm steckt. Die Finger liegen auf ihrer feuchten Möse und sie muss sich eingestehen, dass die Laute, die Töne und die Worte aus dem anderen Kellerabteil ihr Kopfkino beflügeln und ihre Erregung steigern.

»Oh mein Gott«, haucht der junge Mann jedes Wort einzeln hervor und der Genuss und die Lust triefen förmlich mit seinen Worten zu Tina herüber.

»Du bläst so unglaublich gut«, sinniert er lüstern und schwer atmend.

»Ich weiß«, folgt nach einem kurzen, schmatzenden und ploppenden Geräusch, als ob ein Finger aus einem Flaschenhals gezogen wird, die Antwort von Corinna.

So ein dreckiges Luder, denkt sich Tina und bemerkt erst jetzt, dass ihre Finger ganz unbewusst und automatisch mit kurzen, sanften Bewegungen ihre Muschi massieren.

»Und? Magst du das auch?«, fragt Corinna nach einigen Sekunden und kichert schelmisch im Anschluss, bevor der junge Mann die Antwort gibt.

»Oh ja. Deine Zunge ist geil. Vor allem, wenn du ihn nur unten leckst.«

Deutlich ist nun seine Anspannung und Erregung zu hören.

»Magst du es eher längs«, es entsteht eine kurze Pause, »oder quer?« Die Freude, Belustigung und auch pure Lust sind in Corinnas Stimme kaum zu überhören.

Die Finger in Tinas Hose reiben wieder fester und sie spürt die Glut in sich aufsteigen. Immer schneller massiert sie sich.

»Quer ist total geil.«

Jetzt klingt seine Stimme unglaublich schwer und sie bebt vor Anspannung.

»Ich mag das kleine Häutchen da unten«, sagt die Stimme belustigt und ergänzt es mit genussvollen Lauten.

Während der nächsten Sekunden hört Tina nur noch ein lustvolles Schmatzen und Stöhnen. Hin und wieder ein gedämpftes Lachen oder eine Art Grunzen.

»Komm schon und spritz ab. Spritz mir ins Maul.«

Corinnas Lachen klingt gleichzeitig gierig und hämisch.

Tina schließt ihre Augen und atmet tief durch. Dabei versucht sie so leise wie möglich zu sein. Aber das unglaublich heiße, betörende Gefühl in ihrem Unterleib raubt ihr den Verstand.

In ihrem Kopf zeigen sich Bilder, die sie fesseln und nicht mehr loslassen. Ein dicker, fetter Schwanz mit einer feucht glänzenden Eichel zeigt direkt auf den weit aufgerissenen Mund der Nachbarin, deren Zunge erwartungsfroh herausgestreckt ist.

Allein die Vorstellung, wie sich dieser geile Prügel in der Hand anfühlt, während er gerieben wird, bringt sie zum Kochen.

Ein seufzendes Grunzen erklingt und die schmatzenden Geräusche werden weniger. Gleichzeitig dringen ein Jauchzen und Lachen an Tinas Ohren. Vor ihrem geistigen Auge sieht sie das Sperma herausspritzen. Alles auf die Zunge und in den Mund dieses Luders, die genüssliche Töne von sich gibt und immer wieder kichert.

Sie genießt es. Das gefällt ihr, dieser Schlampe, denkt Tina. *Aber was mache ich denn hier? Ich sitze im Keller, lausche dem Blowjob und masturbiere dabei.*

Noch immer fliegen die Bilder durch ihren Kopf und in diesem Augenblick kann sie es nicht mehr beeinflussen. Ihren Unterleib scheint es zu zerreißen. Sie hält die Luft an, presst die Schenkel zusammen und vermeidet jedes Geräusch, während der Orgasmus ihr diesen herrlichen Genuss beschert.

Es dauert nur wenige Sekunden, dann löst sich die von ihr gedämpfte Explosion in ein wunderbares Meer aus Funken auf, und Tina entspannt sich wieder.

Während sie so leise wie möglich die Luft tief in ihre Lungen zieht, hört sie von dem anderen Abteil Stoff rascheln und leises Lachen.

»Pack ihn nicht so weit weg, den brauchen wir nachher noch.«

Ein krächzendes, schweres Lachen folgt den Worten der jungen Frau.

»Keine Angst, mein kleiner Nimmersatt. Ich fick dir nachher noch den Verstand aus dem Leib«, erklingt die Stimme des jungen Mannes, voller Überzeugung.

»Na hoffentlich. Leider gehen meine Eltern erst in zwei Stunden …« Es folgt ein leidenschaftlich schmatzender Kuss.

Die Tür öffnet und schließt sich und kurz darauf sind die zwei aus dem Keller verschwunden.

Tina sitzt noch eine Weile da und sortiert ihre Gedanken, bevor sie wieder nach oben geht.

»Ich wollte schon eine Vermisstenanzeige aufgeben«, ruft Werner amüsiert, als seine Frau mit der Flasche in der Hand im Wohnzimmer erscheint. Diese winkt jedoch nur ab.

»Frau Schmitt lief mir über den Weg …«, beginnt sie einen Satz und rollt mit ihren Augen. Ihr Mann verzieht das Gesicht und nickt verständnisvoll.

Frau Schmitt ist die Klatschtante vom Dienst. Und wenn jemand nicht schnell genug Reißaus nimmt, dann muss er sich die neuesten Neuigkeiten im Wohnblock anhören. Und da Frau Schmitt eine sehr blumige Art hat, Dinge zu erzählen, dauert es immer seine Zeit, bis man aus den Klauen der Klatschtante entfliehen kann.

Es ist leicht für Tina diese Ausrede zu bringen, denn Werner unterhält sich nie mit ihr. Daher kann es auch niemals passieren, dass er sie fragt, was sie mit seiner Frau zu bereden hatte. In diesem Fall käme ihre Lüge heraus, aber wie gesagt: Sehr unwahrscheinlich.

»Ich habe einen Rioja Vega hochgebracht.«

Sie zeigt ihm die Flasche und er nickt anerkennend.

»Das hast du gut gemacht, mein Schatz«, ruft Werner lachend.

Ja, und nicht nur die Auswahl des Weins, denkt sich Tina und die Erinnerung an ihre Selbstbefriedigung erscheint in ihrem Kopf. Inklusive eines schlechten Gewissens und etwas Scham. Aber gleichzeitig relativiert sich das, denn was Corinna und ihr Freund da gemacht haben, war noch eine Nummer größer gewesen.

Lächelnd öffnet sie die Flasche und kommt wenige Augenblicke später mit zwei gefüllten Weingläsern ins Wohnzimmer zurück und reicht ihrem Ehemann eines davon.

***

Gerade wirft Tina die Nudeln in das kochende Wasser, da drückt sich Werner von hinten an sie heran und schlingt die Arme um ihren Bauch. Sanft küsst er ihren Hals, was sie schon immer gernhatte.

»Wo sind die Kinder?«, fragt Werner und küsst sie erneut am Hals.

»Die sind bei Müllers beim Spielen. Aber ich habe ihnen gesagt, dass sie pünktlich zum Mittagessen da sein sollen.«

»Mmh«, macht Werner und reibt seinen Schoß an ihrem Hintern, während seine rechte Hand langsam höher wandert und ihre linke Brust erreicht.

Wieder stöhnt Tina innerlich genervt auf. Irgendwie hat es ihr Mann drauf, sie zu den unmöglichsten Momenten anmachen zu wollen.

»Hey, was soll das?«, fragt sie lachend.

»Ich möchte dich nur etwas drücken«, raunt seine Stimme in ihrem Ohr und gleichzeitig spürt sie die Beule an ihrem Hintern.

Ärger keimt in ihr auf. Sie muss hier kochen und schauen, dass alles funktioniert, und ihr Mann glaubt wohl, eine kurze Nummer schieben zu können, bevor die Kinder wieder da sind.

»Wir haben keine Zeit«, sagt sie schroffer als gewollt, löst sich aus seiner Umarmung und geht zum Kühlschrank, schaut kurz rein, als würde sie etwas suchen, und schließt ihn sogleich wieder.

Anschließend geht sie zum Hochschrank auf der gegenüberliegenden Seite, holt eine Flasche mit Sonnenblumenöl heraus und kippt einen Schuss in das kochende Nudelwasser.

So lässt sie ihren Mann einfach stehen, und das im doppelten Sinne.

»Wann sollen wir heute Mittag bei deiner Schwester sein?«, fragt sie jetzt wieder in einem versöhnlichen Ton, aber um ihrem Mann klarzumachen, dass der heutige Sonntag komplett durchgetaktet ist.

»Gegen zwei«, antwortet er und sie hört seine geknirschte Stimme und spürt dabei sogar eine gewisse Freude.

Sie hatten die letzten vier Wochen keinen Sex mehr. Nicht mal Handbetrieb war dabei. Zumindest nicht gegenseitig. Sie selbst hat mehrmals masturbiert. Sogar zwei Mal nach dem Training unter der Dusche.

Die Scham wird weniger und die Freude wird größer. Nein, nicht nur Freude, sondern richtiger Genuss ist dabei.

Und sie denkt immer an Adam, wenn sie es sich macht. Das ist unglaublich aufregend und in ihrer Fantasie passieren immer neue Dinge.

Adam und sie unter der Dusche, in der Umkleidekabine, in der Sauna und einmal stellte sie sich sogar vor, sie hätten Sex auf der Hantelbank.

Ihre Trainingseinheiten hat sie nun so gelegt, dass sie mit den Arbeitszeiten von Adam fast immer übereinstimmen. Sie freut sich jedes Mal darauf und nimmt sich die Zeit für das ein oder andere Schwätzchen. Es ist zur Regel geworden, am späten Abend das Studio zu besuchen. Werner gegenüber begründet sie es damit, dass die Kinder versorgt sind und er in Ruhe fernsehen kann. Aber in Wahrheit entgeht sie so seinen Annäherungsversuchen. Gleichzeitig ist sie Adam nahe und da unter der Woche ab einundzwanzig Uhr kaum noch etwas los ist, kann sie sich alle Geräte problemlos aussuchen, die sie nutzen möchte.

Aber der Hauptgrund besteht darin, dass ihre Fantasie angeregt wird. Sie ist mit Adam allein im Studio. Das macht sie unglaublich geil.

Natürlich passiert alles nur im Kopf. Niemals würde sie mit Adam etwas anfangen wollen. Ganz davon abgesehen, dass sie nicht glaubt, dass er Sex mit ihr haben wollte. Immerhin ist sie über zehn Jahre älter als er.

Also eigentlich ist sie eine alte Frau. Zumindest für ihn.

Aber das ist für sie okay. Sie tobt sich in ihrer Vorstellung mit ihm aus, masturbiert und hat unglaublich schöne und zugleich aufregende Momente.

Einmal masturbiert sie schon in der Umkleidekabine.

Sie hat hart trainiert und geht anschließend an den Tresen und bestellt einen Eiweißshake. Adam grinst sie an, als er ihr das frisch zubereitete Getränk reicht.

»Hier deine extra Portion Eiweiß«, sagt er lächelnd und wartet, bis Tina die ersten Schlucke genommen hat.

»Ei rät nicht, Ei weiß«, sagt er plötzlich und grinst sie breit an. Tina braucht einige Sekunden, bis sie versteht.

Gerade noch rechtzeitig schafft sie es, alles runterzuschlucken, sonst hätte sie ihm fast alles ins Gesicht gespuckt. Sie prustet los und beide lachen herzhaft. So blöd der Witz auch war, aber die Art, wie Adam ihn anbringt, war einfach köstlich.

»Früher gab es das Gerücht, dass im männlichen Sperma ganz viel Eiweiß enthalten sei«, spricht er weiter, als sich beide wieder beruhigt haben.

Tina verzieht ihr Gesicht. Gleichzeitig kommt aber die Erinnerung an den Keller und Nachbarin Corinna in den Sinn, die einem Jungen einen geblasen hat. Jetzt muss sie unwillkürlich grinsen.

Hat sich Corinna eine extra Portion Eiweiß besorgt?

Adam versteht ihr Grinsen wohl falsch, denn er winkt ab.

»Das stimmt aber gar nicht. Sperma besteht in erster Linie aus Wasser und der Anteil an Eiweiß ist verschwindend gering. Jeder Orgasmus besteht beim Mann durchschnittlich aus bis zu sechs Millilitern Flüssigkeit. Eiweiß macht davon vielleicht nur ein Prozent aus. Wenn man nun bedenkt, dass ein Mensch jeden Tag mindestens ein Gramm Eiweiß pro Kilogramm Körpergewicht zu sich nehmen sollte – wer Krafttraining macht, auch mehr –, dann kann man die Eiweißmenge im Sperma leider vernachlässigen.«

Tina ist geplättet.

»Woher weißt du das?«

Sie starrt ihn mit einer Mischung aus Spott und Ehrfurcht an.

»Ich habe mich dazu mal schlaugemacht, weil es immer diese Gerüchte gab. Aber ich habe noch etwas herausgefunden.« Wie ein Lehrer, der eine großartige Neuigkeit ankündigt, steht Adam mit erhobenem Zeigefinger hinter seinem Tresen.

»Hast du hin und wieder Depressionen? Also fühlst du dich so richtig mies und runtergezogen?«

Tina zuckt nur kurz mit den Schultern.

»Wer ist das nicht? Aber Depressionen …« Sie überlegt kurz und schüttelt mit dem Kopf.

»Nein, eigentlich nicht«, resümiert sie knapp.

»Okay, das ist prima. Falls du jedoch mal an Depressionen leiden solltest, dann könnte dir Sperma helfen.«

Erneut folgt eine kurze Pause.

»Sperma taugt zwar nicht für die Muskelversorgung, aber das heißt nicht, dass das Ejakulat für den Verzehr ungeeignet ist.«

Erneut denkt Tina an Corinna, die es sogar gewollt in den Mund gespritzt bekam.

»Vitamin C, Fruktose und Zink sind im Sperma ebenso enthalten wie verschiedene Hormone und Elektrolyte«, erklärt er weiter und Tina muss schallend lachen.

»Du meinst also, Sperma ist so richtig gesund, oder wie?« Sie schüttelt den Kopf und schmunzelt.

»Nicht nur das«, erklärt Adam weiter. »Laut einer Studie von Gordon Gallup von der State University of New York wirkt Sperma bei Frauen sogar wie Antidepressiva.«

Tina muss sich vor Lachen den Bauch halten. Das ist alles zu viel. Aber gleichzeitig spürt sie dieses Verlangen und Ziehen in ihrem Unterleib.

Adam erklärt scherzend, dass sich die Untersuchung nur auf die vaginale Aufnahme des Spermas bezog und die orale Einnahme nicht untersucht wurde, was den nächsten Lachanfall bei Tina auslöst. Aber auch er lacht mit.

»Na, hoffentlich hast du hier nicht auch dein Antidepressivum eingebracht«, ruft Tina und hebt dabei den Becher mit dem Eiweißdrink.

Erneut lachen beide.

»Also, wenn du da Bedarf hast, kann ich das einrichten.«

Adam lächelt verschmitzt und macht eine leichte Verbeugung, was zu einem erneuten Lachanfall führt.

Dennoch hebt Tina abwehrend die Hand.

»Oh nein, danke. Ich bin lieber für das richtig gute Zeug«, erklärt sie, nimmt den Becher und leert ihn in einem Zug.

»Hey, woher willst du wissen, dass ich nicht auch richtig gutes Zeug habe?«, fragt er mit einem inbrünstigen Unterton der Empörung in der Stimme.

Tina schafft es gerade noch, den letzten Schluck runterzu-würgen, bevor es erneut aus ihr herausplatzt.

Nach diesem Lachanfall verabschiedet sie sich schnell und geht in die Umkleidekabine, in der sie wie so oft allein ist.

Auf dem Weg dorthin kreisen ihre Gedanken. Sie denkt an Corinna und den Blowjob. Sie denkt an die medizinische Wirkung von Sperma. Sie stellt sich vor, wie Adam hinter dem Tresen in den Becher wichst, seinen Schwanz reibt, seinen Ständer zum Spritzen bringt und ihr anschließend mit einem süßen Lächeln seine Spezialmischung anbietet.

Eigentlich würde sie nun totalen Ekel und Widerwillen bei diesen Gedanken verspüren. Aber irgendwas in Adams Art und Geschichte, oder wie er es rüberbrachte, fand sie überhaupt nicht ekelerregend. Im Gegenteil.

Kaum in der Umkleide angelangt, zieht sie sich das Shirt über den Kopf und die Sportleggins herunter. Für den Slip nimmt sie sich gar keine Zeit, sondern schiebt ihre Hand hastig hinein.

Und so steht sie nun da, breitbeinig, mit einer Hand an der Schrankreihe angelehnt und mit der anderen mas-turbierend.

Zwar verspürt sie noch immer leichte Übelkeit bei der Vorstellung, dass Adam Sperma in ihren Becher spritzt, aber gleichzeitig erregt sie der Gedanke, dass er sie wissend anlächelt und sie bewusst seinen Saft trinkt, enorm.

Erneut sind die Erinnerungen an den Keller in ihrem Kopf. Wie Corinna sagte, er solle ihr ins Maul spritzen, und das vorherige Schmatzen, ging ihr nicht mehr aus dem Sinn.

Tina reibt ihren Kitzler schneller und die Geilheit nimmt zu. Feucht und heiß ist ihre Möse, die sich nach Berührung sehnt.

Weitere Bilder erscheinen vor ihrem geistigen Auge. Adam, der seinen Schwanz wichst. Eine große, rote, feuchte Eichel, direkt vor Corinnas Gesicht. Plötzlich ist es ihr Gesicht, vor dem ein steifes Glied schwebt.

Sie greift in ihrer Vorstellung danach und wichst ihn, im selben Tempo, wie sie ihre Muschi reibt. *Küss ihn*, hört sie eine Stimme in ihrem Kopf und in ihrer Vorstellung küsst sie die Eichel.

Ja, das mag er, spricht die Stimme weiter und sie küsst die Eichel erneut in ihrer Fantasie.

Ihr Unterleib kocht und wird noch heißer. Tinas Körper schwankt in der Umkleidekabine vor und zurück und ihre Atmung geht stockend.

Beweg die Vorhaut, flüstert die Stimme fordernd und sie wichst ihn schneller, aber da erklingt die Stimme gleich noch mal.

Mit deinen Lippen, bittet sie leise und sanft. Und sie macht es. Wie bei ihrem ersten Freund. Aber jetzt ist es Adams Schwanz, den sie verwöhnt.

Das explodierende Feuerwerk in ihrem Unterleib lässt sie heftig zucken. Sie schafft es kaum auf den Füßen zu bleiben und muss sich gegen die Schränke lehnen, um nicht umzufallen.

Schwer atmend kommt sie zur Ruhe. Ihr ist unglaublich heiß. Es fühlt sich viel heißer an, als es das Training in einer Stunde bei ihr schaffte.

Sie entkleidet sich vollständig und geht unter die Dusche.

Einige Zeit später verabschiedet sie sich von Günter und Adam, die beide am Tresen stehen und ihr zum Abschied zuwinken.

***

Jetzt sitzt sie mit Werner vor dem Fernseher. Die Kinder sind schon im Bett und die ganz normale Routine hat sie gefangen.

Wie gern wäre sie an diesem Abend ins Studio gegangen. Aber Adam ist heute nicht da und der Reiz fehlt somit.

Dem Spielfilm kann sie kaum folgen, denn ihre Gedanken kreisen um Adam, wie er hinter dem Tresen steht und ihren Shake zusammenstellt.

Werners Hand liegt wie so oft auf ihrem Schenkel und streichelt diesen sanft.

In ihrer Fantasie ist es Adam, der seine Hand auf ihren Schenkel legt und ihr erklärt, welche Muskelpartien beim Training besonders beansprucht werden.

Instinktiv legt sie ihre Hand auch auf seinen Schenkel und streichelt ihren Mann. Werner sieht es wohl als Einladung und schiebt seine Hand weiter auf die Innenseite ihres Schenkels.

Dort berührte er sie auch vor ein paar Wochen, als er ihr bei Dehnübungen erklärte, welche Bänder und Sehnen dort verlaufen.

Ihre Hand streichelt ebenfalls höher und ertastet plötzlich eine Erhebung.

Ob Adam damals auch erregt war?, fragt sie sich und reibt etwas fester. Werners Hand erreicht nun ihren Schritt und kreist dort sanft.

Der Spielfilm wird durch eine Werbepause unterbrochen und Werner schiebt seine Hand von oben in ihre Jogginghose, die sie heute trägt.

Tina öffnet flink seine Jeans und greift hinein. Sofort findet sie seinen Ständer und packt ihn mit der Faust. Fast synchron starten beide mit der Behandlung.

Seine Finger gleiten über ihre Schamlippen, die schon leicht feucht sind. Ihre Hand reibt schnell und hart seinen Schwanz, sodass er leise stöhnt.

Gedanklich ist sie im Studio. Steht am Tresen und Adam fragt sie, ob er ihr einen Spezialdrink machen soll. *Klar*, antwortet sie lachend und schaut zu, wie Adam einen leeren Becher nimmt und das Eiweißpulver hineingibt.

Sie wichst Werners Schwanz schneller und heftiger, sodass er schwerer atmet. Gleichzeitig reibt seine Hand wilder und unkontrollierter über ihre Muschi, was sie eher abkühlen lässt. Aber die Gedanken an Adam und den Spezialdrink halten das auf.

In ihrer Vorstellung öffnet Adam seine Hose, gibt ihr lachend den Hinweis, dass alles ganz frisch sei, und beginnt zu wichsen. Sein großer, harter Schwanz sieht unglaublich geil aus. Adam drückt ihn runter und zielt genau auf den Becher, in dem das Pulver wartet.

Schnell und fest wichst Adam und Tina tut es ihm gleich. Nur bei sich zu Hause, auf der Couch und bei ihrem Ehemann, der nun leise Lustlaute von sich gibt.

»Oh, das ist gut«, flüstert er erregt und mit bebender Stimme. Es dauert nicht mehr lange.

Ob es bei Adam auch so schnell geht?

Sie drückt den Stamm fester, umklammert ihn regelrecht mit ihren Fingern und bewegt die Hand hastig auf und ab. Das leise Schmatzen dringt an ihr Ohr und ihr Blick geht in die Ferne. Direkt zu Adam, dem sie gerade einen runterholt und den Saft in ihren Becher spritzen lässt.

Anschließend wird dieser mit Wasser aufgefüllt und er erklärt ihr, dass er nun mit Vitamin C, Fruktose, Zink und reichlich Elektrolyten angereichert wurde.

Neben ihr verkrampft sich Werner und hält kurz die Luft an. Sein Becken zuckt und schon spürt sie sein warmes, klebriges Sperma über ihre Hand laufen.

Vitamin C, Fruktose, Zink und reichlich Elektrolyte, denkt sich Tina und muss grinsen. Gemächlich melkt sie ihn ab, bis sich Werner wieder entspannt und tief durchatmet.

Seine Hand an ihrer Muschi steckt ruhig in ihrer Hose und erst jetzt beginnt er langsam wieder zu kreisen. Aber Tina zieht sie am Unterarm heraus.

»Ist gut«, sagt sie leise, lässt seinen Schwanz los und steht auf. »Ich bin gleich wieder da.«

Sofort begibt sie sich ins Badezimmer und will dort gerade den Wasserhahn öffnen, um sich das Sperma abzuwaschen, da zögert sie.

Im Spiegel betrachtet sie sich und ihre Hand, die sie langsam immer höher streckt. Deutlich ist sein Saft darauf zu erkennen. Auf dem Daumen, dem Zeigefinger und dem Handrücken. Auch spürt sie die klebrige Masse zwischen ihren Fingern, die sie langsam spreizt und zusammendrückt.

Sie spielt damit und rückt mit der Nase näher. Sie zieht den Duft ein und spürt ein angenehmes, nein, ein aufregendes Kribbeln in ihrer Magengegend.

Sperma riecht eigen, aber irgendwie geil.

Vitamin C, Fruktose, Zink und reichlich Elektrolyte, denkt sich Tina erneut und sogleich an Corinna. Dieses Luder, das sich den Saft direkt in den Mund spritzen lassen wollte.

Erneutes, kurzes Zögern, aber dann schiebt sich ihre Zunge aus dem Mund und kostet von der weißen Masse.

Nur die Spitze berührt es und zieht sich sogleich zurück. Nichts. Kein ekelhafter, penetranter Geschmack. Vielleicht etwas salzig, das ist aber auch alles. Oder hat sie sich geirrt?

Tina wird mutiger und leckt nun mit der Zunge stärker über den Handrücken und nimmt mehr von seinem Sperma auf.

Wieder kein besonderer Geschmack, und sie fragt sich, woher der Ekel kam, wenn sie an das Spermaschlucken dachte.

Vor Werner hatte sie zwei Freunde und dem ersten sollte sie auch einen blasen. Sie tat es, weil er es sich wünschte und sie nicht als dumme Gans dastehen wollte. Aber sie bestand darauf, dass er ihr Bescheid gab, bevor er kam.

Abschätzend verzieht sie das Gesicht. Eigentlich war das nicht notwendig.

Im Gegenteil. Irgendwie ist diese Vorstellung geil, das Sperma im Mund zu haben. Normalerweise ist es in ihrer Muschi und läuft dann unkontrolliert heraus. Wichtiger ist jedoch der Moment, wenn er abspritzt. Dieses Pulsieren, Pumpen und Zucken des Schwanzes. Wie es sich wohl im Mund anfühlt? An der Zunge, die so empfindlich ist und alles viel intensiver erlebt.

Wenn sich nicht ihre Hand, sondern ihre Lippen fest um den Stamm schließen, der sich im Moment der Ejakulation ausdehnt, weil der Druck seinen Saft durch ihn hindurchpresst.

Wieder sind die Worte von Corinna da: *Spritz in mein Maul!*

Sie leckt weiter und schluckt nun alles herab. Gleichzeitig entsteht ein sanftes, aber stetig anschwellendes Ziehen in ihrem Unterleib.

Noch immer liegt der Geruch seines Spermas in ihrer Nase, obwohl sie schon fast alles vom Handrücken abgeleckt hat. Aber da sind noch die Finger und deren Zwischenräume.

Wie von allein schiebt sich ihre andere Hand in ihre Hose. Dort ist es von vorhin noch immer feucht. Sie kreist zunächst über dem Kitzler, leckt weiter an den Fingern, bis sie zwei ihrer anderen in sich hineinschiebt.

Gleichzeitig saugt sie am Zeigefinger, während der andere mit dem Mittelfinger zusammen im gleichen Tempo in sie eindringt.

Ihre Gedanken kreisen wie verrückt. In ihrem Unterleib entsteht ein Feuer, das immer intensiver wird.

Sie denkt an ihren Mann, seinen Höhepunkt und an Corinna, die ihrem Freund einen geblasen hat. Adam erscheint und lacht sie an. In der Hand hält er seinen Schwanz und will ihre Muschi sehen.

Sie soll Vitamine zu sich nehmen und seinen Einspritzer probieren.

Ihre Finger reiben immer schneller. Gleichzeitig saugt ihr Mund genüsslich und intensiv. Sie stellt sich vor, darin steckt ein Schwanz. Der von ihrem Mann? Nein, der von Adam.

Sie saugt stärker und bewegt sich intensiver in ihrer Möse.

Ob er es ihr auch mit dem Mund machen würde? Ihr Ehemann hat noch nie Anstalten gemacht, sie zu lecken. Aber das fand sie nicht so schlimm, denn ihr ist es immer peinlich gewesen, wenn er ihre Muschi genau betrachtete.

Aber bei Adam wäre das anders. Bei ihm hätte sie nicht das Gefühl, unzureichend zu sein. Oder eine geile Schlampe, wenn sie ihren Schlitz ihm auffordernd entgegenstrecken würde.

Kurz wundert sich Tina über ihre Gedankenflut, aber schon sind die nächsten Bilder da, während sie noch schneller masturbiert.

Adam, der sie streichelt. Corinna, die wichst und bläst. Werner, der sich einen runterholen lässt, und wieder Adam, der sie lobt, wie geil sie ist. Dabei hat er dieses süße Lächeln aufgelegt.

In ihrem Unterleib tobt ein Sturm. Ein heißer, feuchter Tropensturm, der alles in ihr hinwegfegen möchte. Ihre Beine verkrampfen sich. Die Schenkel wollen zusammenklappen und ihre Hand an ihrer Möse fixieren, halten und an sich pressen.

Zitternd steht sie am Waschbecken, lutscht am Finger, der sich vor- und zurückbewegt, und gleichzeitig reibt ihre Hand die feuchte und heiße Muschi.

Dann passiert es. Eine Explosion. Eine Feuerwalze, die durch ihren Körper rast und ihn unkontrolliert zucken lässt. Tina presst die Lippen fest aufeinander, stöhnt und keucht leise und versucht, sich zu beherrschen, ihre Lust und das Feuerwerk der Gefühle nicht hinauszubrüllen. Nach wenigen Sekunden klingt es ab und sie kann frei durchatmen. Erst jetzt spürt sie den Schmerz an ihrem Zeigefinger, in den sich leicht ihre

Zähne gebissen haben.

Plötzlich kichert sie. *Das hätte einem Mann wohl nicht so gefallen,* denkt sie sich und schmunzelt. Gleichzeitig fragt sie sich, wie das andere Frauen machen, wenn sie dem Typen einen blasen und gleichzeitig einen Orgasmus genießen.

Wahrscheinlich schreien die Frauen ihren Höhepunkt heraus und sind nicht so verklemmt oder verbissen wie sie.

Langsam zieht sie alle Finger aus ihren Körperöffnungen zurück und wäscht sich nun endlich die Hände. Dabei lässt sie die letzten Monate Revue passieren. Niemals hätte sie geglaubt, dass die Vorstellung eines in einen Becher mit pulvrigem Eiweißkonzentrat wichsenden Mannes, welches sie anschließend trinken soll, überhaupt ein bisschen Erregung bei ihr auslöst.

Niemals. Viel wahrscheinlicher wäre gewesen, dass sie sich bei diesem Gedanken vor Ekel übergeben hätte.

Aber woher kommt der Sinneswandel? Sie betrachtet ihr Spiegelbild.

Nein, an mir selbst kann es nicht liegen.

Also muss es an etwas anderem liegen. An Adam? An dem langweiligen Ehemann? Am Sport? An ihrer Fitness? An ihrem schnöden Leben? Will sie noch mal etwas erleben? Braucht sie das Abenteuer? Aber das ginge auch ohne diese Perversionen mit Spermadrinks.

Nein, das ist es überhaupt nicht. Es liegt an der offenen Art, mit der Adam damit umgeht. Und seiner unbekümmerten, aber nicht ordinären oder sogar vulgären Weise, mit dem Thema Sex umzugehen.

Bei ihm wirkt alles ganz normal und natürlich. Er ist nicht aufdringlich oder lästig. Sie fühlt sich nicht von ihm bedroht, ganz im Gegenteil. Sie hat immer das Gefühl, die Wahl zu haben.

Und noch etwas fällt ihr bei Adam auf: Er sagt, was er möchte. Werner macht das nicht. Er tastet sich still an sie heran und sie muss raten, ob er nur kuscheln oder Sex haben möchte. Und wenn Sex, auf welche Art. Das ist bei Adam viel klarer.

Tina lächelt bei dieser Erkenntnis und blickt in ihre eigenen, strahlenden Augen.

Kurz darauf sitzt sie wieder neben ihrem Mann, der sich in der Zwischenzeit eine Tüte Chips geholt hat und diese mit knuspernden Lauten vertilgt.

***

In den nächsten Wochen wiederholt sich das Spiel regelmäßig. Das Ehepaar macht es sich hin und wieder mit den Händen, einmal in zwei Monaten schlafen sie miteinander. Tina geht mindestens zwei Mal die Woche ins Studio und genauso oft masturbiert sie.

Die Fantasien werden frivoler, freier und wilder. Oraler Sex, verschiedene Stellungen, die sie im Internet nachgelesen hat, an unterschiedlichen Orten. Im Studio, unter der Dusche, im Trainingsraum, an der Rezeption. Und immer mit Adam.

Bei den Trainings begrüßen sie sich jetzt mit leichten Umarmungen und Küsschen auf die Wange. Das gilt auch für die Verabschiedungen.

An einem Abend betritt sie gerade das Gebäude durch die doppelflügelige Glastür, da schnappt sie gerade noch den Rest eines Satzes auf.

»… dringend flachlegen.«

»Ist ja klar. Ihr Männer denkt doch nur das eine«, beginnt Tina lachend, noch bevor sie die Tür hinter sich wieder schließt. Dabei betrachtet sie Günter und Adam, die hinter dem Tresen stehen.

Verblüfft schauen sie Tina an.

»Na, Adam. Hast du schon alle Frauen hier im Studio

flachgelegt?«

Sie zwinkert ihm zu und Adam ist schlagfertig wie eh und je.

»Natürlich. Das ist der einzige Grund, warum ich die Stelle hier angenommen habe.«

Er schlägt Günter kameradschaftlich auf die Schulter.

Tina nimmt Kurs auf die Umkleidekabinen, dennoch muss sie noch einen Kommentar loswerden.

»Na, mich hast du noch nicht flachgelegt.«

Erneut zwinkert sie und lacht noch lauter. Mit erhobenem Kopf läuft sie an den beiden Männern vorbei.

»Tja, das ist alles nur eine Frage der Zeit«, antwortet Adam keck und lacht ebenfalls. Allerdings glaubt Tina, einen gewissen Unterton zu hören. Als würde er es ernst meinen.

Ihre Schritte stocken kurz. Sie legt den Kopf schräg und schüttelt ihn anschließend.

»Na, so viel Zeit hast du, glaube ich, nicht«, sagt sie schmunzelnd und geht weiter.

Später, sie befindet sich schon einige Minuten auf dem Laufband, winkt sie Adam zu sich. Es ist nur ein weiterer Kunde anwesend und der wuchtet in diesem Moment schwere Gewichte an der Hantelbank und ist weit genug entfernt.

»Wen musst du dringend flachlegen?«, will sie nun wissen und lächelt mütterlich.

Adam runzelt kurz die Stirn, dann versteht er und schüttelt lachend den Kopf.

»Ach, das vorhin. Ich sprach mit Günter über die Fotovoltaikanlage meiner Eltern. Die wurde zu steil aufgestellt und wir müssen sie dringend flachlegen.« Er schmunzelt und Tina spürt die peinliche Röte in ihr Gesicht aufsteigen.

»Das hast du gerade erfunden«, platzt es aus ihr heraus, ungläubig, sich so geirrt zu haben. Beziehungsweise in dieses Fettnäpfchen getreten zu sein.

Adam lacht nur.

»Hey, nein. Es ist tatsächlich so.«

Dann senkt er die Stimme und kommt näher.

»Aber ich finde es interessant und gut, wie du denkst.«

Er zwinkert ihr zu und dreht sich um. Sie folgt seinem Knackarsch und läuft noch eine Weile weiter.

Später unter der Dusche masturbiert sie, denkt dabei an den Arsch und wie es wohl wäre, wenn sie seine Fotovoltaikanlage wäre.

***

Es macht einfach unglaublich Spaß, ins Studio zu gehen. Die Berührungen im Training werden immer intimer. Adam hilft ihr beim Dehnen oder zeigt die Muskelpartien, an denen sie etwas bei den Übungen spüren muss. Außerdem treibt er sie zu Höchstleistungen an.

Das Jahr neigt sich dem Ende zu und das Studio lädt alle Mitglieder zu einer kleinen Weihnachtsfeier ein. Bierbänke sind aufgestellt und es gibt neben Weihnachtsgebäck Punsch mit und ohne Alkohol.

Tina ist etwas überrascht, dass gar nicht so viele Leute kommen. Gerade mal die Hälfte aller Plätze sind belegt. Aber sie hat schon gemerkt, dass die Kundenzahl schwindet, und Günter bestätigt es, nachdem sie ihn gefragt hat.

Sie sitzt etwas abseits der Gäste. Die Gespräche sind häufig gezwungen, dennoch harrt Tina lange aus. Sie hätte am liebsten mit Adam den Abend mit witzigen Sprüchen verbracht, aber er spielt die Bedienung und sorgt dafür, dass immer genug frische Becher, warmer Punsch und Weihnachtsgebäck auf den Tischen stehen.

Zudem räumt er ab, wenn Gäste gehen.

Jetzt ist kaum noch etwas los. Nur drei andere Personen sind noch da. Zwei ältere Herren und Frau Schneider, mit der sich Tina unterhält. Allerdings ist auch dieses Gespräch recht gezwungen, denn die knapp Fünfzigjährige befindet sich nicht auf Tinas Wellenlänge.

Adam gesellt sich dazu und schon wird es amüsanter. Offensichtlich zu amüsant, denn nach kurzer Zeit verabschiedet sich Frau Schneider und verlässt das Studio.

Günter und die beiden anderen Männer sitzen einige Meter von Adam und Tina entfernt und führen anscheinend ein mehr oder weniger ernsthaftes Gespräch.

Tina schnappt manchmal Begriffe wie »Bundeskanzler«, »Regierungskoalition« und »Ministerien« auf. Also nichts, was für sie zu einer Weihnachtsfeier gehört.

Da ist es mit Adam schon viel witziger. Wortreich und schlagfertig gehen die Dialoge hin und her. Er lobt ihre Entwicklung, die jeder an ihrem Körper feststellen kann.

Sie wiederum beschimpft ihn im Spaß, dass er als Animateur in einem Clubhotel eine sehr gute Figur abgeben würde.

»Dort kannst du dann die reichen, alten Frauen flachlegen und ausnehmen. Oder dich zumindest aushalten lassen.«

»Was will ich denn mit alten Frauen?«, fragt er zurück und bemerkt den kurzen sauertöpfischen Blick von Tina und legt sogleich nach.

»Also, älter als du sollten sie nicht sein.«

Das löst eine schmunzelnde Grimasse bei Tina aus. Auf der einen Seite gefällt ihr dieses Kompliment, auf der anderen weiß sie, dass er sich nur einschleimen möchte.

»Tja, aber ich bin noch nicht in dem Alter, dass ich mit so einem jungen Hüpfer wie dir herumlaufen möchte«, kontert sie lässig und ist auf seine Reaktion gespannt.

»Warum denn? Ich finde es gut, wenn ich von erfahrenen Frauen etwas lernen kann.«

Er sagt es etwas leiser und beugt sich dabei zu ihr herüber.

Es wirkt wie ein kleines, intimes Geheimnis und beide blicken sich einige Sekunden stumm an.

Tina fühlt dieses Kribbeln in ihr aufsteigen und ein wunderschönes, warmes Gefühl in der Magengegend. Ihr Herz schlägt etwas schneller, sie schiebt es aber auf den Alkohol.

Nach mehreren tiefen Atemzügen schaut sich Adam um und steht plötzlich auf, schnappt sich Tinas Tasse und zapft erneut Glühwein, den er kurz darauf vor ihr auf den Tisch stellt.

»Oh nein, ich habe schon genug«, winkt Tina ab, aber Adam lässt das nicht gelten.

»Komm schon. Einer geht noch. Schau, wir haben viel zu viel von dem Zeug und es ist kaum noch einer da, der es trinken kann. Sonst müssten wir es wegwerfen.«

Mit offenherzigem Blick schaut er sie an und Tina muss lächeln.

»Na gut, einen noch«, sagt sie nickend und nimmt einen Schluck von dem angenehm warmen Getränk, das ihr jetzt schon zu Kopfe steigt.

Aus der einen Tasse werden vier und jetzt bemerkt Tina den aufkommenden Schwindel. Wie in einem Reflex steht sie auf und muss sich am Tisch festhalten.

Sogleich steht Adam neben ihr und stützt sie.

»Ups, war es doch zu viel?«, fragt er schelmisch grinsend und Tina lacht los.

»Es geht schon«, lallt sie kurz und verdreht die Augen.

»Das glaube ich nicht.« In seiner Stimme ist Sorge zu hören und er schaut ihr tief und kontrollierend in die Augen.

»Ne, das wird erst mal nichts.«

Dabei schüttelt er besorgt den Kopf. Anschließend führt er sie ins Büro, in dem eine Sanitätsliege steht. Sie setzt sich darauf und er holt das Blutdruckmessgerät.

»Mmh, also der Blutdruck ist in Ordnung. Wahrscheinlich

hast du einfach nur zu viel getrunken.«

»Ja, das denke ich auch. Ich werde jetzt …«, sagt Tina, steht dabei auf und fängt sofort wieder an zu schwanken. Adam fängt sie mit den Armen auf und sie klammert sich an ihn.

Erneut treffen sich ihre Blicke und diese Vertrautheit und Innigkeit liegt zwischen ihnen. Aber nur kurz, denn wie aus dem Nichts liegen seine Lippen auf ihren.

Für Tina scheint die Welt in Zeitlupe zu laufen. Nein, nicht die Welt, sondern ihre Gedanken. Wie mit einer Verzögerung registriert sie die Zunge in ihrem Mund, die so sinnlich und liebevoll mit ihrer spielt.

Seine Hände, die ihren Hintern packen und ihren Unterleib gegen seinen drücken. Die Beule in seinem Schoß, die gegen ihr Schambein drückt.

Kurz wundert sie sich darüber und vermutet, dass er die Knie leicht gebeugt hat.

Mit kurzen, gefühlvollen Bewegungen seines Beckens reibt die Beule über ihre Hose, direkt auf der Höhe ihrer Klitoris.

Es ist wie in diesen Träumen, in denen man davonrennen oder jemanden verfolgen möchte, aber wie auf flüssigem Teer läuft. Langsam und behäbig.

Sie versucht, ihre Gedanken zu ordnen, und irgendwo, ganz hinten in ihrem Verstand, ruft eine Stimme, dass sie aufhören soll.

Aber warum? Es fühlt sich so gut an. So aufregend, dass ihr Herz bis zum Hals schlägt.

Erneut registriert sie ganz langsam, wie sich seine Hände hinten in die Leggins schieben, direkt in ihren Slip hinein, und seine Finger direkt auf ihrem Hintern liegen und sie genüsslich kneten.

Die Körper reiben einander und sie kann seine Erregung noch deutlicher fühlen.

Seine Hände scheinen überall zu sein. An ihrem Hintern, am Rücken, an den Hüften. Sie bewegen sich sanft und fordernd zugleich. Das ist unglaublich anregend und Tina genießt seine Berührungen, während der Kuss immer heißer und leidenschaftlicher wird.

Wild spielen die Zungen miteinander und auf einmal ist da eine Hand, die sich zum Bauch bewegt, unter ihrem Shirt höher gleitet und ihren Sport-BH samt Shirt bis zum Hals schiebt. Die Hände streicheln und liebkosen abwechselnd ihre Brüste und die Warzen.

Sein Mund löst sich von ihrem und wandert küssend tiefer. Am Hals seufzt sie und kaum umspannen die Lippen ihre rechte Brustwarze, dringt ein zufriedenes und lüsternes Stöhnen aus ihrer Kehle.

Die linke Brust wird sanft massiert und die rechte Hand gleitet erneut hinten in ihre Hose hinein. Automatisch hebt sie ein Bein und sie spürt das Lächeln an seinem Mund, während er sie weiter leidenschaftlich küsst.

Die andere Hand gleitet über die Rundungen ihres straffen Hinterns. Die Fingerkuppen nähern sich gefährlich dem Rumpf und ihrem Schambereich.

Ihre Muskeln spannen sich an, sodass der Arsch noch knackiger wird. Sie drückt den Unterleib nach vorn und spürt noch stärker seine Erregung.

Als die Fingerspitzen den Rumpf, ganz nah an ihrer Scham, berühren, setzt sie das Bein wieder ab und streckt sich demonstrativ.

Gerade will sie etwas sagen, da ziehen sich die Finger wieder zurück und liegen nur noch auf ihrem Hintern.

Sein Mund küsst ihre Haut abwärts. Das Brustbein, den Bauchnabel und kurz darauf über dem Bund ihrer Leggins.

Seine linke Hand folgt seiner Bewegung und während er

mehrmals ihren Bauch mit seinen Lippen liebkost, haken sich links und rechts seine Finger in die Leggins ein.

Ganz langsam zieht er diese samt ihrer Unterhose herab. Sein Mund nutzt den Platz und küsst abwärts, bis seine Lippen direkt über dem Schambein ankommen.

Die Hosen gleiten noch tiefer und ihre Scham wird sichtbar, aber bevor Adam weiter küssen kann, packen ihre Hände seinen Kopf und ziehen ihn zu ihr hoch.

»Wir sollten ... wir sollten wieder zurückgehen. Die anderen warten bestimmt schon auf uns«, stammelt sie schwerfällig die Worte heraus, während sie sich tief in die Augen schauen.

»Ja, du hast recht«, antwortet Adam und nickt dabei. Spürt sie eine leichte Enttäuschung bei seiner schnellen Antwort?

»Ich möchte aber noch kurz deine Lippen küssen«, raunt er verführerisch.

»Ist das okay?«, fragt er sicherheitshalber und Tina nickt kurz und knapp. Sie wirkt dabei wie verzaubert, wie von einer anderen Welt und nur ganz langsam keimt in ihr die Verwunderung auf, warum er sie unter den Achseln packt und auf die Liege hinter ihr absetzt.

Dabei drückt der Bund ihrer Hose gegen den Arsch, der direkt darauf sitzt. Er scheint das zu bemerken, hebt ihre Beine an und zieht die Hose samt Slip bis zu den Kniekehlen herab. Nun spürt sie die Kälte der Liege auf ihrem Gesäß.

Sie denkt noch, dass es nicht notwendig gewesen wäre, die Hosen bis dorthin zu ziehen, aber da passiert es schon: Adam kniet sich vor ihr hin und drückt seinen Kopf sanft von unten durch ihre Beine und spreizt ihre Oberschenkel.

Wie will er so meinen Mund küssen? Da muss ich mich ganz schön verbiegen, denkt sie sich und muss dabei kichern.

Aber sein Kopf nähert sich nicht ihrem Gesicht, sondern seine Augen betrachten ihre Vagina.

»Die ist wunderschön«, hört sie ihn flüstern und er senkt seinen Mund auf ihre Scham. Erst jetzt erkennt sie ihren Irrtum. Er will nicht ihren Mund, sondern ihre Schamlippen küssen!

Vor Panik keuchend, will sie etwas sagen, aber ihr fehlt die Luft. Halbherzig legen sich ihre Hände auf seine Stirn, aber es ist zu spät.

Schon spürt sie den Kuss an ihren Schamlippen und ein unglaublich schöner Schauer läuft über ihre Haut. Gleichzeitig zuckt ihr Unterleib und eine wunderbare Wärme entsteht genau dort, wo seine Lippen liegen.

Diese öffnen sich und mit großen Augen muss sie zusehen, wie seine Zunge herausgleitet und langsam über ihre Lippen streicht. Es wirkt auf Tina, als ob er an einer süßen Frucht lecken würde.

Sie erschaudert und spürt sogleich noch etwas anderes. Ein sanftes, unbeschreiblich anregendes Kribbeln. Es fühlt sich nicht an wie von einem Finger oder der Eichel eines Glieds, wenn sie über ihre empfindliche Haut gleitet.

Es ist rau, fest und zugleich weich.

Noch immer starrt sie ungläubig auf dieses Schauspiel und spürt eine größer werdende Erregung. Ihr Becken zuckt plötzlich und geht in ein leichtes Wippen über, welches sich seinem Lecken anpasst.

Adams Augen mustern Tina. Dabei strahlen sie Genugtuung, Freude, aber auch etwas Schelmisches aus.

Tief zieht Tina die Luft ein, während seine Zunge sich das erste Mal tief zwischen ihre Schamlippen schiebt, bevor sie sich ihrem Kitzler widmet.

Genüsslich kreist sie darüber, scheint mit ihr zu spielen und sie gleichzeitig auch zu achten oder zu ehren. Er behandelt sie wie eine kleine Kostbarkeit, und das gefällt Tina.

Sie dachte immer, oraler Sex bei einer Frau ist ein ekelhaftes Geschlabber, aber das, was Adam bei ihr macht, ist einfach wunderbar. Die Hitze steigert sich und wird zu einem Waldbrand.

Locker liegen ihre Füße auf seinem Rücken. Adam legt seine Hände auf ihre Arschbacken, die Daumen nach innen gerichtet, und lässt sie behutsam nach innen gleiten.

Sie zuckt erneut, als die Fingerkuppen ihre Schamlippen erreichen, und sie stöhnt sinnlich auf, als diese langsam und behutsam in sie eindringen.

Ihre Augen verdrehen sich und sie lehnt den Kopf an der Wand hinter sich an, um seine Liebkosungen zu genießen. Die Zunge und die Daumen machen sie immer geiler. Das Ziehen wird unbarmherzig und die Hitze scheint sie verbrennen zu wollen.

Die Daumen dehnen ihre Möse, gleiten hinein und hinaus, berühren dabei unentwegt die empfindlichsten Nervenenden in ihrer Muschi und bringen sie zum Schmelzen.

»Oh mein Gott«, flüstert sie und lässt ihren Leib erbeben.

Noch tiefer schieben sich die Daumen und die Zungenspitze kreist immer gieriger über ihren Kitzler. Das Beben wird sehr schnell zu einem Zittern und fast wie aus dem Nichts zieht sie hastig die Luft ein, drückt ihren Rücken durch und wie von einem Katapult angetrieben rammt sie ihr Becken hart nach vorn, direkt gegen seinen Mund.

Ihren hat sie kurz zuvor mit der rechten Hand verschlossen und so dringt nur ein gedämpfter Schrei aus ihrer Kehle heraus.

Mehrmals zuckt ihr Körper, bevor er sich langsam wieder beruhigt.

Schwer atmet Tina durch und starrt Adam fassungslos an.

Er hat ihr einen Orgasmus gemacht. Unglaublich schnell und das noch mit dem Mund, was sie eigentlich total ekelhaft findet.

Liebevoll lächelt er sie zwischen den Schenkeln an. Seine Lippen glänzen feucht.

Es dauert einige Sekunden, bis sie tatsächlich das gesamte Ausmaß realisiert. Das Knutschen mit dem viel jüngeren Mann. Der orale Sex, der so unglaublich heiß war, und dass sie noch immer in einer recht obszönen Position vor ihm sitzt.

Schnell zieht sie ihre Beine an und hebt sie über seinen Kopf hinweg auf die rechte Seite.

Adam, der noch immer breit lächelt, stellt sich vor ihr hin, während sie, etwas verlegen zu Boden blickend, langsam von der Liege aufsteht.

»Ähm …«, beginnt sie unsicher, wird aber sofort von Adam unterbrochen, der sie an den Schultern hält.

»Jetzt darfst du das bei mir machen«, sagt er leise, verführerisch und in einem Tonfall, der ihr durch Mark und Bein geht.

»So etwas mache ich nicht«, sagt Tina und versucht dabei, ihre Stimme fest klingen zu lassen. Aber das, was sie hört, ist nur ein unschuldiges Säuseln, ohne Kraft und Widerstand.

»Bei mir schon«, antwortet Adam selbstbewusst und wie selbstverständlich. Dabei drückt er Tina herunter, bis sie vor ihm kniet. Schnell ist seine Sporthose ein Stück herabgezogen und sein großer, harter Ständer schwingt ihr entgegen.

In Tinas Kopf ist sofort die Erinnerung wieder da, wie er vorhin mit dieser Beule gegen ihre Scham gedrückt hat, und mit großen Augen starrt sie auf das erregte Glied. Behutsam legt Adam seine rechte Hand auf ihren Kopf.

»Das habe ich noch nie gema…« Beim letzten Buchstaben ist ihr Mund so weit geöffnet, dass seine Eichel problemlos eindringen kann, und ihr letztes Wort endet in einem Gurgeln.

»Schön die Lippen schließen«, raunt Adam genüsslich und beim Blick nach oben entdeckt Tina ein unglaublich zufriedenes

Lächeln, während sich sein Ständer weiter in ihren Mund hineinschiebt.

Die Erinnerung an Corinna ist schlagartig wieder da. Und die Worte, die beide fallen ließen.

Kaum berührt seine Eichel ihre Zunge, zuckt sie kurz zurück, aber im Gedenken an das Gehörte im Keller gleitet ihre Zungenspitze waagrecht an der Unterseite entlang. Sie spürt das Häutchen und findet Gefallen an diesem Spiel.

Sanft leckt sie daran.

»Oh, ja, das ist gut«, haucht er die Worte und lächelt noch immer. Von diesem Lob angetan, spielt sie etwas forscher mit seinem Schwanz.

Wieder dringt die Realität zeitversetzt in ihren Verstand. Was tut sie hier?

Sie kniet mit ihren Hosen in den Kniekehlen steckend, also praktisch nackt, vor Adam und hat seinen Schwanz im Mund, während dieser mit seinem Becken langsam vor- und zurückschwingt.

Ihre Lippen gleiten an seiner Vorhaut entlang. Die Zunge spielt mit der Unterseite der Eichel und lässt den Schwanz immer wieder vor Freude zucken.

Der junge Mann lobt sie dafür, was Stolz in ihr auslöst. Und sie vermisst den Ekel, den sie erwartet hat. Aber es ging so schnell und jetzt muss sie feststellen, dass der Blowjob überhaupt nicht schlimm ist.

Erneut sind da die Gedanken bei Corinna und dem Keller. Sie hat es auch gemacht.

Und jetzt ich. Ich blase einen Schwanz, schießt es ihr in den Kopf und sie spürt eine unglaublich spannende Aufregung in ihr. Gleichzeitig setzt wieder dieses angenehme, lustvolle Ziehen und Kribbeln in ihrem Unterleib ein, was sie nicht wahrhaben möchte.

Für einen kurzen Moment möchte sie den Kopf zurückziehen, aber seine Hände halten ihn fest, während sein Becken dafür sorgt, dass sein Ständer regelmäßig durch ihre Lippen gleitet.

Sie schwankt und instinktiv greift ihre rechte Hand nach seinem Stamm und sie hält sich daran fest. Aber nur kurz, denn schon reibt ihre Faust seinen Ständer.

»Ja, das machst du gut. Verdammt gut!«, stöhnt nun Adam hoch erregt und presst die Zähne im Anschluss zusammen. Lautstark zieht er die Luft dazwischen ein, während sein Becken schneller vor- und zurückgleitet.

Sie spürt sein auftretendes Beben in seinem Körper und blickt nun zum allerersten Mal nach oben. Er schaut sie mit leuchtenden Augen an. Voller Begeisterung und Freude. Freude, die sie ihm schenkt.

Jetzt wird ihr klar, wie gut sie es macht, und der Stolz in ihr wird noch größer. Ihre Lippen pressen sich fester an den Stamm, bewegen die Vorhaut und genießen den kurzen Moment, wenn sie über den Eichelkranz rutschen.

Ihre Hand wichst schneller, massiert den Stamm, drückt ihn fest und genüsslich. Es macht ihr Spaß, so wie es ihm Spaß macht und gefällt, was sie macht.

Ohne ersichtlichen Grund empfindet sie sich als etwas Besseres. Als eine Art Elite, die bereit ist, dem Mann etwas ganz Besonderes zu bieten. Warum auch nicht? Immerhin hatte er es ihr auch mit dem Mund besorgt. Und das war einfach nur geil gewesen.

Die Erinnerung an seinen Mund und die Zunge erregt sie noch stärker und ihr Kopf schwingt nun seinem Schwanz entgegen. Ihre Finger packen den Schwanz noch fester und reiben härter. Dabei erspürt sie seine Form, die Härte und das Volumen, das ihre Erregung noch mehr steigert.

Adam stöhnt tief und lüstern. Es ist ein lang gezogener und unglaublich genussvoller Ton, der aus seinem Rachen aufsteigt.

Die Bewegungen werden unkontrollierter. Mit kurzen, harten Stößen rammt sein Becken nach vorn und seinen Schwanz in ihren Mund hinein. Seine Hände fixieren ihren Kopf. Seine Finger krallen sich regelrecht in ihr Haar hinein.

»Ja! Schluck es!«, raunt seine Stimme und zunächst versteht Tina nicht.

Soll ich seinen Schwanz schlucken?, fragt sie sich und achtet viel mehr auf das Schmatzen ihres Mundes als auf den Sinn seiner Worte.

Adams Muskeln spannen sich an. Seine Bewegungen werden langsamer. Er bebt und zittert. Der Mund verzieht sich wie unter Schmerzen und seine Augen werden klein.

Tina blickt ihn an, lächelt und wichst ihn noch schneller. Ihre Lippen öffnen sich leicht. Dann wird ihr klar, wie naiv ihre Gedanken zuvor waren: *Seinen Schwanz schlucken?* Sie könnte jetzt schallend loslachen, würde nicht in diesem Moment sein Sperma in ihren Mund schießen. Sie zuckt zusammen, schließt die Augen und möchte instinktiv zurückweichen, aber seine Hände halten ihren Kopf noch immer an der Stelle fixiert.

»Schlucken!«, ruft er gequält und wie in Ekstase aus.

Instinktiv umschließen ihre Lippen den Stab wieder fest. Sie kann nicht sagen, ob es wegen seines Wunsches geschieht, den er gerufen hat, oder ob sie Bedenken hat, dass sein Sperma aus ihrem Mund heraus und auf ihre Hose tropft.

Bei dieser Frage dreht sich kurz ihr Magen um. Sie hat Sperma im Mund. Und es wird immer mehr. Der Schwanz in ihrer Faust pumpt immer wieder und füllt ihren Rachen.

Instinktiv schluckt sie und die Erinnerung an ihre letzte Erkältung kommt in ihr hoch. Morgens, als der Schleim den Rachen runterlief und sie ihn schluckte. So wie jetzt.

Gleichzeitig aber findet sie es unvorstellbar anregend und geil.

Ich habe ihn abspritzen lassen! Ich habe es ihm besorgt. Mit dem Mund! Sie kann es noch gar nicht fassen, was sie getan hat. Ihr Herz schlägt ihr bis zum Hals und die Freude darüber ist einfach umwerfend. Sie kann nicht erklären, warum das so ist. Sie hätte erwartet, vor Scham und Ekel im Erdboden zu versinken, aber sie freut sich.

Lächelnd blicken sie sich gegenseitig in die Augen, während ihre Hand den Stamm langsam reibt. Mit festem Druck scheint sie das letzte bisschen Sperma aus ihm herauspressen zu wollen.

Gleichzeitig öffnet sie den Mund und zeigt ihm, wie ihre Zunge über die Eichel streicht.

Wild schießen ihre Gedanken durch den Kopf. Blasen, Ekel, Geilheit, schuld ist der Alkohol, Schwanz und wieder Geilheit.

Sein Penis schrumpft langsam und bevor es sich nicht mehr lohnt, küsst sie ihn auf die Spitze und gleitet mit ihren Lippen sanft darüber, bis sie die Stelle erreicht, an der die Vorhaut angewachsen ist.

»Oh, ja, das ist gut. Mach weiter.« Seine Stimme klingt fast gequält, aber sehr zufrieden.

Tina lässt die Zunge über die Eichel kreisen. Langsam. Genüsslich. Verspielt. Dabei blickt sie ihn intensiv an und registriert jedes Zucken der Augen, das allmähliche Ansteigen der Mundwinkel und seine Zunge, die fast vulgär über seine Lippen leckt.

Das alles, und wahrscheinlich auch der Alkohol, verdrängt die ursprüngliche Abneigung gegen den oralen Sex. Jetzt gefällt es ihr und sie verspürt neben dem Stolz auch eine gehörige Portion Macht bei dem, was sie hier tut.

Der Schwanz, den sie gerade verwöhnt, ist erneut steinhart. So etwas hat es bei ihrem Mann noch nie gegeben.

Ganz plötzlich wird es ihr gewahr: *Ich betrüge meinen Mann. Nicht nur, dass ich mit einem anderen knutsche und er mir einen Orgasmus geschenkt hat. Nein, ich mache bei diesem anderen Mann etwas, was ich bei meinem eigenen noch nie gemacht habe!*

Das ist für Tina der größte Vertrauensbruch und die jetzt aufsteigende Scham lässt sich durch nichts verdrängen.

Schnell lässt sie den Schwanz los und zieht ihren Mund zurück. Verlegen lächelt sie Adam von unten herauf an.

Ihre Blicke treffen sich. Er lächelt liebevoll zurück. Seine Augen leuchten und scheinen vor Glück platzen zu wollen.

Tina weiß, dass sie es gut gemacht hat. Nein, sie hat es wunderbar gemacht und das erfüllt sie erneut mit unglaublichem Stolz. Dennoch ist das hier schlecht, falsch und verboten, was sie getan hat.

Vor ihr schwebt sein Ständer. Groß, hart, verführerisch einladend. Er schwingt etwas nach oben und kurz will sie ihn anschauen, bewundern und mustern. Aber sie zwingt sich weiterhin, den Blickkontakt zu halten.

Sein Geruch dringt in ihre Nase und der seichte Geschmack seines Spermas ist noch immer vorhanden. Erst jetzt wird ihr bewusst, dass sein Saft so gut wie nach gar nichts schmeckt.

Beide atmen schwer und die Sekunden verstreichen, in denen sie eine Entscheidung treffen muss.

***

»Ich muss dann gehen«, sagt Tina schnell und richtet sich auf. Kaum steht sie, schwankt schon wieder die gesamte Welt und sie klammert sich an Adam fest.

»Willst du nicht viel lieber noch mal kommen?«

Seine Stimme ist nur ein Hauch, aber sie löst ein unbarmherziges Kribbeln und Ziehen im Unterleib aus. Sie kann ihn fühlen und auch riechen und sofort sind da diese Lust, dieser Rausch und eine Art Sucht zu spüren.

»Ja«, hört sie sich wie von weiter Ferne aus sagen und kann es nicht glauben, dieses Wort in den Mund genommen zu haben.

Aber sie hatte gerade schon etwas ganz anderes im Mund, hört sie ihr Teufelchen in ihrem Kopf rufen und sie muss grinsen.

Tina spürt, wie sie angehoben wird und mit dem nackten Arsch auf dem kalten Kunststoffbezug der Sanitätsliege zum Sitzen kommt.

Noch immer vom Alkohol benommen, lehnt sie sich mit dem Rücken an die Wand, schreit kurz und spitz los, als Adam ihre Hüften packt und sie ruckartig an den Rand der Liege vorzieht.

Ihre Beine scheinen zu schweben und langsam nach oben zu wandern, bis die Fersen an seinen Schultern liegen.

Ungläubig wandern ihre Augen den eigenen Körper herab. Über ihre im Freien befindlichen Brüste, den straffen Bauch, bis der Blick zwischen ihren Beinen ihre Vagina erreicht. Direkt davor steht sein Stab bereit. Rot, feucht glänzend und verführerisch rund.

Den hatte ich eben noch im Mund, denkt sich Tina, während Adam sein Becken vorschiebt und sein Glied langsam über ihre Schamlippen bis zum Kitzler gleitet.

Eine Welle voller Glut und Hitze strömt durch ihren Unterleib und ein gedämpfter Laut der Wonne und Lust dringt aus ihrer Kehle.

Er zieht sich zurück, um erneut über ihre Scham zu gleiten. Der Druck ist nun etwas stärker und das Lustgefühl potenziert sich.

Ihr Unterleib zuckt kurz und während er sich zurückzieht, atmet sie lautstark aus.

Jetzt befindet sich die rote Spitze direkt vor ihrem Eingang und bewegt sich langsam und vorsichtig nach vorn. Ihre Schamlippen wölben sich nach außen, werden zur Seite geschoben und sie spürt den Eindringling dazwischen.

Ganz weit hinten in ihrem Verstand kreischt eine Stimme. *Stopp! Stopp!* Aber die Lustwellen, die sich nun noch intensiver und schneller aus ihrem Zentrum ringförmig verteilen, drängen die Stimme weiter in den Hintergrund.

Sie beobachtet mit schwerem Atem, wie die Eichel tiefer gleitet, der Kranz von den Schamlippen verschluckt wird und der restliche Stamm wie ein Zug in einem Tunnel verschwindet. Oder ist es ein Bohrer, der in einer Wand verschwindet?

Gleichzeitig nimmt das Völlegefühl in ihrem Unterleib zu. Es ist herrlich, aufregend und einfach nur geil. Unter ihrem ungläubigen Blick verschwindet sein Glied vollständig in ihrem Körper und ihr ist, als wäre ihre Muschi komplett ausgefüllt.

Tina hält die Luft an und langsam zieht er sich zurück. Neugierig und gleichzeitig abwartend mustert sie den dicken, feucht glänzenden Stamm, wie er wieder auftaucht. Gleichzeitig wölben sich ihre Schamlippen nach außen und wirken wie eine Blume beim Sonnenaufgang.

Kurz bevor der Eichelkranz erscheint, stoppt seine Bewegung und gleitet wieder in sie hinein.

Flach atmend ertönt die Stimme der Vernunft in ihrem Schädel.

Das darfst du nicht! Du betrügst deinen Mann! Schäm dich!

Das Glied ist nun wieder fast komplett in ihr drin, da blickt sie nach oben.

»Stopp. Das dürfen wir nicht!«, ruft sie schwach und mit einem leichten Schlag in der Stimme, der vom Alkohol herrührt.

Adam verharrt in der Bewegung und ihre Blicke treffen sich.

»Warum?«, fragt er leicht amüsiert und lächelt dabei gewinnend.

»Ich ... ich bin verheiratet.« Das klingt nun wie eine Entschuldigung.

Ganz langsam setzt der Ständer in ihrer Vagina den Weg wieder fort, um noch tiefer in sie einzudringen.

»Oh ja, das stimmt«, sagt er einfühlend, bewegt sein Glied jedoch im gleichen Tempo weiter, bis er erneut bis zum Anschlag in ihr steckt. Dort verharrt er für einen Moment und Tina kann den Kontakt seiner Spitze mit ihrem Muttermund fühlen. Was für ein Wahnsinn, der ihr den Verstand raubt und sie einmal tief durchatmen lässt.

»Aber jetzt ist es schon passiert und ich bin tief in dir drin. Es fühlt sich so unglaublich gut an«, flüstert er, während sich sein Ständer langsam wieder zurückzieht. »Findest du nicht auch?«, haucht er in dem Augenblick, in dem seine Eichel gerade noch zwischen ihren Schamlippen steckt.

Tina weiß, dass sie jetzt alles stoppen könnte. Sie weiß, Adam würde sich komplett zurückziehen und es wäre vorbei. Sie würden sich wieder anziehen und zur Weihnachtsfeier zurückkehren.

Sie würden nie wieder davon reden, sie müsste nur noch das entscheidende Wort sagen, mit dem viele Menschen ein Problem haben. *Nein!*

Ihr Verstand ruft es, aber Ziehen, Kribbeln und Kitzeln in ihrem Unterleib, das von einer wohltuenden Wärme begleitet wird, drängen diese Stimme in den Hintergrund.

Gleichzeitig spürt sie die Angst. Die Angst davor, dass dieses schöne Gefühl, das sie schon so lange nicht mehr verspürte, schlagartig endet. Sie holt kurz Luft.

»Ja«, raunt sie und lächelt, während sich der Penis wieder in Bewegung setzt.

»Du möchtest doch auch etwas davon haben, oder?«, fragt er leise nach und seine Augen glühen schelmisch.

»Ja«, seufzt Tina und spürt seine Spitze erneut an ihrem Muttermund. Und wie sie etwas davon hat. Ihr Unterleib brennt und wird noch heißer.

Adam zieht sich wieder zurück und gleitet erneut tief in sie hinein. Sie spürt seine Ungeduld, die er in steigendem Tempo ausdrückt.

»Und dein Mann wird nichts erfahren. Wir können doch beide schweigen, nicht wahr?« Er lacht angestrengt und seine Augen scheinen sie auffressen zu wollen.

»Ja! Oh ja!«, ruft sie nun deutlicher im Takt seines Beckens hervor.

Er beschleunigt und schon wenige Augenblicke später stößt er mit kurzen, harten Bewegungen zu.

Beide seufzen, pressen die Luft stöhnend hervor und geben weitere, wollüstige Laute von sich. Ein leises Schmatzen entsteht, was sich schnell zu lautem, schnellem Klatschen aufbauscht.

Gleichzeitig prallen seine Hoden gegen ihren Hintern, was Tina noch geiler macht.

Oh, es ist so herrlich, ausgiebig gebumst zu werden. So schnell und hart zu vögeln, und seinen geilen, harten Schwanz so tief zu spüren.

Seine Hände lösen sich von ihren Hüften. Die Linke schiebt sich unter ihr Oberteil und massiert sogleich abwechselnd ihre Brüste.

»Das habe ich mir schon so oft vorgestellt.« Hastig stößt er die Worte hervor, die seinen Bewegungen folgen.

Ja, ich auch, will sie rufen, aber verkneift es sich und belässt es bei den Gedanken, die von Bildern heimgesucht werden, in denen sie bei der Vorstellung selbst masturbierte.

Ob er sich auch einen runtergeholt hat, während er an sie dachte? *Bestimmt,* denkt sich Tina und muss lächeln. Sie stellt sich vor, wie Adam auf dem Klo sitzt, an sie und ihren Körper denkt und den Schwanz mit der Faust auf und ab reibt.

Jetzt hat er die Hand gegen meine Muschi getauscht, was bestimmt viel geiler ist, ergänzt sie in Gedanken und lächelt noch breiter.

Adam bemerkt es und fickt sie noch härter. Schmatzend gleitet sein Schwanz schnell in sie hinein und seine Leisten klatschen laut gegen ihren Hintern.

Die Rechte gleitet zwischen ihre Beine, bis sein Daumen den Kitzler erreicht. Im Takt seiner wuchtigen Stöße kreist er darüber und löst in Tina ein Inferno aus Hitze, Glut und Feuer aus.

Genieße es, ruft ein kleines Teufelchen in ihrem Kopf, während die Scham irgendwo, weit entfernt in ihrem Verstand in einer Ecke sitzt und schmollt.

Wenn es dein Mann nicht schafft, so lass es dir von Adam so richtig besorgen. Du hast es dir verdient, ruft das Teufelchen weiter und Tina versinkt in einem Rausch aus heftigen Stößen, dem Reiben eines harten Schwanzes, den Berührungen in ihrem Inneren und der Glut, die sich immer weiter von dort ausdehnt.

Ihr Körper bebt und sie schnappt nach Luft. Abwechselnd blickt sie in Adams Gesicht und anschließend wieder auf ihre Möse, in der sein Ständer regelmäßig verschwindet. *Wie eine Nähmaschine,* denkt sich Tina und muss grinsen.

Nur dass es keine dünne Nadel ist, die sich da unermüdlich in sie hineinbohrt.

In ihrem Unterleib zieht sich alles zusammen und die Hitze wird unbeschreiblich. Sie glüht, sie schmilzt und dann explodiert sie. Erneut presst sich Tina ihre rechte Hand auf ihren Mund, sodass nur ein dumpfer Schrei ertönt. Ihr Körper ruckt mehrmals auf der Liege. Das Becken kippt wild vor und zurück und der Oberkörper zuckt auf und ab.

Nach wenigen Sekunden nimmt sie die Hand vom Mund und atmet schwer, schnell und mehrmals tief ein und aus.

Ungläubige Begeisterung liegt in ihrem Blick, der auf seinem charmant lächelnden Gesicht liegt.

Sie hatte zwei Orgasmen kurz hintereinander. Ihr ist warm und sie schwitzt. Sein Ständer ist noch immer hart und prall in ihr drin. Dabei bewegt er sich kaum und Tina fragt sich, auf was er wartet.

Oder ist er auch schon gekommen? Mit mir? Aber warum ist er dann noch hart?

Diese Fragen kann sie sich nicht beantworten und während er langsam seinen Stab aus ihr herauszieht, kommt eine leichte Unruhe bei ihr auf.

Was hat er vor?, fragt sie sich und bekommt nicht mehr als ein Lächeln zustande. Fragen kann sie ihn nicht, dafür fehlt ihr die Kraft.

Noch immer mit diesem charmanten Lächeln im Gesicht zieht sich Adam komplett aus ihr heraus, ergreift ihre Hände und während er einen Schritt zurückmacht, zieht er sie von der Liege hoch, bis sie vor ihm steht.

Kurz fragt sich Tina, ob sie jetzt noch mal blasen soll, und überlegt, ob sie es macht oder nicht. Da dreht Adam sich zügig um die eigene Achse und drückt ihren Oberkörper sanft nach vorn, bis sie sich auf der Liege mit den Ellenbogen abstützt. Sie spürt seine Hände, die wohlwollend und fast schon gierig ihren Hintern entlangstreifen und ihn sanft massieren. Auch, wie er sich nähert und seine harte Spitze gegen ihre rechte Arschbacke stößt.

Wie angewurzelt steht sie da und wartet, was passiert.

Adam ergreift mit der Linken ihre Hüfte, um mit der Rechten seinen Stab in Position zu bringen. Langsam schiebt sich sein Becken nach vorn und er dringt erneut in sie ein.

Seufzend hebt Tina ihren Kopf und schließt dabei ihre Augen. Was für ein Gefühl.

Kaum steckt der Ständer tief in ihr drin, holt Adam kurz aus und stößt zu. Es klatscht und beide atmen aus.

Er packt nun mit beiden Händen ihre Hüften und bumst Tina schnell und heftig von hinten.

Oh ja, das mag ich ganz besonders, denkt sie sich und ist über Adams Reaktion verwundert.

»Ja, ich auch!«, ruft er und stößt schnell, fest und hart zu.

Dabei kann er nicht sehen, wie Tina rot anläuft. Anscheinend hat sie die Worte nicht gedacht, sondern laut ausgesprochen.

Aber das ist jetzt auch egal, denn Adam vögelt sie nun unglaublich geil von hinten.

Ihre Hände fliegen zu ihm, packen seine Hüften und zerren diese schnell an sich heran. Sie gibt nun das Tempo vor und das ist schnell und hart.

»Ja! Ja! Oh, bist du geil!«, ruft Adam und bumst sie immer wilder.

»Ja, du auch!«, presst sie zwischen den Stößen hervor, die ihren Körper jedes Mal wuchtig nach vorn rammen.

»Das will ich jetzt öfter haben!«, ruft er und hämmert mit einem lauten Klatschen seinen Unterleib gegen ihren Hintern.

»Oh ja, ich auch! Das wird geil. Unter der Dusche!«, antwortet Tina, ohne nachzudenken, was sie da von sich gibt. In ihrer Vorstellung steht sie da, Adam kommt hinzu und vögelt sie im Stehen, während das Wasser auf sie herunterfällt.

Er greift nach ihren Händen, löst diese von seinen Hüften und zieht sie ein Stück in Richtung Decke. Dadurch hebt sich ihr Oberkörper, der nun ein mächtiges Hohlkreuz bildet.

Bei jedem tiefen Eindringen wippt ihr Kopf hin und her. Ihre Haare schwingen von links nach rechts und ihr Stöhnen wird lauter.

Dabei zieht er sie bei jedem Stoß an sich heran, als würde er sie über seinen Pfahl ziehen, der dick und hart in ihr steckt. Oder wie ein Reiter, der sein Pferd an den Zügeln hält.

Tina stöhnt und hechelt stärker. Wuchtig rammen beide Körper gegeneinander.

»Darf ich in dir kommen?«, fragt Adam angestrengt nach. Tina spürt seine Anspannung und wie er ihre Hüften gepackt hält.

»Ja! Verdammt, ja! Füll mich ab! Aber … aber warte nur noch ein bisschen, bitte …«, krächzt sie und wird selbst unruhig und hektischer in den Bewegungen. Auch sie steht kurz davor.

»Gern«, raunt er und vögelt sie schwer nach Luft schnappend weiter.

Bei Tina wird die Hitze zu einer Glut. Lava scheint durch ihre Adern zu fließen und sie hält es nicht mehr aus.

»Ja! Jetzt! Jetzt!«, schreit sie und mit einem heftigen Ruck bockt sie nach hinten und oben. Ihr Körper zuckt hoch, fällt herunter und sie schreit noch einige Male ihre Lust hemmungslos heraus.

Er hält sie mit gefletschten Zähnen fest und zügelt sie. Dann verzieht sich vollständig sein Gesicht zu einer Fratze.

Im gleichen Moment dehnt sich sein Ständer mehrmals für einen kurzen Augenblick aus und spritzt mit hohem Druck sein Sperma in sie hinein.

Ein gedämpftes Seufzen dringt aus seinem geöffneten Rachen, auf dem ein unglaublich befriedigendes Lächeln liegt.

Noch einmal zuckt sein Becken, dann stehen sie beide, eng aneinandergepresst, an der Liege. Er greift ihr unter die Achseln und zieht ihren Oberkörper zu sich hoch, dreht ihr Kinn zu sich und küsst sie auf den halb geöffneten Mund.

Die Zungen finden zueinander und sie genießt dieses Nachspiel beim Sex sehr, denn seine Hände streicheln sanft und zärtlich über ihren Körper. Die Berührungen am Bauch, den Schenkeln und den Brüsten tun gut.

Sein Glied scheint zu schmelzen und nach wenigen Sekunden spürt sie ihn kaum noch. Das ist wie bei ihrem Mann, nur, dass sie davor nicht drei Orgasmen hatte.

Sie muss grinsen und Adam löst seine Lippen von ihren.

»Das war fantastisch«, flüstert er und sie nickt. Seine rechte Hand erreicht ihre Brust und streichelt darüber, bis ihre Warze sich erneut aufstellt.

Dabei blicken sie sich tief in die Augen und kaum drückt er die Warze zärtlich mit Daumen und Zeigefinger, küsst er sie erneut.

Es klingt, als würde sie den letzten Atemzug machen. Sie haucht ihn an und gibt sich seinen Liebkosungen hin.

Seine rechte Hand streichelt ihren Bauch, wandert tiefer, gleitet über ihren Schenkel bis zu ihrer Scham. Dort streicht sein Mittelfinger über die Leiste abwärts und berührt sogleich ihre Schamlippen.

Sie zuckt und gibt einen kurzen genüsslichen Laut von sich.

Noch immer steht er hinter ihr und sein Glied steckt in der Möse. Allerdings spürt sie ihn kaum noch.

Der Kuss wird intensiver und die Zungen lecken sich gegenseitig in ihrem Liebesspiel ab. Sie atmen beide schwerer und Tina seufzt zufrieden, während seine Finger gefühlvoll über ihre Muschi gleiten.

Doch plötzlich reißt sie die Augen auf und wirkt erstarrt. Zunächst dachte sie an eine Täuschung, aber jetzt spürt sie es immer deutlicher. Sein Glied wächst erneut an. Nachdem er schon zwei Mal gekommen ist!

»Adam, was …?«, fragt sie überrascht und sie weiß nicht, ob sie lachen oder erschrocken sein soll.

Sein Mittelfinger erreicht ihren Kitzler und kreist sanft darüber. Tina zuckt zusammen.

»Du bist umwerfend heiß«, flüstert er und knetet nun die Brust. Sein Finger reibt etwas schneller, sodass Tina kurz die Luft wegbleibt. Gleichzeitig bewegt er sein Becken sanft vor und zurück.

Das Glied in ihr schwillt weiter an, wird dicker und länger. Somit dringt er wieder tief in sie ein und sie genießt jeden Millimeter von ihm.

Er küsst ihren Hals und sie gibt ein katzenähnliches Schnurren von sich.

»Du riechst so gut«, raunt er und plötzlich gleitet seine Zunge in voller Breite über ihr Genick.

»Und du schmeckst geil«, ergänzt er noch, was bei ihr eine Gänsehaut auslöst.

Ihr Becken drückt automatisch nach hinten, unterstützt von seiner Hand, die an ihrer Scham liegt. Der Mittelfinger reibt immer schneller und die Linke drückt ihre Brust leidenschaftlich.

Tina stöhnt und windet sich unter seinem Griff. Ihre Hände liegen auf seinem Körper, ziehen ihn heran und spüren die Hitze, die von ihm ausstrahlt.

Sie möchte sich am liebsten von ihm lösen, umdrehen und erneut auf der Liege Platz nehmen. Sie würde ihre Beine spreizen und seinen Ständer empfangen. Anschließend dreht sie sich und beugt sich vor. Er würde sie wie eine Stute besteigen und kräftig vögeln.

Aber seine Arme halten sie fixiert. Sie kommt nicht los und muss sich eingestehen, wie geil es ist, einen Harten in der Möse stecken zu haben und gleichzeitig befingert zu werden.

Er reibt immer schneller. Ihr Körper zittert und sie ruckt nach vorn, aber seine starken Arme halten sie fest.

»Oh mein Gott«, seufzt Tina angestrengt, deren Körper immer stärker zittert.

Sie presst die Beine zusammen, aber sein Mittelfinger erreicht noch immer sein Ziel und reibt noch kräftiger, dennoch gefühlvoll über den Kitzler.

Sie stöhnt lauter auf. Es ist unglaublich, seinen Schwanz in sich stecken zu fühlen und gleichzeitig die Möse massiert zu bekommen.

Ihr Becken zuckt, wodurch sich sein Schwanz etwas in ihr bewegt. Das macht sie noch geiler und plötzlich dringt ein lang gezogener Ton aus ihrem weit aufgerissenen Mund.

Adams Finger massieren ihren Kitzler und ihre Brust noch intensiver. Er spürt, wie sich ihr Körper immer stärker anspannt und aus dem Zittern ein Zucken wird.

»Ja! Ja!«, schreit sie plötzlich und ein heftiger Ruck rast durch ihren Leib, bevor sie nach vorn klappt und hastig die Luft in ihre Lungen zieht.

Nach wenigen Augenblicken kühlt ihr Orgasmus ab und sie kreist nun mit dem Arsch an seinem Schoß. Sein Ständer berührt so unglaublich viele Stellen in der Möse, was sie sogleich wieder geil macht.

Sie schwitzt und atmet schwer, dennoch fühlt sie sich wie in einem Rausch und als sich Adam von ihr zurückzieht, dreht sie sich mit erwartungsvollem Blick zu ihm um.

Adam schnappt den kleinen Stuhl, der neben der Liege steht, und nimmt darauf Platz. Breitbeinig präsentiert er seinen Ständer, der feucht glänzt und zur Decke zeigt.

Voller Begeisterung starrt sie ihn an und als er sie mit dem Zeigefinger herwinkt, folgt sie ihm sogleich. Kaum ist sie in der Reichweite seiner Arme, packt er sie, dreht ihren Körper und zieht sie auf seinen Schoß, zwischen seine Beine. Sie spürt seinen Ständer an ihrem Rücken und hört seine Stimme, nah an ihrem Ohr.

»Steck ihn dir rein«, flüstert er und sie erhebt sich augenblicklich, greift dabei nach hinten und positioniert den Stab direkt unter sich. Sie kreist etwas mit dem Unterleib, bis sie die Eichel an ihrer Pforte spürt und sich langsam wieder setzt.

Ein zufriedenes Seufzen ist seine Reaktion und die Hände von ihm legen sich auf ihre Hüften.

Sie steht ein Stück auf, um sich sogleich wieder fallen zu lassen. Hart rammt sich sein Speer in ihren Unterleib hinein. Die dadurch ausgelösten Hitzewellen überfluten ihren gesamten Leib.

Immer schneller hebt sie ihren Körper an und lässt sich fallen. Sie fühlt sich wie aufgespießt, atmet schwer und hat ein dauerhaftes Lächeln im Gesicht.

Beide stöhnen lauter. Er unterstützt ihre Bewegungen mit den Händen, schiebt ihren Arsch nach oben, bis er sich vorbeugt und die Hände zwischen ihre Schenkel schiebt.

Sanft drückt er sie auseinander, was Tina anstandslos zulässt, während sie sich in einer schnellen Gleichmäßigkeit fallen lässt.

Kaum sind ihre Beine geöffnet, liegt seine Rechte erneut auf ihrer Möse und kreist über den Kitzler.

Tina stöhnt lauter auf und lehnt sich etwas zurück. Seine linke Hand packt ihre Brust und knetet sie. Das ist alles zu viel für sie.

Sie bewegt sich nun nur noch stockend, abgehackt, während sie hastig nach Luft schnappt. Ihre Augen pressen sich zusammen und die Zähne knirschen.

Noch einmal fällt sie herab, dann stößt sie einen heißeren Schrei aus. Ihr Körper zuckt, das Becken kippt vor und zurück, während sie sich an seinen Schenkeln festklammert.

Ihr Orgasmus ist heftig, aber kurz. Schwer atmet sie durch und ihr glühender Leib entspannt sich langsam.

Er schiebt sie sorgsam von sich weg und kaum steht Tina, dreht sie sich zu ihm um. Noch immer atmet sie schwer und ihre Augen wirken müde. Sie ist am Ende. Verschwitzt und außer Atem starrt sie ihn an, während er seinen Schwanz langsam und einladend reibt.

»Machs mir noch mal mit dem Mund«, flüstert er heiser und ohne zu zögern kniet sich Tina vor ihn, packt seinen Penis und während sie ihn reibt, stülpt sie ihre Lippen darüber. Sie schnappt regelrecht danach, um anschließend mit schnellen, ausladenden Bewegungen den Kopf auf und ab zu schieben.

Das Schmatzen und ihre lüsternen, angestrengten und genüsslichen Laute bilden einen Chor des Entzückens.

»Mein Gott, bläst du geil«, raunt er voller Anerkennung, was bei Tina ein kurzes Lächeln auslöst und übermäßigen Stolz.

Ja, dieser Mann hat es geschafft, ihr vier Orgasmen zu schenken. Nein, zu zaubern. Da kann sie auch seinen Schwanz mit dem Mund verwöhnen.

Sie küsst, leckt, lutscht und saugt an ihm. Gleichzeitig wichst sie den Stamm und erntet ein sinnliches, lüsternes Stöhnen von ihm, was sie noch mehr anfeuert, stärker zu blasen.

Sie ist bereit, sich nochmals in den Mund spritzen zu lassen. Vorhin war es zwar überraschend, aber nicht wirklich schlimm. Und als Gegenleistung für den erhaltenen, genialen Sex ist das ein geringer Preis.

Seine Anspannung steigt, wie auch seine Atemfrequenz. Tina muss kurz schlucken, wichst seinen Schwanz vor ihrem Mund und streckt dabei die Zunge heraus. Sie will ihm zeigen, wie er ihr in den Mund spritzte, und leckt dabei die Unterseite seiner Eichel ab.

Sie spürt, dass es gleich so weit ist, und wichst noch schneller, aber plötzlich schiebt er sie mit der rechten Hand weg.

Etwas überrascht, zugleich auch gespannt, was nun folgen wird, starrt sie ihn an.

»Zieh deine Hose aus«, sagt er kurz und Tina runzelt für eine Sekunde die Stirn. Aber schon öffnet sie den Schnürsenkel ihres rechten Sneakers und will gerade den linken folgen lassen, da stoppt er sie.

»Ein Bein reicht«, sagt er hastig und Tina versteht. Schnell ist der Schuh ausgezogen, sie steht auf und zieht die Leggins samt Unterhose über ihren rechten Fuß, sodass die Kleidung am linken Fußgelenk hängt.

»Reite mich!« Seine Stimme ist leise und verführerisch. In ihrem Unterleib zieht es erneut und sie verliert keine Zeit. Schnell steigt sie auf ihn drauf, packt seinen Ständer und führt ihn sich ein.

Kaum steckt er in ihr, bewegt sich ihr Becken rasch vor und zurück. Adams Augen beginnen zu leuchten und er lächelt sie an.

»Oh, ist das geil. Das machst du unglaublich gut«, hechelt er angestrengt.

Nun schwitzen beide, aber Tinas Kondition lässt langsam nach.

»Komm schon! Komm schon!«, feuert sie ihn an. Sie hat ihre Arme um seinen Hals gelegt und zieht sich so fest an ihn heran.

»Ja, aber ich will das noch etwas genießen«, antwortet er etwas gequält klingend, grinst aber dabei breit.

Seine rechte Hand wandert abwärts, packt ihren Arsch und zieht ihren Körper ruckartig an ihn heran.

Er senkt den Kopf und nimmt die linke Brustwarze in den Mund. Mit der Zunge daran leckend, saugt er an ihr, was bei Tina ein angestrengtes Seufzen hervorruft.

Mit den Armen presst sie ihn noch fester an sich heran, während sie die letzten Kräfte mobilisiert, um den Unterleib, immer weiter nach hinten ausholend, schnell und hart nach vorn zu rammen.

Deutlich spürt sie ihre eigene Hitze, aber auch die von Adam, dessen Mund nun zu ihrer rechten Brustwarze wechselt und an ihr saugt.

Dabei hat er Mühe, nach Luft zu schnappen. Beide stöhnen nun lauter, atmen schneller und ziehen die Luft rasch in die Lungen.

»Bitte, komm endlich«, fleht sie ihn erschöpft an. »Ich kann nicht mehr.« Über Tinas Gesicht hat sich ein großflächiger Schweißfilm gebildet, der sich auch über den restlichen Körper zieht. Ihre Bewegungen werden träge.

Adam lacht kurz gequält, aber auch amüsiert.

»Na, komm schon. Es ist wie im Studio. Über seine Grenzen hinaus«, setzt er noch einen drauf.

Sie funkelt ihn böse an, beschleunigt nun wieder ihre Stöße. Ihre Muskeln schmerzen und sie bekommt kaum noch Luft.

»Ja, gut so! Weiter! Weiter!«, feuert Adam sie an, was ihr einen weiteren Schub gibt. Sie beißt die Zähne zusammen und rammt ihr Becken so hart es geht nach vorn und sich damit seinen Ständer tief hinein.

Und ganz plötzlich ist sie wieder da: diese alles versengende, heiße Sonne in ihrem Unterleib. Sie geht auf, wie an einem Julimorgen, an dem die Luft nachts kaum abgekühlt ist.

Für Tina versinkt alles in einem Dunst aus Lust und Freude. Ihre Bewegungen werden schneller, hastiger und kürzer, bis sie nur noch ein ruckartiges Zucken sind.

Aus ihrer Kehle dringt ein lang gezogener, dumpfer Ton, der nichts Menschliches an sich zu haben scheint, sondern nur aus purer Geilheit besteht.

»Jetzt spritze ich dir in deine Möse«, raunt seine Stimme und Tina verdreht die Augen.

»Ja«, antwortet sie undeutlich und ein heftiger Ruck lässt ihren Körper auf seinem Schoß gegen ihn prallen.

In diesem Moment entleert sich sein Schwanz in ihr. Druckvoll schießt sein Sperma in sie hinein, was ihr Unterleib mit einem weiteren Ruck quittiert.

Sie lacht und gleichzeitig laufen ihr Tränen herab. So etwas hat sie schon lange nicht mehr, nein, falsch, noch nie gefühlt.

Langsam klingen die Orgasmen ab und beide atmen tief durch. Sie senkt den Kopf und schaut in sein zufriedenes, nein, glückliches Gesicht.

»Du bist umwerfend«, flüstert er voller Anerkennung in der Stimme, was Tina sehr wohlwollend wahrnimmt. Sie lächelt vielsagend.

»Na, dann bin ich aber froh, dass du gerade sitzt. Sonst könntest du dich noch verletzen.« Sie lacht kurz und noch immer schwer atmend. Der Schweiß klebt ihre Haare und die wenige Kleidung an ihren Körper, aber Adam geht es genauso.

Er lacht ebenfalls und zieht ihren Kopf zu sich herunter.

Sogleich liegen die Lippen aufeinander, öffnen sich und geben den Weg für die Zungen frei. Sie küssen sich leidenschaftlich, heiß und ausdauernd.

Sie presst ihren Körper an seinen, während seine Hände ihren Rücken und den Hintern streicheln. Ihre Brüste reiben an seinem Oberkörper und ihre Schenkel pressen sein Becken zusammen.

Erst lange nachdem das Völlegefühl in ihr verschwunden ist, lösen sich die Lippen voneinander.

Die Atmung beruhigt sich und sie schauen sich gegenseitig tief in die Augen.

»Das war vorhin mein Ernst, dass ich das öfter haben möchte«, wiederholt er seine Worte und nickt dabei zur Bekräftigung.

Das ehrt Tina und ihr Lächeln wird unverbindlich, während sie aufsteht. Langsam blickt sie an sich herab.

»Jetzt könnte ich gleich wieder duschen«, sinniert sie und schüttelt den Kopf.

»Gern. Wir können gemeinsam duschen, so wie du es vorhin gesagt hast.« Sein Grinsen und das Zucken der linken Augenbraue sind eindeutig.

Tina versucht ihre Überraschung zu verbergen. Hat sie das vorhin in ihrem Sexrausch tatsächlich gesagt? Muss wohl so sein, denn woher sollte es Adam sonst wissen?

Scham steigt erneut in ihr auf, die sie ebenfalls überspielt.

»Na lass mal. Ich denke, ich dusche zu Hause. Ich habe jetzt keine frischen Klamotten dabei.«

Noch immer ist ihre Stimme vom Alkohol gezeichnet.

Sie zieht sich den Slip hoch und bemerkt dabei den forschenden Blick von Adam.

»Sehr schön«, kommentiert er ihren weißen Tanga, den sie erst vorhin frisch angezogen hat.

Tina zeigt auf seine Boxershorts.

»Die sind auch ganz nett«, sagt sie wie nebenbei und zieht sich ihre Leggins ebenfalls hoch.

Adam begehrt sogleich auf.

»Wie? Ganz nett? Was trägt denn dein Mann so?«, hakt er nach und Tinas Kehle schnürt sich zusammen.

Tina erstarrt und Adam steht auf und legt seine Hand auf ihre Schulter.

»Entschuldige bitte«, sagt er reumütig.

Sie wirft ihm einen kurzen, nichtssagenden Blick zu und geht vor ihm in die Knie, um sich den linken Schuh anzuziehen.

Adam zieht seine Hose hoch und schon stehen beide wieder angezogen da. Unschlüssig blickt Adam zwischen ihm und der Türe hin und her.

»Lass uns zurückgehen«, sagt sie trocken und macht schon die ersten Schritte zur Türe, da hält sie Adam auf.

»Lass uns zunächst den Schweiß entfernen. Das ist sonst ein gefundenes Fressen für die anderen.«

Tina stockt und gemeinsam waschen sie sich und trocknen sich mit den Papierhandtüchern in dem kleinen Raum ab.

Einige Minuten später stehen sie wieder bei den anderen, die sich jetzt über Fußball unterhalten. Beim Anblick der zwei unterbrechen sie ihr Gespräch.

»Hey, da seid ihr ja wieder«, ruft einer der beiden Gäste, die noch bei Günter sitzen.

»Ich dachte schon, ich müsste den Notarzt rufen.«

Günter lacht laut auf und schlägt sich auf den Oberschenkel. Deutlich ist sein Alkoholspiegel in seiner Stimme zu hören.

»Nein, keine Panik. Tina ging es nicht gut und wir haben zunächst die Schocklage angewendet. Irgendwann war ihr Puls wieder in Ordnung. Dennoch haben wir gewartet, ob es wirklich besser ist.« Adams Stimme klingt ruhig und professionell.

»Und wir dachten schon, ihr zwei habt euren Spaß zusammen«, kreischt nun der Dritte im Bunde lachend und schlägt mit der flachen Hand auf die Faust der anderen. Diese obszöne Geste kennt Tina auch und sie versucht nicht zu erröten.

»Ha ha«, sagt Adam trocken und schüttelt den Kopf. Sein Blick wirkt streng.

»Ich denke, ich gehe jetzt heim«, unterbricht Tina die lachende Meute und dreht sich schon zur Ausgangstüre.

»Ich bringe dich noch raus«, sagt Adam und begleitet sie ins Freie. Dort muss er sie zunächst nochmals stützen, denn die frische Luft wirft Tina fast um.

»Ich bleibe dabei. Das war unglaublich schön und ich möchte das wiederholen«, raunt seine Stimme in ihrem Ohr, was eine Gänsehaut auf ihrem Rücken und den Armen auslöst.

Ja, schreit eine Stimme in ihrem Kopf. *Ich auch! Ich auch!*

Aber Tina löst sich von Adam, lächelt ihn unverbindlich an und macht einen Schritt nach hinten.

»Gute Nacht, Adam.«

Mit diesen Worten dreht sie sich um und geht nach Hause.

***

Mitten in der Nacht wacht sie erschrocken auf. *Ich habe meinen Mann betrogen*, schießt es ihr schuldbewusst durch den Kopf. In dem Traum, aus dem sie eben entkommen ist, wurde sie von ihren Freunden und der Familie beschimpft. Sie rannte beschämt davon, aber überall standen die anderen, zeigten mit dem Finger auf sie und schimpften.

Ihre Gedanken kreisen, ihr Herz pocht und sie findet lange keinen Schlaf.

Als sie nach Hause kam, redete sie nicht viel mit ihrem Mann. Er lachte, weil sie betrunken war, und sehr schnell gingen sie ins Bett.

Ganz langsam beruhigt sich ihr Herzschlag, aber die schlechten Gedanken lassen sich ganz schwer vertreiben und so dauert es lange, bis sie endlich wieder in einen unruhigen Schlaf fällt.

Über die Weihnachtstage hat das Fitnessstudio geschlossen und Tina verbringt einige ruhige Tage mit ihrer Familie.

An Heiligabend gibt es zunächst die Weihnachtsgans. Seine Eltern sind zu Besuch und haben noch einige Geschenke unter den Baum gelegt, die im Anschluss von den beiden Kindern voller Freude ausgepackt werden.

Am ersten Weihnachtsfeiertag besuchen sie ihre Eltern und am Morgen des 26. Dezember haben sie Sex. Es ist noch dunkel und sie spürt, wie er sich von hinten an sie drückt. Seine Morgenlatte ist deutlich spürbar und amüsiert lässt sie ihr Becken dagegen kreisen. Seine rechte Hand streichelt zunächst über ihre Hüfte, um sich anschließend an der Vorderseite unter ihr

Oberteil zu schieben. Er erreicht ihre rechte Brust, die seine Hand sanft streichelt und kurz darauf knetet. Fingerspitzen spielen mit ihrer Warze, die sich langsam aufstellt.

Ihre Gedanken sind bei Adam und dem unvergesslichen Sex mit ihm. Seither plagen sie jedoch Gewissensbisse. Die Feiertage konnten sie etwas ablenken und vielleicht ist das hier noch besser, um auf andere Gedanken zu kommen. Sie dreht sich zu ihrem Mann um und küsst ihn süß. Ihre Linke wandert abwärts und findet seinen Ständer, den sie genüsslich knetet. Er ist etwas kleiner als der von Adam, aber eigentlich ganz gut.

Wie einstudiert lösen sie sich voneinander und jeder zieht sich hastig die Hose samt Unterhose aus.

Tina liegt auf dem Rücken, während Werner sich zu ihr rüberbeugt und sie sanft küsst. Dabei schiebt er seinen Körper über ihren.

Sie öffnet die Schenkel und er gleitet sanft dazwischen. Sie spürt die Reibung an den Innenseiten und genießt es. Suchend schiebt er sein Becken langsam vor und zurück.

Tina denkt automatisch an Adam. Er würde zuerst ihre Muschi reiben, sie richtig anmachen, um sie kurz darauf mit der Zunge zu verwöhnen. Die Vorstellung entzückt sie und sie spürt die Wärme in ihrem Unterleib einziehen. Sie legt ihre Hände auf seinen Rücken und vermisst die spürbare Muskulatur, die vom vielen Training bei Adam entstanden ist.

Die Spitze seiner Eichel findet endlich ihre Scham, drückt sich sanft dagegen und dringt ungehindert ein.

Leise atmen die beiden im Bett ein und aus, während die Matratze unter den gleichmäßigen Bewegungen ein sanftes Knarzen von sich gibt.

Werners Eindringen ist gleichmäßig und sanft. Nicht so wie von Adam. Nicht so aufregend und geil. Tina ist froh, dass es noch dunkel ist und ihr Mann den gelangweilten Blick nach oben in Richtung Decke nicht sehen kann.

Sehnsüchtig bewegt sie ihr Becken aufwärts. Schwingend schiebt sie sich ihrem Mann entgegen, packt gleichzeitig seinen Hintern und drückt ihn herunter. Sie gibt das Tempo vor und Werner folgt ihr.

Er stößt schneller und fester zu. Tina stellt ihre Beine an, sodass er tiefer in sie eindringen kann. Es reicht jedoch nicht bis zum Muttermund, aber dennoch ist es schön.

Sie wird geiler und heißer. Das Lustgefühl in ihrem Zentrum nimmt zu, aber schon zieht Werner tief die Luft ein. Sein Körper verspannt sich. Er holt kurz aus und rammt sein Becken nach unten.

Sein Schwanz spritzt ab, während er tief und zufrieden ausatmet. Sein Körper bebt während seines Orgasmus und kaum ist er abgeklungen, hört sie seine Stimme an ihrem Ohr.

»Entschuldige bitte«, flüstert er heiser und sie streichelt seinen Rücken.

»Ist schon gut.« Diese Lüge kam schon so oft über ihre Lippen, dass diese ihr leichtfällt.

Im nächsten Moment denkt sie aber an Adam. Er würde jetzt von ihr verlangen, dass sie ihm seinen Schwanz mit der Hand oder dem Mund nochmals hart macht. *Bei mir schon*, würde er sagen, wenn sie einen Einwand hätte.

Diese Worte findet sie geil: *Bei mir schon!*

Ja, bei Adam macht sie es. Sie kann sich nicht so recht erklären, warum, aber bei ihm ist alles anders. So unkompliziert, so offen und irgendwie so ehrlich.

Werner erhebt sich und liegt sogleich erschöpft neben ihr.

»Oh, meine Blase drückt. Ich muss ganz schnell Pipi machen«, ruft Tina und schwingt sich aus dem Bett.

»Und ich lag auch noch da drauf. Entschuldige bitte«, ruft er ihr hinterher, während sie durch die Türe schreitet und Richtung Toilette eilt.

Kaum hat sie die Türe verschlossen, sitzt sie auf der Schüssel und lauscht dem Urin, welcher mit dem Sperma zusammen aus ihr herausplätschert.

Ja, die Blase drückte tatsächlich, aber es war nicht so dringend, wie sie behauptet hat.

Tina denkt an Adam, der vor der Türe des Badezimmers steht und Einlass verlangt. *Ich würde verneinen und sagen, dass ich die Türe niemals öffne, aber er würde nur sagen: Bei mir schon. Und ich würde sie öffnen.*

Bei diesen Gedanken wird es Tina schon wieder heiß. Das Plätschern hat aufgehört und sie schiebt ihre rechte Hand zwischen ihre Beine, die sich weiter öffnen.

Die Finger erreichen den Kitzler und dabei stellt sie sich vor, wie Adam vor ihr auf die Knie geht, während sie wieder auf dem Klo sitzt und ihre rasierte Muschi bewundert.

Er würde ihr sagen, wie sehr sie ihm gefällt, wie geil er sie findet und dass sie gut riecht. Verführerisch gut sogar. Seine Zunge würde darüber lecken, während die Finger in sie eindringen.

In diesem Augenblick steckt sie zwei Finger ihrer linken Hand zwischen ihre Schamlippen, während die anderen den Kitzler umkreisen.

Breitbeinig sitzt sie auf der Klobrille und rutscht nun weiter nach vorn, während sie sich vorstellt, wie Adam ihre Scham verwöhnt. Die Zunge leckt zuerst langsam, dann immer schneller über den Kitzler und bringt sie in Wallung.

Tina atmet tief durch. In ihrem Inneren tobt ein Sturm, der noch stärker anschwillt. Sie träumt davon, wie Adam es ihr besorgt. Wie er es ihr macht, wie er es ihr zeigt.

Schwach kommt ihr Einwand, dass Werner im Schlafzimmer auf sie wartet, aber Adam lacht nur und antwortet, er solle ruhig warten, bis seine Frau kommt. Das letzte Wort betont er ganz besonders und zwinkert ihr zu, während seine Zunge noch leidenschaftlicher ihre Muschi leckt.

Ihr Körper beginnt zu zittern und sie stellt sich vor, wie er ihr den ersten Orgasmus schenkt. Anschließend steht er auf und sagt provokant, sie solle ihn rausholen, wenn sie sich traut.

Natürlich traut sie sich und reibt dabei noch schneller ihre Muschi und bewegt ihre Finger in sich hinein.

Gerade als sie in ihrer Vorstellung sein hartes, pralles Glied auspackt und ihre Lippen darüber schiebt, ohne dass er es von ihr verlangt, klappen ihre Beine zusammen, pressen die Hände auf ihre Muschi und ihr Becken zuckt ein paar Mal, bis der Orgasmus, genauso wie die Bilder von Adam, langsam verschwindet.

Zufrieden verlässt sie die Toilette, um sich gleich wieder zu Werner ins Bett zu kuscheln, bis einige Zeit später die Kinder sie aufsuchen.

Die weiteren Tage vergehen ohne Sex oder Besuche des Fitnessstudios. Silvester verbringen sie bei Freunden, die gleichaltrige Kinder haben, und das neue Jahr beginnt mit einem schönen Feuerwerk.

Oft denkt sie an Adam und jedes Mal hat sie ein schlechtes Gewissen, was an ihr nagt. Aber sie schafft es, dies so erfolgreich zu verdrängen, dass weder die Kinder noch ihr Ehemann bemerken, dass sie etwas bewegt.

***

Erst am 3. Januar geht sie wieder ins Studio. Adam steht am Tresen und unterhält sich mit einem Gast. Er sieht sie und hebt grüßend die Hand.

»Hallo Tina. Ein gutes neues Jahr wünsche ich«, ruft er

lächelnd und sie wünscht ihm das Gleiche, bevor sie in der Umkleide verschwindet.

Es ist heute wenig los im Studio und Tina kann sich die Geräte aussuchen. Nach knapp einer Stunde geht sie verschwitzt zum Tresen. Adam ist allein und sie setzt sich zu ihm.

»Willst du etwas trinken?«, fragt er, aber sie schüttelt den Kopf.

»Hör mal Adam, wegen der Weihnachtsfeier …«, beginnt sie leise und beugt sich etwas zu ihm. Ihre Augen wandern umher, aber sie sind noch immer allein.

»Ja?« Er lächelt sie vielsagend an.

»Also, das war ein Fehler und wir sollten das Ganze Vergessen, okay?«, sagt sie schnell und hektisch. Anschließend presst sie ihre Lippen aufeinander und wartet seine Reaktion ab.

Er wirkt tatsächlich enttäuscht.

»Schade. Ich sehe das anders, aber ich respektiere deinen Wunsch.« Verkniffen verzieht er den Mund und nickt langsam.

Tina ist froh, dass es so glimpflich und unkompliziert zu regeln war, und trainiert noch eine halbe Stunde, bevor sie zum Duschen geht.

***

In der nächsten Zeit hat sie den Eindruck, dass ihr Verhältnis miteinander etwas eingefroren ist, aber nach ein paar Wochen ist er wieder der Alte und sie machen gemeinsam ihre Späße, frotzeln und nehmen sich gegenseitig hoch.

Mitte Februar betritt Tina wieder abends das Studio und entdeckt ein neues Gerät. Es ist wieder wenig los und so winkt sie dem gelangweilt wirkenden Adam am Tresen zu.

»Hey, Adam, was ist das denn?« Sie zeigt auf das neue Gerät, das ähnlich einer Hantelbank ein hohes Gestell, aber statt einer Liegefläche einen Sitz vorweist. Direkt davor sind zwei Hebel, an dessen Enden Polster befestigt sind. Ähnlich denen, die

Boxer für Trainingseinheiten verwenden. Darüber befinden sich Griffe, damit der Übende sich festhalten kann.

Adam kommt zu ihr.

»Günter sagte, wir brauchen etwas Neues, um wieder mehr Kunden zu gewinnen. Das ist ein Abduktoren- und Adduktoren-Trainer.«

Tina reißt fragend die Augenbrauen nach oben.

»Komm, probier es aus.«

Er begleitet sie zu dem Gerät, das mit dem Sitz direkt vor einer Wand hingestellt wurde.

»Warum steht das denn so herum?«, fragt Tina, während sie sich daraufsetzt und ihre Hände auf die Griffe legt, die sich senkrecht fast auf Augenhöhe befinden.

»Günter will verhindern, dass sich Männer vor dem Gerät sammeln, wenn eine Frau es benutzt«, erklärt er sachlich, aber mit einem schelmischen Schmunzeln im Gesicht.

Tinas Stirn runzelt sich ein bisschen.

Unter ihren Schenkeln befinden sich zwei Laufschienen, auf denen sich die beiden gepolsterten Platten befinden.

»Wir können das so einstellen, dass du mit den Schenkeln die beiden Polster entweder zusammen- oder auseinanderdrücken musst.«

Jetzt nickt Tina verstehend und muss sogar grinsen.

»Aber wenn ihr es andersherum aufbaut, dann bekommt ihr bestimmt mehr Gäste.« Sie kichert und ist erleichtert, dass sie solche flapsigen Sprüche bei Adam problemlos sagen kann.

Adam stellt derweil die Pressplatten so ein, dass sie zwischen ihren Schenkeln hochstehen. Relativ nah an den Kniescheiben. Er grinst nur und nickt.

»Also wenn du willst, können wir es kurz drehen. Die zwei da hinten freuen sich bestimmt bei dem Anblick.« Er kichert kurz und zwinkert ihr zu.

Tina dreht den Kopf und sieht einen älteren Mann auf dem Rudergerät und einen jungen Burschen auf dem Laufband.

Sie nickt, drückt die Schenkel das erste Mal zusammen und bemerkt den starken Widerstand.

»Zu fest?«, fragt Adam nach und Tina nickt erneut.

An einem kleinen Drehknauf verändert er die Einstellung und Tina bemerkt, dass es nun leichter geht.

Mehrmals drückt sie die gepolsterten Platten zusammen.

»Puh, das ist ganz schön anstrengend«, sagt sie nach kurzer Zeit und muss die Zähne zusammenbeißen, um die nächsten Bewegungen durchzuführen.

Sanft fährt Adam mit den Fingerspitzen auf der Innenseite ihrer Schenkel aufwärts und da Tina wie fast immer kurze Shorts trägt, gleiten sie über ihre Haut, was sich sehr angenehm anfühlt.

»Genau diese Muskelpartien werden stimuliert.« Er grinst frech und zwinkert ihr zu, während seine Finger weiter über ihre Haut gleiten.

Noch zwei Mal drückt sie die Beine zusammen, dann atmet sie erschöpft aus und kann nicht mehr. Breitbeinig sitzt sie vor ihm und schaut ihm in die Augen.

»Boa ey, ich kann nicht mehr.«

»Jetzt komm schon. Gib mir noch zwei«, ruft er in seinem typischen Animationstonfall. Seine Finger gleiten nun verdammt nah zu ihren Shorts, deren Beinöffnung durch das Gerät einen Einblick zu ihrem Höschen bietet.

»Hier musst du es spüren, dann ist die Übung richtig durchgeführt«, ergänzt er noch in seiner typischen Art, die alle hier im Studio kennen.

Seine Finger berühren nun die Shorts und schieben sich langsam darunter.

Hastig dreht Tina den Kopf und blickt zu den beiden anderen Besuchern, aber keiner nimmt Notiz von ihnen. Es ist ganz normal, dass Adam hier die Leute zu Höchstleistungen antreibt.

Sie trägt heute einen rosa Brasil-Slip, der am Beinausschnitt mit zarter Spitze versehen ist, und genau diese erreicht sein Finger in diesem Augenblick.

Ihr Kopf fährt zurück und ihre Augen starren Adam überrascht, verwundert und zugleich feurig lodernd an.

Stumm formen ihre Lippen die Worte: *Was soll das?*

Gleichzeitig schüttelt sie den Kopf, unternimmt jedoch nichts weiter, um die Hand an dieser Stelle zu entfernen. Es wäre für sie ein Leichtes sie wegzuschieben, stattdessen krampfen sich ihre Finger um die Griffe des Trainingsgeräts.

»Jetzt komm schon. Zeig mir, was da noch geht!«, ruft er nun laut aus und lacht dabei ein bisschen. Gleichzeitig gleiten seine Finger sanft und zärtlich über ihren Schritt, der sofort warm wird.

Das geht zu weit, schreit es in ihrem Kopf. *Wir hatten doch ausgemacht, alles zu vergessen,* scheinen ihre Augen zu schreien.

Aber gleichzeitig ist da diese Sehnsucht, befeuert von der Erinnerung an diesen grandiosen Sex an der Weihnachtsfeier.

Ja, sie wollte es vergessen, aber sie kann es nicht. In den letzten Tagen und Wochen hat sie immer häufiger an Adam und seinen Schwanz gedacht.

Ihr Blick wandert automatisch zu seiner Hose und entdeckt dort eine Beule. Freudig erregt lächelt sie nun sogar, was ihn animiert den Finger unter den Slip zu schieben und ihre feuchte Muschi zu berühren.

Sie zuckt kurz und dreht den Kopf. Keiner der anderen Besucher nimmt von ihnen Notiz oder davon, dass ihre Muschi nun zärtlich und gleichzeitig intensiv gestreichelt wird.

Das Feuer wird entfacht und Tina drückt ihre Beine immer wieder zusammen. Gleichzeitig werden das Ziehen und Kribbeln stärker. Die Schenkelmuskulatur brennt und ihr Bauch zittert.

Sie muss schlucken und kann nur noch an seinen Schwanz denken und wie er sich in sie hineingebohrt hatte. Wie er sie vögelte und ihr diese vielen Orgasmen schenkte.

Die Beine klappen auseinander und sie muss sich einen Schrei verkneifen, während ihr Körper unkontrolliert mehrmals zuckt. Der Orgasmus kommt schnell und unerwartet.

Nach Luft schnappend, blickt sie in sein grinsendes Gesicht, während seine Finger weiter schnell ihre Möse halten, bis sie sich wieder beruhigt.

»Sehr gut, so machst du weiter«, sagt er laut, zieht die Finger zurück und geht um das Trainingsgerät herum. Dabei leckt er sich kurz die Finger sauber, die eben noch in ihr steckten.

Tina atmet tief durch und kann es nicht fassen. Was war das denn eben? Dieser Kerl hat sie einfach zum Höhepunkt gerieben. Mitten im Studio, in dem sich noch andere Personen befinden.

Erneut blickt sie sich um, aber keiner der anderen hinterlässt auch nur den Anschein davon, dass er etwas bemerkt hat.

Adam steht bei einer älteren Dame und hilft ihr bei einem der Laufbänder. Tina hat gar nicht bemerkt, wann sie hereingekommen ist.

So widmet sie sich wieder ihren Übungen, wechselt noch drei Mal die Geräte, bevor sie zum Duschen geht. Sie ist wieder allein in der Umkleide und unter der Dusche. Die alte Dame ist schon nach zwanzig Minuten wieder gegangen.

Tina wirft noch einen schnellen Blick zur Sauna, aber auch dort ist niemand. Schade, findet sie, denn eigentlich hatte sie auf Adam gehofft. Schnell duscht sie und nachdem sie sich wieder angezogen hat, verlässt sie den Umkleidebereich.

Adam steht allein am Tresen und blättert in einer Zeitschrift. Tina stellt sich ihm gegenüber. Ein kurzer Blick zeigt ihr, dass wirklich niemand in der Nähe ist.

»Hey, das vorhin war wohl mehr als nur sexuelle Belästigung. Ist das hier in diesem Schuppen normal?« Ihre Stimme klingt schnippisch und provokant zugleich.

Er blickt auf und grinst breit.

»Ich wollte dich nur animieren mehr zu geben, das war alles. Aber du hast recht, und der Gleichberechtigung wegen kannst du das jetzt auch bei mir machen. Dann sind wir quitt und du hast dich gerächt.«

Sein Grinsen wird noch breiter.

Tina lacht schallend los.

»Das hättest du wohl gern, was?« Sie winkt ab.

»Tja, was tut man nicht alles für seinen Arbeitsplatz.«

Er zuckt mit den Schultern, als wäre er das Opfer.

Jetzt lachen beide und Tina verabschiedet sich.

In den nächsten Tagen geht ihr das Erlebnis nicht aus dem Kopf. Sie masturbiert zwei Mal, denkt dabei an Adam, seine Finger und seinen Ständer. Wobei die Erinnerung an diesen langsam verblasst.

Am Sonntag kuschelt sie morgens mit Werner, greift in seine Schlafanzughose und holt ihm einen runter. Das geht so schnell, dass an Sex nicht zu denken ist. Sie ärgert sich jedoch ein bisschen darüber, dass er es ihr nicht auch mit den Fingern macht.

Beim nächsten Training ist etwas mehr los. Die Beinpresse, wie sie Adam genannt hat, wird tatsächlich von mehreren Personen benutzt, sodass sie sich mit anderen Trainingsgeräten begnügt.

Mit Adam wird gescherzt und gelacht. Nach dem Training ist sie die Letzte in der Umkleidekabine und masturbiert unter der Dusche, nachdem sie wieder einen kurzen Blick auf Adams Hintern geworfen hat, als er die Sauna reinigte.

Bei der Verabschiedung erinnert er sie daran, dass sie sich bei ihm noch rächen müsse. Beide lachen, Tina winkt ab und verlässt das Studio.

Sie masturbiert an den beiden folgenden Morgen, nachdem die Kinder und ihr Mann die Wohnung verlassen haben.

Am Abend geht es wieder ins Studio. Heute ist nur noch ein weiterer Mann im Studio und sie setzt sich erneut auf die Quetschbank.

Nach einer kurzen Serie macht sie eine Pause und ruft nach Adam, der kurz darauf erscheint.

»Was kann ich für dich tun?«, fragt er höflich.

»Wie stelle ich das Gerät ein, dass meine Schenkel nach außen drücken müssen?«, fragt sie ihn so laut, dass es der andere Mann auf jeden Fall hören kann.

»Ah, du möchtest mal deine Adduktoren trainieren. Warte kurz, ich ändere es.«

Er beugt sich vor, löst die beiden gepolsterten Platten und dreht sie um. Dabei muss Tina ihre Beine anheben, was sie wie zufällig breitbeinig macht. Sie bemerkt seinen lüsternen Blick auf ihre Shorts.

Keine Minute später ist der Umbau fertig und die beiden Platten pressen ihre Beine zusammen. Sie muss sich anstrengen, um sie auseinander zu drücken.

»Geht es nicht etwas leichter?«, fragt sie gequält und er lacht.

»Warum denn? Ich finde die Übung ganz gut. Dabei werden diese Muskelpartien beansprucht …«, seine Fingerspitzen fahren langsam und gefühlvoll an der rechten Außenseite ihres nackten Schenkels entlang, was bei ihr eine Gänsehaut verursacht, »und nicht diese hier.« Seine Hand wechselt zur Innenseite.

Während Tina ihre Beine auseinander drückt, gleiten die Finger gemächlich aufwärts. Sie lässt sich Zeit mit dem Drücken sowie beim Zurückgleiten in die Ausgangsposition.

Seine Finger erreichen gerade den Beinausschnitt, da klappen die Schenkel zusammen und klemmen seine Hand ein. Sie grinst ihn an und lässt die rechte Augenbraue mehrmals zucken.

»Na, ist jetzt ein bisschen eng, oder?«

Sie grinst schelmisch, während sie die Worte flüstert, damit niemand anderes es mitbekommt.

»Ich mag es eng«, flüstert er und richtet sich etwas auf.

»Na los, komm schon. Du kannst es. Mach es noch mal«, ruft er jetzt lauter, wie es sich als guter Animateur gehört. Dabei zwinkert er ihr zu und schiebt seinen Finger wieder unter ihren Slip und erreicht ihre Schamlippen.

Sein Lächeln wird breiter, als er die Temperatur und die Feuchtigkeit spürt, die dort wie im Tropenwind vorherrschen.

Mühsam drückt sie die Schenkel auseinander, gibt seinen Fingern noch mehr Platz, sodass er sofort über den Kitzler kreisen kann. Sie beißt die Zähne zusammen.

»Gut so. Und jetzt halten. Das ist wichtig. Schön halten«, fordert er sie auf und sie folgt.

Ihre Beine zittern und Schweiß läuft ihr die Stirn herab, während sie krampfhaft die Position hält.

Adam greift mit der anderen Hand nach unten und verändert den Widerstand. Es ist zwar nun leichter, aber dennoch muss sie sich anstrengen dem Druck standzuhalten.

Seine Finger reiben derweil immer schneller ihre Muschi, die feuchter und heißer wird. Ihre Atmung geht schnell und flach.

»Adam, kannst du mir bitte mal helfen?« Der andere Gast im Studio ruft nach Adam und er sowie Tina zucken kurz vor

Schreck zusammen.

»Ja, ich komme gleich«, ruft er zurück und Tina muss grinsen. Ihr Körper bebt.

»Ach ja?« Sie blickt zu seiner Sporthose, die eine deutliche Beule zeigt. Jetzt zittern ihr Bauch und die Beine. Ihre Hände krallen sich noch fester um die Griffe.

Adams Augen wandern zu ihrem Gesicht. In ihnen flackert ein gieriges Feuer.

»Übe du schön, die Beine breitzumachen, dann sorge ich dafür, dass du kommst«, sagt er leise und lässt seinen Zeige- und Mittelfinger in ihre Muschi gleiten. Gleichzeitig schiebt er von oben seine linke Hand in ihre Shorts und den Slip, bis deren Finger den Kitzler erreichen. Sofort kreisen sie schnell und intensiv darüber.

Tina hält kurz die Luft an. Ihre Beine flattern und sie kann dem Druck nicht standhalten.

Mach die Beine für ihn breit! Er sorgt dafür, dass ich komme. Ich muss nur die Beine breitmachen. Diese ordinären Worte schießen durch ihren Kopf und lassen ihre Augen verdrehen. Ihre Schenkel klappen zusammen und ihr Oberkörper fällt nach vorn, während sie einen dumpfen Schrei von sich gibt.

Ihr Unterleib zuckt mehrmals unkontrolliert auf dem Sitz und sie hechelt im Takt der Stöße. Ruckartig zieht sich der Bauch ein, um sogleich wieder zu entspannen. Es dauert wenige Sekunden, dann atmet sie tief durch und blickt ihn mit glasigen Augen an. Sein Lächeln wirkt echt und zufrieden. Langsam zieht er seine Finger von ihr zurück und während er sich aufrichtet, lutscht er ihren Saft von denen ab, die in ihrer Möse steckten. Genüsslich zucken seine Augenbrauen und schon geht er um das Gerät herum und auf den anderen Gast zu.

»Was kann ich für dich tun?«, fragt er freundlich und Tina hört schon gar nicht mehr zu, was die zwei zu bereden haben.

Sie sitzt noch immer schwer atmend auf dem Trainingsgerät und macht die Übung erst nach einiger Zeit weiter. Jetzt hat er es schon wieder getan. Ihr Gewissen meldet sich und ihre Gedanken kreisen um Adam, ihre Ehe und sie selbst.

Als sie zur Hantelwand wechselt, um noch ein paar Gewichte zu stemmen, sind Adam und der andere Gast schon verschwunden. Noch mehr Zeit, über das Geschehen nachzudenken. *Es ist falsch*, schreit es auf der einen Seite. *Es ist geil*, auf der anderen.

Was sie aber am meisten stört, ist, dass Adam ihren Wunsch nicht zu respektieren scheint. Das macht sie tatsächlich sauer. Gleichzeitig jedoch ist da eine Stimme, die sich darüber freut, denn das, was er mit ihr macht, ist einfach nur schön und geil.

Am Ende läuft sie noch zehn Minuten auf dem Laufband, bis sie komplett verschwitzt in die Umkleidekabine geht.

Sie ist wieder allein, duscht ausgiebig und nachdem sie sich abgetrocknet, angezogen und geföhnt hat, kommt sie mit ihrer Sporttasche heraus und findet Adam in einer Zeitschrift blätternd hinter dem Tresen stehen.

Tina überlegt kurz, schaut sich um, stellt fest, dass sie wirklich allein ist, und stellt die Sporttasche ab.

Leise geht sie hinter den Tresen und stellt sich links neben Adam. Dieser blickt erschrocken auf, lächelt dann aber sogleich.

»Eigentlich ist der Bereich hier hinten für unsere Gäste tabu«, erklärt er ruhig und freundlich. Anschließend blicken beide in dem Vorraum umher. Es ist niemand da, nur vor der Glastür gehen hin und wieder Passanten vorbei.

»Das ist nicht in Ordnung, was du da machst«, sagt sie rasch und versucht es mit fester Stimme zu sagen.

»Was? Die Zeitschrift lesen?« Er lacht und spielt den Dummen.

»Nein, das, was du vorhin bei mir gemacht hast«, zischt sie nun und versucht böse dreinzublicken.

»Wir hatten gesagt, dass wir das an Weihnachten vergessen«, ergänzt sie noch schnell und setzt jetzt einen trotzigen Blick auf, was Adam zum Schmunzeln anregt.

»Ja, ich weiß. Dein Mann und so. Aber ich muss die ganze Zeit an dich denken. Deinen geilen Körper, deine Brüste und deine Muschi, die so schon feucht und heiß ist, wenn ich sie reibe«, flüstert er verführerisch und lüstern.

Tina muss schlucken und spürt die eigene Erregung bei sich aufsteigen.

»So, wie du auch an meinen Schwanz gedacht hast, nicht wahr?«

Er lächelt breit und Tina schüttelt erschrocken den Kopf.

»Nein, habe ich nicht«, ruft sie erbost aus, aber Adam lacht nur.

»Ich habe deinen Blick gesehen, wie du auf meine Hose gestarrt hast. Bei dem Gedanken bekomme ich schon wieder einen Ständer«, raunt er und Tina kann nicht anders, als nach unten zu blicken. Und tatsächlich. Deutlich ist die Beule zu sehen.

»Ich hoffte, du würdest mir auch einen runterholen, aber du hast dich nicht getraut. Aber jetzt ist niemand da«, flüstert er nun noch charmanter und verführerischer als zuvor.

»Nein«, sagt Tina nicht sehr überzeugend. Wohl überrascht von dieser direkten Ansprache.

Plötzlich nimmt er ihre rechte Hand und führt sie zu seiner Hose.

»Na los, mach schon. Er wartet.«

Er grinst breit und legt ihre Hand auf die Beule. Ihr Widerstand ist zu gering.

»Nein«, sagt sie nochmals, hat aber ein Lächeln auf dem Gesicht. Sanft reibt ihre Hand über die Beule und in ihr beginnt ein lüsternes Ziehen im Unterleib.

»Komm, hol mir einen runter«, flüstert er dumpf und bewegt ihre Hand ohne nennenswerten Widerstand zum Bund der Hose und schiebt sie dort hinein. Ihre Finger finden automatisch seinen Stamm und umklammern ihn.

Er hält nur ihren Unterarm fest, die Bewegung kommt von ihr allein. Zunächst zieht sie langsam die Vorhaut zurück und schiebt sie wieder hoch. Aber schon nach wenigen Sekunden beschleunigt sie.

»Oh ja, das machst du gut«, raunt seine Stimme und ihre Blicke treffen sich.

Sie wichst schneller und schon ist ein leises Schmatzen zu hören, gemischt mit dem Rascheln von Stoff.

Ihr Gewissen meldet sich, aber nur kurz, denn sie findet diesen harten, großen, dicken und einfach nur geilen Ständer super. Oh, wie hat sie ihn vermisst.

»Mach schneller, ja, genau so«, sagt er gepresst und Tina findet immer mehr Gefallen daran ihm einen runterzuholen. Sie grinst ihn an, während er lüstern lächelt.

»Na los, komm schon«, feuert sie ihn jetzt sogar an und er nickt.

»Gleich, noch ein bisschen, ja, ja, so ist es gut«, ruft er nun leise, wie er es immer macht, wenn er im Studio die Gäste animiert.

»Oh, du wichst so geil«, stammelt er jetzt und atmet schwerer. Sein Körper verspannt sich zusehends.

»Du hast auch einen geilen Schwanz«, antwortet sie zwischen zusammengepressten Zähnen. Schnell und hart reibt ihre Hand den Ständer und sie kann es kaum erwarten, bis er abspritzt.

»Gleich, gleich«, presst er angestrengt hervor und Tina sieht, wie sich seine Halsmuskeln anspannen.

Sie wichst ihn noch schneller und härter, da zuckt es in ihrer Hand und Adam hechelt ein paar Mal. Sein Bauch zittert und sie spürt das Sperma auf ihren Fingern. Mehrmals pumpt sein Ständer, bevor er sich wieder beruhigt.

Sie lächelt ihn an, putzt ihre Finger am Stoff seiner Hose ab und zieht die Hand heraus.

»Also, dann noch einen schönen Abend«, ruft sie ihm zu, schnappt sich die Tasche und verschwindet aus dem Studio.

***

In dieser Nacht schläft Tina sehr unruhig. Das an Weihnachten hat sie auf den Alkohol geschoben und Adam klargemacht, dass es eine einmalige Sache war und sie es vergessen sollten.

Aber dann hat er es ihr ganz frech im Studio gemacht. Er hat sie gefingert, es ihr einfach so unter all den Leuten besorgt. Das war für sie auch die Ausrede, es nicht verhindert haben zu können. Es wäre zu peinlich für sie und auch Adam gewesen. Womöglich hätte es auch noch seinen Job gekostet.

Dann das heute. Zuerst schenkt er ihr noch mal einen Orgasmus. Ganz spontan. Sie muss sich eingestehen, dass es irgendwie aufregend, schön und auch befriedigend war, aber es ist und bleibt falsch.

Die Krönung des Ganzen folgte jedoch später. Als sie aus der Umkleide kam, musste sie ihm einen runterholen. Tina schnürt es bei diesen Gedanken die Kehle im Bett zusammen. Sie lauscht auf die regelmäßigen Atemzüge von Werner.

Aber *musste* sie es tun? Wenn sie ehrlich zu sich ist, hätte sie es nicht müssen. Adam hat sie nicht gezwungen. Er sagte nur, sie solle es machen, und sie folgte seinen Worten. Sie hätte auch Nein sagen und einfach gehen können. Zusätzlich ihm den Vogel zeigen und sagen, er sei verrückt.

Das alles hätte sie machen können, aber sie holte ihm einen runter, so wie er es zu ihr sagte.

Ob ich noch weitergegangen wäre? Was, wenn er verlangt hätte, mir die Hose runterzuziehen und mich über den Tresen zu beugen?

Tina verspürt sogleich dieses lüsterne Ziehen und Kribbeln im Unterleib. Gleichzeitig zieht sie tief die Luft in die Lungen, die dabei vibrieren. Ganz leise dreht sie sich auf den Rücken, schiebt ihre rechte Hand in ihre Schlafanzughose und lässt sie bis zum Kitzler gleiten.

Leise holt sie Atem, während sie sanft darüber kreist. Die Linke wandert unter ihr Oberteil und streichelt ihre Brüste, sodass ihre Warzen sich rasch aufstellen und hart werden.

Tina denkt wieder an diesen großen, harten Schwanz, der so gut in ihrer Hand lag. Sie findet es einfach geil, wie er sich anfühlt. Wie ein Stück Eisen, das mit einem weichen Überzug versehen ist, der sich bewegen lässt.

Und ich habe ihn bewegt, denkt sie grinsend und streicht mit ihren Fingern längs ihrer Schamlippen abwärts. Sie beginnt außen, um am Ende nach innen zu gleiten und durch ihre Furche zurückzufahren. Dabei winkelt sie ihren Mittelfinger an, der jetzt wie ein Pflug ihre Muschi durchstreift.

Genau hier war nur wenige Stunden zuvor der Finger von Adam und hatte das Gleiche getan. Ihr Finger stößt gegen ihr Schambein, aber anstatt zum Kitzler hochzuwandern, schiebt sie ihn mit kurzen, schnellen Bewegungen tief in ihre Grotte hinein.

Ja, in dem Tempo habe ich ihn vorhin gewichst. Ihm einen runtergeholt und das so richtig gut. Ich habe in seinem Gesicht gesehen, wie er es genossen hat.

Tina grinst angestrengt und atmet schwerer. Die Hitze nimmt zu und ihr Becken schwingt im Takt ihres Fingers mit. Diesen zieht sie nun heraus. Sie fühlt die warme Feuchtigkeit, den Saft daran und reibt damit ihren Kitzler ein.

Das Becken zuckt vor Freude und sie atmet nur noch abgehackt.

Komm, hol mir einen runter. Genau das waren seine Worte, die sie dazu brachten, seinen Schwanz zu wichsen. Diesen geilen, harten Ständer, den sie zum Spritzen brachte.

In ihrer Fantasie spricht Adam weiter: *Dreh dich um und lehne dich über den Tresen.*

Ein unglaublich intensives Kribbeln zieht sich durch ihren Körper. Gleichzeitig wird das Feuer in ihr stärker und scheint sie verbrennen zu wollen.

Wie von weiter Ferne hört Tina den Stoff ihres Schlafanzugs sowie die Bettdecke rascheln und ihr wird bewusst, dass sie das erste Mal direkt neben ihrem schlafenden Ehemann masturbiert. Er könnte von ihrem schweren Atmen oder den anderen Geräuschen aufwachen.

Aber das ist ihr jetzt egal. Das Brennen in ihrem Unterleib lässt alle Bedenken in Rauch aufgehen. Wichtig ist nur die Vorstellung, wie Adam von ihr verlangt sich vorzubeugen und er sich mit seinem Ständer hinter ihr aufbaut.

Vielleicht würde er ihr die Hose runterziehen, aber vielleicht verlangt er es von ihr. *Zieh die Hose runter*, wären seine Worte und ihre Reaktion ist klar. Anstandslos präsentiert sie in ihrer Vorstellung den nackten Arsch.

Die Hitze wird unerträglich und sie glaubt verbrennen zu müssen. Ihre Beine zittern, der Bauch bebt und ihre Muskeln spannen sich an.

Der Finger reibt immer schneller. Jetzt werden es zwei und sogleich drei, die ihren Kitzler verwöhnen und in einen Glutherd verwandeln.

Neben ihr atmet Werner kurz durch und dreht sich im Bett um. Vor Schreck stoppt Tina das Reiben, aber als sie seine gleichmäßigen Atemzüge hört, macht sie sofort weiter.

Die Vorstellung lässt seine Hände über ihren Hintern gleiten, ihn streicheln und massieren. Seine Finger ziehen ihn etwas auseinander, packen ihre Hüften und anschließend fühlt sie seinen Ständer in ihre Möse gleiten. Tief, wahnsinnig tief dringt er ein und füllt sie vollkommen aus.

Tinas Beine pressen sich schlagartig zusammen. Ein kurzer, heftiger Ruck lässt die Matratze ächzen. Diesem folgen wilde Zuckungen, während sie die Lippen fest aufeinanderpresst und versucht, keinen Laut von sich zu geben.

Das gelingt ihr nur bedingt, denn ein unterdrücktes Stöhnen ist nicht zu vermeiden. Nicht bei diesem herrlichen Höhepunkt, den sie am liebsten herausgeschrien hätte.

Langsam klingt er ab und sie atmet tief durch. Aber auch hier vermeidet sie unnötige Geräusche. Sie lauscht und vernimmt noch immer das gleichmäßige Atmen ihres Mannes.

Zufrieden dreht sie sich zur Seite und ist nach kurzer Zeit eingeschlafen.

***

Der nächste Tag läuft wie immer. Es sind noch Ferien, die Kinder sind zu Hause und auch Werner hat Urlaub.

Spielen, saugen, kochen und seichte Gespräche, so verbringt Tina ihren Tag. Auch der nächste ist irgendwie belanglos, nur dass sie abends wieder ins Studio geht.

Wie immer ist sie spät dran. In knappen eineinhalb Stunden schließt das Studio und heute ist außer ihr nur noch eine andere Frau in ihrem Alter da, die sie aber nicht kennt. Die muss neu sein.

Adam hatte sie mit einem Augenzwinkern begrüßt, ist dann aber mit Flaschensortieren und Arbeiten am PC beschäftigt gewesen.

Heute beginnt Tina mit dem Laufband, gefolgt vom Crosstrainer, um im Anschluss wieder zur Beinpresse zu wechseln.

Adam zeigt sich nicht und nach knapp einer Stunde begibt

sich Tina schweißgebadet in die Umkleidekabine.

Die andere Frau ist schon vor einer halben Stunde gegangen und somit ist Tina wieder allein im Umkleidebereich.

Adam war nicht am Tresen und neugierig geht Tina durch den Duschbereich hindurch und späht in Richtung der Sauna.

Da streckt ihr Adam gerade den Arsch entgegen. Vorgebeugt steht er halb in der Saunakabine und scheint den Ofen zu putzen. Er wackelt rhythmisch hin und her.

Grinsend schleicht sich Tina zu ihm hin und betrachtet den knackigen Arsch, wie er hin und her wippt. Sie kann nicht anders, als ihn anzufassen. Sie legt ihre Hände auf seine Rundung und greift zu.

Erschrocken fährt Adam hoch und dreht seinen Oberkörper nach hinten.

»Oh, hi Tina. Du hast mich erschreckt.« Er lächelt sie an und beugt sich sogleich wieder vor, um mit dem Lappen, den er in der Rechten hält, die Frontseite des Ofens zu putzen.

»Hat wieder jemand eine Sauerei in der Sauna gemacht?«, fragt sie verführerisch. Gleichzeitig wandert ihre Rechte zu seinem Bauch, um dort ohne Umschweife in seine Sporthose hineinzugleiten.

Er reißt überrascht die Augen auf, dreht den Kopf nach hinten und starrt sie an. Ihre Hand schiebt sich in die Boxershorts und findet sofort sein Glied, das schon im selben Moment anwächst.

»Hey, hey, hey«, raunt er und lächelt überrascht.

»Was denn? Du hast doch gesagt, ich kann mich für den sexuellen Übergriff rächen.« Sein Penis ist nun schon so groß, dass ihre Hand ihn kaum noch umfassen kann. Gefühlvoll zieht sie die Vorhaut zurück und schiebt sie wieder hoch.

Er schwillt noch weiter an, bis er die richtige Größe hat. Tina lächelt und wichst schneller.

Sie spürt die Euphorie in sich aufsteigen. Wieder macht sie es. Einem Mann, nicht ihrem Ehemann, einfach so, ganz spontan einen runterzuholen.

Adam atmet tief und zufrieden durch. Mit der linken Hand stützt er sich auf dem Boden ab. Das Tuch in der Rechten legt er daneben und die Hand wandert nach hinten zu Tina. Diese wehrt sie jedoch ab und schüttelt den Kopf.

»Nein, mein Lieber. Du lässt die Hände schön bei dir, verstanden?« Sie feixt ein bisschen und wichst noch schneller. Sein Kopf ist etwas zur Seite gedreht, sodass sie sein Profil gut erkennen kann.

Ein leises Schmatzen ist zu hören und ihr Unterarm fliegt förmlich auf und ab. *Mein Gott, fühlt der sich geil an*, denkt sie sich und spürt die Wärme und das Kribbeln in ihrem eigenen Unterleib, den sie immer wieder sanft gegen seinen Arsch drückt.

Sie spielt mit seinem Glied, reibt es schneller, drückt es fester oder lässt nur den Daumen über die Eichel gleiten. Dabei beobachtet sie seine Reaktionen. Schnell hat sie raus, was ihm gefällt, und treibt ihn in immer höhere Ekstasen.

Es dauert nicht mehr lange und sie spürt seine ansteigende Erregung. Sie muss grinsen, als seine Lippen fest aufeinanderpressen und sein Bauch zu beben beginnt.

Kurz darauf zuckt sein Schwanz und spritzt ab. Sie lacht zufrieden und reibt ihn langsam und genüsslich, bis er sich beruhigt.

Zufrieden zieht sie ihre Hand aus seiner Hose, zwinkert ihm zu, als er sich zu ihr aufrichtet, und wünscht ihm einen schönen Abend.

Sprachlos lässt sie ihn stehen und geht in den Duschbereich zurück. In der Umkleide wartet sie einige Sekunden, lauscht, ob er ihr folgt, und verspürt eine gewisse Enttäuschung, weil es still bleibt.

Schnell entkleidet sie sich und geht mit ihrem Duschmittel in den Nassbereich, schaltet die Dusche ein und lässt das warme Wasser über ihren Körper rinnen.

Es tut gut. Fast so gut wie einen harten Schwanz zu reiben oder zu spüren. Sie muss lächeln und die Erinnerung an das eben Geschehene ist sofort wieder parat. So wie auch die Wärme und das Kribbeln in ihrem Unterleib. Dieses fordernde Ziehen, das unaufhörlich nach mehr verlangt.

Mit der linken Hand stützt sie sich an der gefliesten Wand vor ihr ab, beugt sich etwas vor, spreizt die Beine, und während das warme Wasser über ihren Hinterkopf und den Rücken abwärtsrauscht, schiebt sie sich den rechten Zeige- und Mittelfinger zwischen die Schamlippen, die gierig darauf gewartet haben.

Das Tempo ist das gleiche wie vorhin, als sie Adams Schwanz gewichst hat. Und an ihn denkt sie nun ununterbrochen. Die Härte, die Größe, das Volumen und die Länge. Er würde viel tiefer in sie eindringen, sie ausfüllen und richtig geil befriedigen.

Das Becken schwingt nun vor und zurück, während ihre Finger abwechselnd kurz in sie eintauchen oder hastig über den Kitzler reiben.

Sie stöhnt leise, was aber im Rauschen des Wassers untergeht. Die Hitze nimmt zu. Ihr Unterleib kocht und heiße Wellen strömen von dort in alle Regionen ihres Körpers.

Das können sie jetzt regelmäßig machen. Er besorgt es ihr mit den Fingern und sie ihm mit der Hand. So kann sie es vor ihrem Gewissen vertreten. *Das ist kein richtiger Ehebruch*, findet sie und reibt schneller.

Nur in meinen Gedanken, da vögelt er mich, denkt sie und kichert dabei lüstern.

Doch plötzlich legen sich zwei Hände auf ihre Hüften und sie schreckt auf. Sie will sich drehen, aber die kräftigen Hände

fixieren ihren Unterleib, so kann sie sich nur mit dem Oberkörper und dem Kopf nach hinten wenden.

Bevor sie ihn sieht, vernimmt sie Adams Stimme.

»Du willst doch den ganzen Spaß nicht allein haben?«,
fragt er sie und sie kann sein Grinsen hören, was ihr einen
angenehmen Schauder den Rücken runterlaufen lässt.

Seine Lippen küssen ihren Hals und sie stöhnt noch lauter.
Im gleichen Augenblick schiebt sich sein Ständer zwischen
ihre Beine, gleitet die Schamlippen entlang und stößt gegen
ihr Schambein und die Finger, die noch immer auf ihrem
Kitzler liegen.

Adam muss mich beobachtet haben und das hat ihn geil ge-
macht. Tina grinst bei diesem Gedanken.

Er zieht sich zurück und ihr Becken folgt ihm sehnsüchtig,
bis er stoppt. Ihre Hand liegt noch immer auf ihrer Scham.
Die Finger ertasten seinen Stab und während sie ihr Becken
noch weiter zurückbewegt, drückt sein Glied in ihre feuchte
und bereite Öffnung.

Das geht alles so schnell und automatisch, dass sie keine
Sekunde Zeit hat, darüber nachzudenken.

Wuchtig rammt er sein Becken nach vorn. Sein Stab schießt
in sie hinein. Sein Schoß klatscht laut gegen ihre Arschbacken
und sie muss sich nun mit beiden Händen an der Wand vor
ihr abstützen, damit sie nicht mit dem Gesicht dagegen fliegt.

Ihre Augen sind weit aufgerissen und sie stößt einen kurzen
Schrei der Lust und Verwunderung aus.

Es folgen sofort schnelle, kurze Stöße, die ihr den Atem
rauben.

»Reib dich weiter, während wir ficken«, ruft er ungeniert
und angestrengt.

Tina überlegt nicht lange und schiebt ihre Rechte erneut
zwischen ihre Beine. Die Finger reiben im Takt seiner wuch-

tigen Stöße über den Kitzler und bringen ihn zum Glühen.

Gleichzeitig scheint sein Schwanz sie mit jedem Stoß mit purer Geilheit aufzupumpen.

Es wird ihr schwindelig. Sie schnappt nach Luft. Das Wasser rauscht weiterhin über beide Körper und sie stöhnen lustvoll im Takt ihrer Leiber, die hart aufeinanderprallen.

Die Beine von Tina geben nach, aber seine starken Hände halten sie fest. Tina stöhnt und versucht, die weichen Knie zu kompensieren und mit aller Mühe stabil zu halten. Aber die Hitzewellen, die durch ihren Körper bei jedem Ruck gepumpt werden, rauben ihr den Verstand.

Sie schreit, ihr Leib zuckt und in ihrem Inneren scheint eine Bombe zu explodieren.

Seine Hände halten sie fest, verhindern, dass sie auf die Knie sinkt, und pressen dabei ihren Arsch gegen seinen Schoß. Sein Ständer steckt dabei tief in ihr drin und löst weitere Explosionen aus, die sie mit entzückenden Lauten untermalt.

Doch nach einigen Sekunden ist es vorbei. Tina richtet sich erschöpft und tief durchatmend auf.

»Das war geil«, raunt seine Stimme in ihrem Ohr und sie kann nur zustimmend nicken. Er küsst ihren Hals, die Schulter und nagt an ihrem Ohrläppchen.

Tina genießt es und gibt ein wohlwollendes Schnurren von sich.

»Sag mir, was du möchtest«, flüstert seine Stimme heißer in ihrem Ohr und Tina runzelt die Stirn.

Was ich möchte? Vögeln, was sonst. Aber dann wird ihr klar, dass Adam etwas anderes meint. Sie soll ihm genau sagen, was sie möchte. Wie sie es möchte und in welcher Stellung. Sie soll ihm das sagen, was er ihr sonst aufträgt.

»Mach mit mir, was du willst«, findet sie eine diplomatische Antwort, denn das, was er verlangt, kann sie nicht. Niemals. Sie hat nie gelernt, frei ihre sexuellen Wünsche auszudrücken.

Ein enttäuschter Laut ist seine Reaktion. Dafür küsst er sie erneut am Hals und seine Hände streicheln zärtlich über ihren Körper, während sein Ständer noch immer prall in ihrer Muschi steckt, sich jedoch kaum bewegt.

»Du kannst das besser. Du hast immer so gute Ideen«, ergänzt sie schnell, um die Situation zu retten, aber erneut erklingt dieses undeutliche Seufzen. Sie greift mit der Rechten nach hinten und streicht ihm durch sein nasses Haar.

»Lass mich deine frisch gefickte Möse lecken.« Seine Stimme ist ultravulgär und Tina vermutet, er möchte ihr ein Beispiel dafür geben, wie einfach es ist, seinen Wunsch zu artikulieren.

»Gern«, haucht sie zur Antwort und nachdem Adam aus ihr herausgeglitten ist, lehnt sie sich wieder mit zwei Händen gegen die Wand und kippt ihr Becken nach vorn. Gleichzeitig küsst Adam sie am Rücken abwärts, bis er ihren Hintern erreicht.

Langsam kniet er sich hin, küsst die Falte zwischen Arschbacke und Schenkel, wandert mit seinem Mund in die Mitte, küsst den Rumpf und anschließend ihre Schamlippen.

Beim ersten Kontakt zuckt Tina kurz und grinst lustern, wackelt etwas mit dem Hintern und genießt sogleich seine Zunge, die zärtlich über ihre Scheide gleitet.

Adam dreht sich um und schiebt seinen Oberkörper zwischen ihre Beine, sodass ihre Muschi direkt vor seinem Gesicht schwebt. Sein Rücken lehnt gegen die Wand. Mit den Händen packt er ihren Hintern und drückt ihn an sich heran, während seine Lippen an ihrem Kitzler saugen und die Zunge zwischendurch darüberleckt.

Ihr Becken schwingt und sie lächelt beseelt und genießerisch.

»Oh, mein Gott, ist das gut«, flüstert sie, sodass es beim Wasserplätschern kaum zu hören ist. Nach einiger Zeit dreht Adam seine Hände an ihren Pobacken, sodass die Daumen unten sind und sich langsam auf ihr Zentrum zubewegen.

Seine Zunge leckt schneller und intensiver, während er beide Daumen in ihre Möse schiebt und sie darin rein- und rausbewegt.

Der Unterleib zuckt nun unkontrolliert und Tina stöhnt lauter. Ihre Augen sind geschlossen und der Mund weit aufgerissen.

Mit links stützt sie sich ab, während ihre Rechte auf seinem Kopf liegt und zärtlich streichelt.

War es bisher wunderschön, ist es nun, mit den Daumen in ihrer Muschi, unglaublich. Die Hitze scheint sie erneut verbrennen zu wollen. Lava scheint durch ihre Adern zu strömen und ihr Unterleib bewegt sich stärker.

Sie glaubt zu verbrennen, da zieht sich alles in ihrem Unterleib zusammen und ruckartig lösen sich die Verspannungen. Ein kurzer Schrei, ein heftiger Ruck und komplett verspannte Muskeln sind nur Indizien für ihren Höhepunkt, der jedoch schnell wieder abklingt, denn die Daumen sowie die Zunge sind plötzlich verschwunden.

Schwer atmend blickt sie herab und starrt in seine lüstern dreinblickenden Augen. Er zwinkert ihr amüsiert zu und sie lächelt zurück.

»Setz dich auf ihn drauf«, hallt seine Stimme in ihren Ohren und obwohl das Wasser laut plätschert, kann sie ihn problemlos verstehen.

Schwer atmend macht sie einen halben Schritt zurück, betrachtet seinen Stachel, der auf sie wartet, um sich in ihrem Fleisch zu versenken, und ohne weitere Worte geht sie in die Knie, packt seinen Dorn, positioniert ihn und lässt diesen in sich hineingleiten.

Ihr Arsch senkt sich weiter, bis er auf den Schenkeln ankommt. Sie schiebt ihre Füße nach hinten, sodass sie halb auf ihm sitzt und halb kniet. So kann sie ihren Körper leicht anheben und fallen lassen.

Seine Arme legen sich um ihren Rücken, während sie sein Genick umarmt. Mit schnellen Bewegungen reitet sie auf ihm, senkt ihren Kopf und schon liegen ihre Lippen aufeinander.

Der leidenschaftliche Kuss facht das Feuer weiter an, das sein Ständer schon wieder entfacht hat, und ihr wird schon wieder unglaublich heiß.

Er löst sich und schaut ihr tief in die Augen. Pure Anstrengung, aber auch grenzenlose Lust und Gier liegen darin.

»Ich will …«, beginnt er schwer atmend »… dass du irgendwann folgende Worte zu mir sagst …« Er stöhnt kurz und seine Finger drücken ihr Fleisch am Rücken zusammen. »Adam, ich will dir einen runterholen.«

Tina glaubt sich verhört zu haben, aber schon spricht Adam weiter.

»Oder: Adam, ich will dir einen blasen. Oder auch: Adam, ich will mit dir ficken.«

Ungläubig starrt Tina ihn an. Ihre Bewegungen werden langsamer, dafür stößt er sein Becken heftiger nach oben.

Niemals werde ich solch vulgäre Sachen zu einem Mann sagen. Niemals!

In ihrem Kopf dreht sich alles. Der Schwanz in ihr, der heiße Körper, auf dem sie sitzt, seine Stimme, sein Atem, seine Gier in den Augen, das alles bringt sie fast um den Verstand. Und dann will er auch noch, dass sie solche Dinge zu ihm sagt.

Sie stöhnt und ihr Oberkörper beugt sich vor. Sie umklammert ihn und ihr Kopf liegt an seinem. Beide atmen schwer und hastig.

»Du bist wahnsinnig gut«, presst er hervor und löst Stolz in Tina aus.

»Du auch. Du auch. Verdammt!«, flucht sie angestrengt und rammt ihren Leib noch schneller und schwungvoller auf seinen Ständer.

»Ich komme gleich. Ja, gleich!« Zitternd und mit krächzender Stimme bringt er das heraus.

»Ja! Spritz, spritz! Komm. Komm in mir!«, ruft sie aufgeregt, zerrt an seinem Körper und stößt mit letzter Kraft ihren Körper gegen seinen.

Sie spürt, wie er sich verspannt, und plötzlich zuckt sein Schwanz in ihrer Möse. Sie lacht erleichtert, streichelt seinen Schopf, während er sich in ihr ergießt.

Nach wenigen Sekunden lösen beide ihre Umklammerung und lehnen sich etwas zurück. Lächelnd schaut sie ihm in die Augen, in denen sie den Schalk entdeckt.

»Mach ihn wieder hart«, fordert er sie mit einem lüsternen, fordernden und dominanten Blick auf.

»Wie?«, fragt sie etwas unbeholfen und unsicher.

Er schiebt sie langsam von sich runter und sie erblickt seinen schrumpfenden Penis.

»Mach es mir mit der Hand und dem Mund«, raunt er kurz und plötzlich hat sie einen Kloß im Hals. Ja, sie hat ihm schon mal einen geblasen. Auf der Weihnachtsfeier – obwohl sie ihm sagte, sie mache so etwas nicht.

Bei mir schon, war seine Antwort, die sie damals schon erregt hat. Und nun wieder.

Sogleich kniet sie neben ihm und beugt sich vor. Ihre Hand ergreift sein Glied, das sie vorhin gewichst hat und gerade in ihrer Muschi hatte. Sanft bewegt sie die Vorhaut, stellt es auf und küsst es.

Ihre Zunge gleitet über seine Eichel, leckt wie an einer Kugel Eiscreme.

Derweil streichelt seine Hand über ihren Rücken abwärts zu ihrem Hintern. Sie kreist über ihre vollen Rundungen, um wieder aufwärtszuwandern.

Ihre Zunge leckt an seiner Eichel, die Lippen küssen und umgarnen sie. Langsam gleitet seine Spitze dazwischen und tief in ihren Mund hinein, der sich fest an ihn heranpresst.

Seine Hand erreicht ihren Kopf und drückt ihn gefühlvoll nach unten. Sein Schwanz dringt tiefer in sie ein. Die Zunge spielt mit seiner Unterseite und er stöhnt wollüstig.

Gleichzeitig bewegt sich sein Unterleib. Das Becken kippt vor und zurück, stößt dadurch den Schwanz in ihren Rachen hinein, der ihn voller Freude zu erwarten scheint.

»Oh, ist das gut«, schwärmt er gepresst, drückt ihren Kopf noch fester, während sein Körper zu beben beginnt.

Ein eindeutiges Zeichen – und Tina leckt fester an seinem Schwanz.

»Saug! Saug daran. Lutsch wie an einem Lolli«, presst er hervor und stöhnt fast im selben Augenblick noch kräftiger, denn sie folgt seinem Wunsch.

Ihre Wangen fallen nach innen ein und ihre Lippen pressen sich fest gegen seinen Stamm, der sich unkontrolliert vor- und zurückbewegt.

Mehrere Minuten leckt, lutscht und saugt sie an seinem Schwanz. Sie spielt mit ihm, experimentiert, testet verschiedene Sachen aus und erfreut sich an seinen Reaktionen.

Gleichzeitig streichelt er ihren Rücken, knetet den Arsch oder massiert ihre Brüste.

»Wenn du ficken willst, dann sag es mir«, raunt seine Stimme schwer und angestrengt.

Adam, ich will mit dir ficken, schießt es Tina durch den Kopf, aber ihr Anstand und die Erziehung verbieten es ihr, es laut zu sagen. Lieber bläst sie seinen Schwanz weiter und lässt sich in den Mund spritzen.

Ihre Lippen umschließen seinen Stamm fester, pressen ihn regelrecht zusammen, während sie schnell mit kurzen Bewegungen auf und ab gleiten.

Die Finger drücken und reiben sein Glied hastig und fest. Seine Hand wandert zu ihrem Kopf und presst ihn sanft nach unten.

»Ja! Ja! Jetzt! Jetzt!« Es klingt fast gequält, aber sein erfreutes Jaulen, während sein Sperma in ihren Mund schießt, zeigt ihr, wie gut sie es gemacht hat.

Sie saugt weiter, schluckt und reibt seinen Schwanz mit ihren Lippen, bis sich Adam wieder beruhigt.

Tief atmet er aus und erst jetzt lässt er ihren Kopf los und sein Glied rutscht aus ihrem Mund heraus. Schlaff hängt es wenige Sekunden später nach unten und Tina richtet sich auf.

Mit den Fingern putzt sie sich das Sperma aus den Mundwinkeln und den Lippen, wäscht ihr Gesicht und blickt ihm erst dann in die Augen.

Sanft lächelt sie und ihre Augen blitzen schelmisch.

»Das war gut«, sagt sie und beißt sich sofort auf die Unterlippe. *Warum lobe ich ihn? Soll* er *das doch machen*, schimpft sie sich in Gedanken selbst.

»Du warst fantastisch«, erwidert er nach wenigen Sekunden und grinst. Auch in seinen Augen funkelt es belustigt und schelmisch.

Beide stehen auf und lächeln sich an. Bei ihm ist pure Freude zu erkennen, wogegen bei ihr noch immer eine gewisse Unsicherheit vorherrscht.

Tina hebt ihre Arme und schiebt ihn in Richtung Ausgang.

»Ich dusche jetzt fertig«, sagt sie und winkt ihn weg.

»Ich kann doch auch hier duschen«, sagt er und blinzelt sie an.

Sie überlegt kurz, schaut in Richtung Waschbecken und schüttelt den Kopf.

»Besser nicht. Eigentlich hatten wir Glück, nicht erwischt zu werden. Wir wollen unser Glück nicht überstrapazieren, findest du nicht auch?«

Schnell gibt sie ihm einen Kuss und er verschwindet augenblicklich.

Tina schaut ihm lächelnd hinterher, duscht fertig und ist knappe zwanzig Minuten später am Tresen, um sich von Günter zu verabschieden.

Adam ist nirgends zu sehen und sie möchte auch nicht nach ihm fragen.

***

»Hallo Tina. Heute mal so früh da?« Günter steht mit seinem hellblauen Trainingsanzug bekleidet hinter dem Tresen und strahlt sie mit seinen weißen Zähnen an.

»Ja. Meine Kinder sind bei Freunden und irgendwie hatte ich heute Lust, mal nachmittags zum Trainieren zu gehen«, antwortet Tina, der in Wahrheit die Decke auf den Kopf gefallen ist. Außerdem hofft sie insgeheim, dass Adam nicht da ist.

Nachdem sie jetzt seit zwei Wochen keinen Sex mehr mit ihm hatte, fühlt sie sich hin- und hergerissen. Manchmal war er abends nicht da, aber wenn doch, dann kam es nicht dazu.

Entweder waren noch andere Kunden da, so wie vor zwei Tagen, als Sandra, eine knapp Sechzigjährige, auch so spät noch trainierte.

Oder letzte Woche, als zwei junge Mädchen zu einem Probetraining bis zum Schluss anwesend waren.

Aber auch schien es, als hätte Adam keine Zeit. Oder vielleicht doch keine Lust mehr? Natürlich, er machte weiterhin seine Witze, lächelte sie an oder berührte sie auch sanft oder zärtlich, aber nach dem Training kam er nicht im Umkleidebereich vorbei.

Sie sah ihn auch nicht die Sauna reinigen und somit hatten

sie keine Zeit füreinander.

Heute beschloss Tina, sich gedanklich von Adam zu lösen. Ja, es war eine aufregende Zeit. Ein schöner Abschnitt in ihrem Leben, der sowieso nicht sein durfte.

Ihren Mann zu betrügen, stand nie auf ihrer Lebensplanung und daher beschloss sie, nicht mehr abends ins Training zu gehen, sondern einfach mal am Nachmittag.

»Hey, heute ist aber wenig los.« Tina wirft einen Blick durch die große Glastür in die Halle. Günter verzieht leicht das Gesicht, als hätte er in eine Zitrone gebissen, und nickt.

»Ja, heute ist nichts los.« Und schon strahlt er sie wieder an.

»Aber das ist doch gut für dich. Dann hast du freie Geräteauswahl.« Er zwinkert ihr zu und Tina nickt.

»Sehr schön. Ich zieh mich dann mal um«, ruft sie und winkt ihm kurz zu, während sie sich auf den Weg zu den Umkleiden macht.

Nur wenige Minuten später betritt sie mit weißen Turnschuhen, pinkfarbenen Knickerbockers und einem beigen T-Shirt die Gerätehalle. Sie lässt ihre Trinkflasche fast fallen, als sie Adam auf einem der Laufbänder sieht.

Er hebt freudig lächelnd die Hand zum Gruß.

All ihre Vorsätze, ihn zu vergessen, diesen Lebensabschnitt abzuhaken und wieder die treue Ehefrau zu sein, sind mit einem Wimpernschlag vom Tisch.

Ihr Herz schlägt höher und in ihrem Unterleib setzt ein sehnsüchtiges, sanftes Ziehen ein, das sie, ohne nachzudenken, direkt zu ihm zieht.

Die Füße bewegen sich wie ferngesteuert und das Lächeln in ihrem Gesicht ist nicht zu unterdrücken. Schon steht sie neben ihm.

»Hi Adam«, ruft sie mit leuchtenden Augen, die von ihm mit einem noch stärkeren Glühen beantwortet werden.

»Hi Tina, wow, du siehst wieder klasse aus.« Schweiß tropft ihm von der Stirn und beide mustern den Körper des anderen.

Wobei Tina sich sanft auf die Unterlippe beißt, während sie ihn in seinem verschwitzten T-Shirt und den knappen Shorts betrachtet. Seine Haut glänzt feucht und seine Muskulatur an Armen und Beinen ist deutlich sichtbar.

»Danke, du aber auch«, antwortet sie wie aus der Pistole geschossen. Und schon wieder beißt sie sich auf die Unterlippe. So viel Komplimente wollte sie nicht loswerden.

Schnell stellt sie die Trinkflasche ab und stellt sich auf das Laufband neben seinem. Routiniert schaltet sie das Gerät ein und augenblicklich erhellt sich das große Display vor ihr. Während das System startet, streift sie sich das Pulsmessband am rechten Handgelenk über, das per Funk ihre Daten überträgt.

»Ich habe dich hier noch nie trainieren sehen«, beginnt sie ein Gespräch, während das Band unter ihren Füßen startet. Noch hat sie genug Luft zum Reden, das wird sich in einigen Minuten ändern.

»Tja, das liegt daran, dass du immer erst abends kommst. Da arbeite ich. Trainieren tue ich nachmittags. Manchmal auch vormittags, wenn ich keine Vorlesungen habe.«

»Aha«, meint sie und blickt ihn zwinkernd an.

Schweigend laufen sie einige Minuten, was Tina nicht unangenehm findet. Das gab es bei Adam nie, dass ihr gemeinsames Schweigen irgendwie peinlich war. Sie findet allein seine Gegenwart angenehm.

Immer wieder blickt sie zu ihm, betrachtet seinen athletischen Körper, den knackigen Hintern und den Schweiß auf seiner Haut.

Und sie bemerkt auch, wie er immer wieder begeisterte Blicke ihr und ihrem Körper zuwirft.

»Dein Laufstil hat sich sehr gut entwickelt. Du läufst jetzt viel runder als an deinen ersten Tagen hier im Studio.«

Sein Lächeln erwärmt ihr Herz und sie glaubt in dem folgenden Blick, der auf ihre Hüfte, den Hintern und ihren Schoß gerichtet ist, ein leichtes, gieriges Feuer zu erblicken.

Sie lächelt dankbar und starrt ihrerseits auf seinen Hintern. Das lüsterne Ziehen in ihrem Unterleib, das dabei entsteht, vertreibt sie mit einem höheren Tempo des Laufbands, das sie über das Display ändert.

Zuvor beobachtet Tina, wie ihr Puls sich schlagartig um zehn Schläge pro Minute erhöht hat.

Nur durch den Anblick seines geilen Arsches?

Sie schaut kurz auf sein Display und muss feststellen, dass sein Puls niedriger ist als ihrer, obwohl er schon eine Weile auf dem Band läuft. Das ärgert sie ein bisschen und sie beschließt, etwas mehr zu hüpfen. Dadurch schwingen ihre Brüste stärker auf und ab und das, obwohl sie ein Sportbustier trägt.

Der nächste Blick zu ihm verrät ihr aber, dass ihre Strategie aufgeht. Seine Augen wirken wie festgeklebt auf ihren Brüsten und sie muss lächeln.

Ein erneuter Blick auf sein Display verrät ihr, dass sich sein Puls ebenfalls erhöht hat. Auch das gefällt ihr und sie hüpft noch etwas stärker, was jedoch auch mehr Kraftanstrengung bedeutet. Aber das Ziehen in ihrem Unterleib verleiht ihr automatisch mehr Energie.

»Ist nachmittags immer so wenig los?«, fragt sie Adam, nachdem sie kurz den Blick durch das Studio schweifen lässt.

Dieser zuckt nur kurz mit den Achseln.

»Es ist in Summe viel weniger los. Es kommen weniger Leute zum Training und Günter sagte mir, dass wir im letzten Monat mehr Kündigungen als Neuzugänge hatten. Bedeutend mehr.« Adam betont die letzten beiden Worte mit einem ordentlichen Schuss Bedauern.

»Oh, das finde ich schade. Warum ist das so?«

Erneut zuckt Adam mit den Schultern.

»In der Oststadt, an der Grenze zum Industriegebiet, hat ein weiteres Fitnessstudio eröffnet. Die Parkplatzsituation ist dort besser und die haben die neuesten Geräte. Günter vermutet, dass die seine Kunden abziehen, weil sie gerade irgendwelche Promotions laufen haben.«

Tina nickt verstehend. Jetzt hat sie kaum noch Luft, um Worte herauszubekommen, und ist froh, dass auch Adam schweigt.

Sie laufen noch gemeinsam einige Zeit, bis Adam sein Laufband abschaltet und tief durchatmet.

»Schon fertig?«, fragt Tina, ebenfalls nach Luft schnappend. Dabei versucht sie noch ein hämisches Lächeln aufzusetzen, das ihr aber durch die Anstrengung misslingt.

»Ich laufe jetzt schon fast zwei Stunden. Ich denke, das reicht«, antwortet er mit einem Funkeln in den Augen, die sich sogleich wieder auf ihren Körper, insbesondere den Unterleib richten.

Seine braunen Locken kleben auf seiner Gesichtshaut und Schweiß läuft ihm glitzernd den Körper herab und lässt sein dunkelblaues Funktionsshirt an seinem Leib kleben. Dadurch zeichnet sich jede Einzelheit seiner Muskeln deutlich ab.

Zum Anbeißen lecker, denkt sich Tina und streicht mit ihrer Zungenspitze über die Unterlippe.

Er steigt schwer atmend vom Laufband herab und stellt sich neben Tina.

Als hätte er eben langen, heißen Sex gehabt, ergänzt Tina in ihren Gedanken und eine Schar von Bildern flutet ihren Verstand.

»Du sollst nicht so sehr ins Hohlkreuz fallen«, kommt mit einem verschmitzten Grinsen, aber gleichzeitig mit einer Spur des Vorwurfs aus seinem Mund. Gleichzeitig legt er die linke Hand auf ihren Bauch und die andere auf das Steißbein. Sanft drückt er ihren Oberkörper zurecht, während sie weiterhin beschwingt und so locker wie möglich auf dem Laufband ihre Schritte vollführt.

»Ja, so ist es besser«, sagt er leise, nachdem Tina ihr Becken nach vorn kippt und ihren Rücken begradigt. Seine Linke reibt sanft über den Bauch, während die Rechte den Rücken aufwärts wandert und sogleich wieder herab. Aber sie stoppt nicht am Steißbein, sondern liegt auf ihrem Po, den die Finger sanft kneten.

»Da ist aber nicht mein Kreuz«, ruft Tina schnaufend und grinst ihn an. Es gefällt ihr, wie seine Hand zärtlich ihr Gesäß massiert, dessen Muskeln sich bei jeder Bewegung unterschiedlich anspannen.

»Ich weiß«, antwortet Adam und drückt etwas fester zu. Ihre Blicke treffen sich und während beide den Augenblick sichtlich genießen, knetet seine Hand ihren Hintern noch intensiver.

In Tinas Unterleib brodelt es und ihr Verstand wird durch einen puren Hormoncocktail benebelt. Am liebsten würde sie jetzt und hier über diesen knackigen Kerl herfallen. Entweder auf dem Laufband oder daneben.

In ihrer Vorstellung reduziert sie das Tempo und er stellt sich hinter sie, verlangt, dass ihre Hände auf den Griffen liegen, die sie nie benutzt, und anschließend drückt er seinen Schoß gegen ihren Hintern.

Sie spürt seine Erregung, seinen Ständer, seinen Steifen und bevor sie etwas sagen kann, zieht er ihr die Hose runter. Kurz darauf folgt seine und die Spitze seines Speers drückt sich gegen ihre feuchte und voller Vorfreude wartende Muschi.

»Adam!«, erschallt plötzlich die Stimme von Günter in der Halle. Augenblicklich liegt die Hand wieder auf dem Steißbein und Adam reckt den Hals, um an Tina vorbeizuschauen. Auch sie hat schlagartig den Kopf gedreht und beide sehen nun den Studioinhaber in der Tür zum Studio stehen.

»Ja?«, ruft Adam zurück.

»Kannst du bitte kommen?«, weist Günter ihn an und winkt zur Unterstützung mit der rechten Hand.

»Klar«, lautet die knappe Antwort, aus der Tina etwas Enttäuschung heraushören kann.

»Ich dachte, das machst du lieber bei mir?« Sie grinst ihn schelmisch an und zwinkert ihm zu.

Adam runzelt die Stirn und versteht nicht sogleich, aber Tina hilft ihm auf die Sprünge.

»Na, *kommen*«, klärt sie ihn auf und sein Blick wird lüstern.

Kurz lächeln sie sich wissend an, da lässt Adam sie langsam, zögerlich und anscheinend mit purem Unwillen los.

»Aber du bittest mich nie darum«, antwortet er keck und geht, ohne ihren Kommentar abzuwarten, zu Günter.

Tief durchatmend läuft Tina weiter. Dabei denkt sie an Adam. An seine Berührungen und an sein Glied. An seinen Penis, nein, an seinen Steifen, an seinen Ständer, an seinen geilen Schwanz!

Das hohe Tempo fordert seinen Tribut. Sie spürt die Anstrengung und zugleich die stärker werdende Erschöpfung. Die Muskeln brennen leicht und sie reduziert die Geschwindigkeit. Eigentlich war das zu schnell für sie, aber sie wollte Adam zeigen, wie gut sie ist.

Ja, Adam. Dieser verflixte, geile Kerl, der sie so unglaublich heißmacht.

Ganz bewusst reibt sie ihre Schenkel beim Laufen aneinander und sie überlegt, wie es sich wohl anfühlen würde, wenn er ihr während dieser Bewegung zwischen die Beine greifen würde.

Die Erinnerung an ihre Fantasie von vorhin kehrt zurück

und das Kribbeln und Ziehen stellen sich gleichermaßen ein.

Ob vögeln während des Laufens funktioniert? Diese Frage beschäftigt sie einige Sekunden und sie stellt es sich bildlich vor. Die Beine müssten synchron schwingen oder er müsste breitbeinig hinter ihr herlaufen, was bestimmt witzig aussehen würde.

Oder er steht neben mir. Seine Hände auf meinem Bauch und dem Schambein, fliegen schlagartig die nächsten Gedanken in ihren Kopf.

Als Nächstes stellt sie sich vor, wie seine Linke vorn in ihre Hose und unter die Unterhose gleitet und die andere auf der Rückseite hineinrutscht.

Die Finger erreichen ihren Kitzler, während die andere Hand über ihren nackten Arsch wandert, um zu ihrer Möse zu gelangen.

Während sie läuft, schließt Tina ihre Augen und stellt sich vor, wie Adam sie mit zwei Händen fingert. Ihre Klitoris und gleichzeitig stoßen seine Finger in ihre Möse hinein. Dabei läuft sie auf dem Band, reibt mit den Schenkeln an seinen Händen und genießt es, wie er sie verwöhnt und aufheizt.

In ihrem Unterleib scheint es zu glühen. Das Ziehen wird unerträglich und im nächsten Moment stolpert sie auf dem Laufband. Sie schafft es gerade noch, sich an den Griffen festzuhalten und ihre Füße links und rechts auf den Rand zu stellen, bevor sie hinfällt.

Schwer atmend starrt sie auf das Display, welches nur noch wenige Zentimeter von ihrer Nase entfernt ihren sehr hohen Puls anzeigt.

Langsam erhebt sie sich und schaltet das Laufband aus.

Nein, so kann sie nicht weitertrainieren. Die Verletzungsgefahr ist einfach zu groß, wenn sie andauernd an Adam denken muss.

Mühsam steigt Tina vom Laufband und schnappt sich ihre Trinkflasche, um sie fast zur Hälfte zu leeren.

Anschließend geht sie zur Rezeption zurück. Dort steht Günter und blättert in einigen Papieren. Auf dem obersten kann Tina den Text »Lieferschein« lesen.

»Machst du mir bitte einen Proteinshake?«, bittet sie Günter, der kurz aufblickt und anschließend den Kopf in Richtung Lagerraum dreht, dessen Tür offen steht.

»Adam, kommst du bitte?«, ruft der Inhaber und Tina muss lächeln. *Schon wieder?*

Aber sogleich sind da andere Gedanken:

Vielleicht sollte ich ihn tatsächlich mal bitten zu kommen. Während er in mir steckt!

Sie schmunzelt und findet den Gedanken, es ihm zu sagen, gar nicht mehr so abwegig.

Kurz darauf erscheint Adam, noch immer in seinen Trainingssachen und noch immer verschwitzt. Aber nicht mehr so atemlos wie zuvor.

»Ja?«

»Mach Tina bitte einen Shake, ich kontrolliere derweil den Wareneingang, okay?«

»Klar«, sagt Adam und stellt sich hinter den Tresen, nimmt eine der Flaschen, misst das Eiweißpulver ab und gibt Wasser hinzu. Kräftig schütteln, dabei zeigen sich seine ordentlichen Bizepse und schon steht der Drink vor Tina auf der Holzplatte.

»Dankeschön«, flüstert sie mit einem umwerfenden Augenaufschlag und leert die halbe Flasche in einem Zug.

»Gern«, gibt Adam zurück und zwinkert ihr zu. Anschließend wendet er sich an Günter.

»Brauchst du mich noch? Die Getränke habe ich eingeräumt und die Verpackungen entsorgt.«

Günter blickt kurz auf und schüttelt den Kopf.

»Nein, geh duschen. Du stinkst wie eine Horde Nilpferde«, gibt er etwas bissig zurück, was Tina grübeln lässt. Zum einen fragt sie sich, woher Günter weiß, wie eine Horde Nilpferde riecht, zum anderen wundert sie sich darüber, dass er so gereizt ist. Aber sie schiebt es auf die schlechten Zahlen, die das Studio aktuell abwirft.

»Okay, bin dann weg«, ruft Adam winkend und verschwindet in Richtung Umkleidekabinen.

Tina sitzt noch etwas da und nippt immer wieder an ihrem Drink.

Sie findet überhaupt nicht, dass Adam stinkt, wenn er schwitzt. Im Gegenteil, irgendwie findet sie es sogar anregend.

Sie muss lächeln und leert den Rest der Flasche, um sie anschließend auf den Tresen zu stellen.

»Ich gehe dann auch duschen«, ruft sie Günter zu, der höflich die Hand zum Gruße hebt, ohne die Augen vom Lieferschein zu lösen.

In der Umkleidekabine zieht sie sich die verschwitzten Klamotten vom Leib und schnappt sich ihr Duschmittel sowie das weiße Handtuch. Noch immer aufgeheizt betritt sie den Vorbereich der Duschen und hört schon das Wasserplätschern von der anderen Seite.

Sie hängt das Handtuch an den Haken und in ihrem Kopf zeigen sich Bilder von Adam. Nackt unter dem Wasserstrahl – und wie er seinen Körper mit einem Duschgel einreibt. Den knackigen Arsch massiert und seine Muskeln spielen lässt.

Unbewusst leckt sich Tina über die Lippen und verharrt in der Bewegung. Das lüsterne Ziehen, das süchtig machende Kribbeln und die Sehnsucht nach Adam lassen sie stocken.

Sie weiß, dass sie jetzt einfach nur unter ihrer Dusche stehen, sich den Schweiß vom Leib waschen und anschließend gehen soll.

Aber etwas hält sie davon ab, die Dusche zu betreten. Es ist wie eine unsichtbare Wand, die sich im Durchgang gebildet hat und kein Weiterkommen zulässt. Oder ein unglaublich starker Magnet, der sie an dieser Stelle festhält.

Nein, das ist nicht richtig, denkt sie sich, denn sie kann ihren Fuß in Richtung Sauna bewegen. Aber auch das ist nicht korrekt, denn der Fuß hat sich wie von selbst bewegt. Und jetzt der andere.

Schritt für Schritt verlässt sie ihren Sanitärbereich und steht in dem Bereich, in dem sich die Sauna befindet. Die Geräusche der Dusche sind nun deutlicher zu hören und die erregenden Bilder von einem nackten Adam werden nun aufdringlicher.

Ihr Körper wendet sich in Richtung des plätschernden Wassers und schon steht sie am Durchgang, der zur Männerumkleide führt. Und natürlich auch zu deren Duschen.

Was ist, wenn Adam nicht allein ist? Oder wenn jemand anderes duscht?, fragt sich Tina und bleibt unsicher stehen. Nackt und mit aufgestellten Brustwarzen, wie sie in diesem Moment feststellt.

Eine unbekannte Macht zwingt sie regelrecht, mit den Händen ihre Brüste zu massieren. Sanft drückt sie die Warzen und zieht an ihnen, was eine Hitzequelle in ihrem Unterleib einzuschalten scheint.

Nein, es muss Adam sein, denn er war der Einzige in der Halle, sagt sie sich und schüttelt den Kopf.

Oder doch nicht?

Jetzt treibt sie die Neugier an und ihre Füße setzen sich wieder in Bewegung. Sie erreicht den Vorbereich mit den Waschbecken und entdeckt ein dunkelblaues Handtuch an einem der Haken hängen.

Also ist doch nur einer in der Dusche, denkt sie sich und ein Stein fällt ihr vom Herzen, das sogleich schneller schlägt.

Fest umklammern ihre Hände die Brüste und drücken sie so kräftig, dass ihre Finger im Fleisch tiefe Abdrücke hinterlassen.

Sie blickt vorsichtig um die geflieste Vormauer und erblickt Adam. Dieser lehnt mit beiden Händen an der Wand, den Kopf gesenkt und sich das Wasser auf Genick und Rücken plätschern lassend.

Tina betrachtet den knackigen Arsch, der ihr entgegenblickt, und lächelt lüstern. In ihrem Unterleib werden das Kribbeln und Ziehen stärker.

Ihre Hände lassen die Brüste los, gleiten tiefer, streicheln den Bauch und erreichen ihre Scham. Ihre Finger gleiten über die Klitoris, die Schamlippen und streicheln die Leisten entlang.

Wie sehr habe ich dich vermisst, denkt sie sich und erneut erwachen ihre Füße und schleichen sich mit einem Eigenleben langsam zu ihm. Dabei wird ihr Lächeln immer breiter und lüsterner. Sie kann es kaum noch erwarten ihn zu berühren, seinen Körper zu spüren und …

Einen Schritt vor seinem athletischen Körper bleibt sie stehen und zweifelt für einen kurzen Moment.

Mache ich das Richtige? Darf ich mich ihm so hingeben oder gar so anbieten?

Ihre Erziehung spricht dagegen, aber ihre Lust und das Feuer, welches in ihrem Unterleib jetzt entfacht ist, wollen es. Sie fordern es und zwingen Tina, den letzten Schritt zu wagen.

Die ersten Tropfen spritzen zu ihr heran, da legt sie beide Hände auf seinen Körper. Dieser spannt sich vor Überraschung an und sein Kopf fährt in die Höhe. Aber schon drückt sie ihren Leib gegen seinen Rücken. Ihr Schoß schmiegt sich an seinen Hintern. Ihre Brüste pressen sich gegen seine Rippen und ihre Arme umschließen seinen Oberkörper.

Insgeheim hat sie befürchtet, dass er zusammenzuckt, sich umdreht und ihr so eine unsinnige Frage stellt wie: *Was machst du hier,* oder *was soll das?*

Aber nichts davon passiert. Während ihre linken Finger mit seiner rechten Brustwarze spielen, reibt ihre andere Hand über seinen Bauch und gleitet nur wenige Augenblicke tiefer zu seinem Oberschenkel.

Sanft streicht sie darüber, spürt das Wasser, seine Haut und die darunterliegende Muskulatur. Gleichzeitig küsst sie seinen Hals, das Genick und die Schultern.

Sie spürt die hohe Temperatur seines aufgeheizten Körpers. Die Wärme überträgt sich auf ihre Haut, die an ihm reibt.

Die Hand bewegt sich nach innen und anschließend aufwärts, bis die Finger den Rumpf erreichen. Mit den Fingerspitzen streicht sie die Leiste auf und ab, um anschließend den Hoden zu berühren. Sanft spielt sie mit den Eiern, drückt und bewegt sie leicht, um nach wenigen Augenblicken höher zu gleiten.

Insgeheim befürchtet sie, dass dort ein kleiner, schlaffer Penis auf sie wartet. Aber sie irrt sich. Ihre Finger ertasten einen prallen, harten Phallus, der mächtig wie ein Mahnmal nach oben zeigt.

Lächelnd küsst sie seine rechte Schulter und umschließt seinen Ständer mit der kompletten Faust. Während sie ihn langsam reibt, drückt sie ihren Körper noch fester gegen seinen und stößt im Takt ihrer Hand mit dem Schoß gegen seinen Hintern.

Durch das Plätschern des Wassers vernimmt Tina das zufriedene Seufzen des jungen Mannes und das animiert sie etwas fester zu drücken und ihre Hand leicht zu beschleunigen.

Dabei genießt sie das Gefühl des harten Stabes in ihrer Hand genauso wie seine Haut, über die ihre eigene gleitet.

Die anderen Finger umkreisen seine harte Brustwarze und sie küsst ihn noch intensiver. Beide atmen schwer und sie spürt, wie sich sein Hintern gegen ihren Schoß drückt, während sie ihr Becken im Rhythmus der Faust bewegt.

Immer härter wichst sie ihn und stößt ihren Unterleib gegen seinen Arsch. Adam zieht seine rechte Hand von der Wand weg und legt sie auf ihre Hüfte. Dort streichelt sie ihre Haut, um sich kurz darauf zwischen ihre Körper zu zwängen.

Die Finger gleiten von oben die Leiste herab, verharren bei jedem Stoß ihres Körpers für einen Moment, um kurz darauf ihre Scheide zu erreichen.

Ein lustvoller Ton dringt aus ihrer Kehle und sie setzt ihren rechten Fuß weiter nach außen. Gleichzeitig schiebt sie ihre Körpermitte ebenfalls zur Seite, sodass nur noch ihre linke Hüfte gegen seinen Arsch drückt.

Dafür hat seine Hand freie Bahn und die Finger gleiten die Leiste weiter nach unten, streifen außen an den Schamlippen entlang, um kurz darauf zur Mitte zu wandern und durch ihre Ritze zu gleiten.

Tinas Becken schießt nach vorn und als die Finger ihr Schambein erreichen, zuckt sie kurz, was sich sogleich wiederholt, als er den Kitzler berührt. Gleichzeitig dringt ein leiser Laut aus ihrem Mund, der sanft und erregend klingt.

Ihr Körper presst sich noch fester gegen seinen. Ihre Arme umschlingen ihn kräftiger, während ihre Faust noch schneller wichst.

Er stöhnt und schiebt gleichzeitig in rascher Folge seine Finger in ihre Muschi hinein, krümmt sie in ihrem Inneren und löst damit einen tropischen Sturm aus, der sie zum Beben bringt. Innerlich aufgewühlt, atmet sie schneller.

Aber auch Adam zittert jetzt, stöhnt lauter und presst die Zähne zusammen.

»Ich komme gleich«, flüstert er laut genug, sodass Tina es trotz des Wasserplätscherns vernehmen kann. Sie grinst und wichst fester.

Die Stöße ihres Beckens werden heftiger. Dadurch rammt sie sich seine Finger tief in die Muschi hinein. Gleichzeitig bewegt sie seinen Unterleib mit, um ihr Wichsen zu verstärken.

In Tina kocht und brodelt es immer stärker. Sie hält es selbst kaum noch aus, aber endlich spürt sie, wie sich Adams Muskeln anspannen. Die eben noch flache Hand auf den Fliesen ist nun eine Faust und die Adern und Muskelpartien auf seinen Armen zeigen sich deutlich.

»Ja«, presst er kurz und schon spürt sie das Pumpen und Pulsieren seines Stabes in der Hand. Ein kurzer Jubelruf entkommt ihrem Mund, der sogleich seinen Rücken und die Schultern weiter küsst, während ihre Hand nun langsamer das Glied abmelkt.

Sie genießt den Augenblick. Das Gefühl in ihrer Hand und auch das klatschende Geräusch seines Spermas an der Wand. All das erfüllt sie mit Freude und Stolz.

Noch immer bewegt sie ihr Becken vor und zurück, während seine Finger still in ihr stecken, was dennoch einen gewissen Reiz ausübt.

Seine Zuckungen werden leichter und schon spürt sie kein Spritzen mehr. Zufrieden lächelt Tina und reibt den Stab weiter, damit er nicht kleiner wird.

Der Gedanke, dass sie ihm gerade einen runtergeholt hat, lässt sie vor Glück breit grinsen. Noch immer stecken seine Finger in ihrem Unterleib, was ihre eigene Hitze noch weiter anfeuert. Und da kommt ihr ein frivoler Gedanke.

Grinsend dreht sie ihn an seinem Ständer um. Dabei gleiten seine Finger aus ihrem Leib heraus.

Sie blicken sich kurz tief in die Augen, bevor er ihr Gesicht in die Hände nimmt und ihr einen langen, liebevollen und heißen Kuss gibt.

Nachdem sie sich von ihm gelöst hat, atmet sie einmal tief durch.

»Steck ihn mir rein, ohne mich zu ficken«, raunt sie außer Atem und dreht sich um die eigene Achse.

»W … was?« Adam runzelt verständnislos die Stirn.

»Steck mir deinen Schwanz in die Fotze«, ruft Tina nun ungeduldig, packt dabei ihre Arschbacken und zieht sie auseinander.

Einer solchen Aufforderung kann Adam nicht widerstehen, stellt sich nah an sie heran, positioniert seine Spitze vor ihrer Öffnung und dringt langsam, vorsichtig, aber zugleich sehnsüchtig in sie ein.

Ein Röhren dringt aus Tinas Kehle, während sie den Kopf anhebt.

Immer tiefer dringt er ein und kaum berühren seine Hüftknochen ihren wohlgeformten Po, da greifen ihre Hände nach hinten und halten ihn fest.

»Bleib so, nicht bewegen«, presst sie voller Anstrengung und mit zittriger Stimme hervor.

Adam muss sich beherrschen, nicht auszuholen und hart zuzustoßen. Er atmet tief durch und genießt die leichten, kurzen Bewegungen, die Tina vor ihm vollführt.

So wie sie ihn gepackt hält, umschließen auch seine Hände ihre runden Hüften. Der Blick für ihn ist einfach umwerfend. Krampfhaft presst er seinen Schoß und damit seinen Steifen in ihren Leib hinein.

In Tina brodelt es und jede Sekunde wird es stärker. Die Hitze nimmt zu und es scheint, als sei es ein Brennstab, der im Reaktor seine Hitze verbreitet.

Das Ziehen raubt ihr fast den Verstand und schon will sie rufen, er solle zustoßen, da beben ihre Beine und ihr Bauch zittert. Schnell wird das weiter angeheizt und ihr gesamter Körper scheint einem Schüttelfrost ausgesetzt zu sein.

Ihre Bewegungen sind minimal, knapp und hastig. Schnell wirken sie unkontrolliert und abgehackt. Tinas Augen verdrehen sich. Sie schnappt nach Luft und kann es nicht fassen. Dieses dicke, harte Ding in ihr steckt einfach so in der Möse und sie kontrolliert es. Sie bestimmt, wie tief es eindringt, wo und wie intensiv es sie berührt und welche Freude es in ihr auslöst.

Sie schnappt lautstark nach Luft, während weiterhin das Wasser auf ihren Rücken plätschert. Dann spürt sie es. Nichts kann es mehr aufhalten. Das Feuerwerk der Lust und Freude.

Im nächsten Augenblick verkrampfen sich ihre Muskeln. Es bildet sich ein Katzenbuckel und ein lang gezogener Ton dringt aus ihrem weit aufgerissenen Mund nach draußen.

Schlagartig rauscht der Rücken nach unten und sie fällt ins Hohlkreuz. Ein dumpfer Ton, zittrig und tief, erfüllt den Duschraum, während ihr Körper mehrmals unkontrolliert zuckt.

Die kräftigen Hände von Adam halten sie gepackt, aber er kann nicht verhindern, dass ihre weichen Beine nachgeben und sie zu Boden sinkt. Gleichzeitig entgleitet sein Stab ihrer Möse, was sofort ein leeres Gefühl zurücklässt.

Selbst zusammengekauert, wie ein Häufchen Elend auf den Fliesen, stöhnt und hechelt Tina, während ihr Körper weiterhin unkontrolliert zuckt. Ganz kurz versinkt die Welt in einer undurchdringlichen Dunkelheit.

***

Dieser Zustand dauert einige Sekunden an, bevor Tina langsam wieder zu sich kommt und wie benommen nach oben blickt.

Wassertropfen lassen ihre Lider immer wieder zucken. Auch sammelt sich Flüssigkeit in ihrem geöffneten Mund, durch den sie hastig die Luft einzieht.

Erst Sekunden später fällt Tinas Blick auf sein steifes Glied, das direkt vor ihr fast waagerecht in der Luft schwebt. Dick, prall und unglaublich geil. Zwei fette, dunkelblaue Adern bahnen sich ihren Weg vom Rumpf bis fast zur Spitze.

Wassertropfen explodieren auf seiner Oberseite in zig kleinere Wasserfontänen, die in alle Richtungen davonfliegen.

Und ganz vorn, glänzend, rund und mit einer kleinen, schlitzartigen Öffnung versehen, strahlt die Eichel Tina regelrecht an. Auf der einen Seite wirkt sie bedrohlich, bohrend und einschüchternd. Auf der anderen Seite jedoch wie ein Spender von Glück, Freude und purer Lust.

Mit Zeigefinger und Daumen umgreift Tina den Eichelkranz und gleitet über den feuchten Film, der auf ihm liegt, etwas vor und zurück. Dabei rutscht sie hinter den Kranz in die Mulde, oder ist es doch eher ein Graben oder ein Tal?

Auch dort tasten ihre Finger forschend umher. Spüren jede Reaktion von ihm. Das kleinste Zucken entgeht ihr nicht, während sie gleichzeitig voller Bewunderung sein Glied weiterhin genau mustert.

Es ist eins der schönsten Dinge, welche die Natur hervorgebracht hat, denkt sie sich verträumt und lässt die Fingerkuppen sanft und zärtlich weiter nach unten rutschen. Zur Vorhaut, die sie zärtlich abwärts schiebt.

Der Stab zwischen ihren Fingern bäumt sich auf und schon zieht sie die Vorhaut wieder nach oben. Diese Macht, die sie hier in der Hand hält, ist unbeschreiblich. Das Glied wirkt so mächtig, aber zugleich auch zerbrechlich.

Tina bewegt ihre Finger noch ein paar Mal vor und zurück, bevor sie den Penis anhebt und die Unterseite der Eichel genauer betrachtet.

Der Kranz zeigt hier eine Verjüngung und erinnert sie an Pobacken. Genau in der Mitte zeigt sich ein dünnes Häutchen, das wie an den Lappen am Hals einer Pute aussieht.

Noch nie hat sie in ihrem Leben das männliche Geschlechts-teil so genau betrachtet. Nein, es ist, als würde sie es studieren. Sieht das Glied ihres Mannes genauso aus? Sie kann es nicht sagen.

Tina lächelt und spielt mit ihrem Daumen an dem Häut-chen. Langsam nähert sie sich der Unterseite und ihre Zunge gleitet heraus. Vorsichtig berührt sie es mit ihrer Spitze und leckt daran.

Der Bauch vor ihr spannt sich an und wird ganz flach. Ihre Zunge wandert forschend weiter, hoch zum Eichelkranz und in den Graben dahinter.

Ganz langsam und mit einem schelmischen Lächeln im Gesicht fährt sie durch die Senke hindurch und leckt einmal komplett über die Eichel, als wäre es eine Kugel Erdbeereis.

Mehrmals zuckt der Phallus vor Freude und immer wieder vernimmt sie ein genüssliches Seufzen, das sich zwischen dem Wasserplätschern hindurchmogelt.

Mit sanftem Druck pressen sich ihre Lippen auf die Eichel-spitze und gleiten bis zum Kranz und darüber hinaus.

Fest packt sie seine Spitze mit ihrem Mund und scheint ihn nie wieder herauslassen zu wollen. Ihre Lippen liegen fest an und halten sich an der Wulst fest. Die erinnert Tina an einen Widerhaken, der verhindert, aus seinem Ziel wieder herausgezogen zu werden.

Auch bei diesem Gedanken muss sie lächeln, obwohl sie ihn recht vulgär findet. Aber was solls. Sie macht hier genug vulgäre oder ordinäre Sachen mit Adam, so wie auch er wilde Dinge mit ihr macht.

Noch vor einigen Monaten hätte sie angewidert mit dem Kopf geschüttelt. Aber jetzt erregt es sie. Es gefällt ihr und macht Spaß. Sehnsüchtig will sie mehr davon.

Sanft gleitet ihr Haupt vor und zurück. Dabei pressen sich

ihre Lippen unentwegt, ohne nachzulassen, gegen seinen Schaft.

»Oh ja«, hört sie ihn leise schwärmen. Seine Atmung geht tief und schnell, als wäre er noch immer auf dem Laufband.

Und ganz plötzlich verspürt sie nur noch einen Wunsch: Er soll kommen. Er soll abspritzen. Er soll ihr den Saft in den Mund jagen.

Wobei sie auch gern sehen würde, wie er spritzt. Die Fontäne, die aus der kleinen Öffnung schießt. Dabei fragt sie sich immer, wie hoch oder wie weit fliegt es? Welche Wucht, welche Kraft liegt dahinter?

Wie von selbst legt sich ihre rechte Hand um seinen Schaft und reibt im Takt ihrer Kopfbewegung. Dabei drückt sie ihn fest und genießt das harte Gefühl seines Schwanzes darin und zwischen ihren Lippen.

Schon setzt das bekannte Beben seines Körpers ein. Sie reibt noch schneller, wilder und kräftiger.

Doch plötzlich beugt sich Adam vor, packt sie unter den Armen und zieht sie hoch. Etwas erstaunt, aber auch amüsiert schaut sie ihn an.

Ihre Blicke treffen sich und für einen kurzen Augenblick verschwimmt die Realität im Nebel. Alles um sie herum verblasst. Das herabfallende Wasser, die diesigen Dampfwolken und auch das Plätschern, das den Raum erfüllt.

Jetzt gibt es nur sie zwei und schon im nächsten Moment hat er Tina an sich herangezogen und presst seine Lippen auf ihre.

Sofort spielen die Zungen miteinander. Dieses lüsterne, sehnsüchtige und liebevolle Spiel, das ihr Herz höherschlagen lässt.

Aber auch seine Erregung steigt. Seine Hände zittern und der Bauch bebt, während er sich gegen ihren Oberkörper drückt.

Es ist ein heißer und unglaublich leidenschaftlicher Kuss. Dabei hebt Adam sie an und dreht sich um die eigene Achse, sodass Tina anschließend mit den Schultern gegen die gefliesete Wand lehnt.

Seine Lippen lösen sich schwer von ihren. Als ob ein unglaublich starker Magnet es verhindern will. Tief blicken sie sich in die Augen.

»Ich will dich jetzt vögeln«, flüstert er außer Atem und Tina beginnt zu lächeln.

Gleichzeitig stellt sie ihre Füße weiter auseinander und drückt ihren Unterleib provokant nach vorn.

»Dann mach doch«, kommentiert sie frech seinen Wunsch.

Schon packen seine Hände ihre Hüften und er schiebt seine Füße zwischen ihre. Seine Rechte löst sich von ihr, nimmt den Ständer in die Hand, biegt ihn nach unten und mit sanften Stößen reibt er seine Eichel an ihrer Pforte.

Vier Augen starren nach unten und bewundern das Schauspiel, wie der dicke Stamm an ihren Schamlippen entlanggleitet und unter ihrem Körper verschwindet.

Ihr wird heiß, und das Becken schwingt ihm entgegen. Dabei hält sie es kaum noch aus.

»Wenn du mich vögeln willst, musst du ihn schon rein stecken«, presst sie ungeduldig hervor und kippt ihr Becken schneller vor und zurück.

Beide heben den Kopf und Tina blickt in das frech grinsende Gesicht von Adam.

»Ach? Tatsächlich?«, fragt er nur knapp, um bei seinem nächsten Stoß seinen Schwanz in ihre Ritze hineinzuschieben.

Tina stöhnt genüsslich und erfreut auf. Endlich! Die Rechte liegt auf seinem Genick, während ihre Linke seine Hüfte steuert und in einem schnellen Takt an sich heranzieht.

Fast automatisch hebt sie ihr rechtes Bein und klemmt es an die andere Seite der Hüfte. So kann er noch tiefer in sie eindringen.

»Du vögelst so gut«, schwärmt sie schwer atmend. Dabei stößt er ohne Unterlass zu, rammt ihr seinen Schwanz in die Möse und lässt ihre Körper laut aufeinanderklatschen.

»Du vögelst geil«, antwortet er schwer atmend und beschleunigt noch mehr.

Tina stöhnt und plötzlich verdreht sie die Augen. Ihre Knie werden weich und scheinen ihr Gewicht nicht mehr halten zu können. Aber seine Hände packen ihr Becken und stützen sie, während er weiter mit kurzen, harten Stößen in sie eindringt.

Ein leiser, heulender Ton dringt aus ihrer Kehle und ihr Körper verspannt sich. Ein kurzer Ruck und ihr Oberkörper schießt nach vorn. Mit den Armen umklammert sie Adam, während noch ein Ruck durch ihren Körper geht.

Adam stoppt jetzt seine Bewegungen und hält sie nur noch in seinen Armen fest gepackt. Tina zittert und schnappt nach Luft, bis sie sich nach wenigen Sekunden wieder entspannt.

Schwer atmend hebt sie den Kopf und schaut ihm ungläubig in die Augen.

»Du bist der Wahnsinn«, flüstert sie mit einem unglaublich tiefen und lüsternen Unterton.

Adam lächelt dankbar und küsst sie erneut auf den Mund, löst sich nach wenigen Augenblicken und wandert küssend tiefer. Kinn, Hals, Schlüsselbein bis hinab zu den Brüsten. An den Warzen leckt er genüsslich und gleitet weiter abwärts.

Auch wenn sein Glied ihr jetzt fehlt, genießt sie seine Behandlung ohne Worte.

Am Bauchnabel lässt er sich etwas mehr Zeit, um dennoch weiter bis zum Schambein zu wandern.

Er befindet sich jetzt schon auf den Knien, während seine Lippen sanft und liebevoll ihren Kitzler packen und leicht daran ziehen.

Tina muss leise lachen. Dabei lehnt sie wieder mit den Schultern an der Wand und drückt breitbeinig ihren Schoß nach vorn.

Seine Zunge schiebt sich langsam aus seinem Mund und kreist genüsslich über ihre Klitoris. Tina zuckt sanft und gibt ein lüsternes Seufzen von sich.

Ihre linke Hand liegt auf seinem Kopf, während sie sich mit der Rechten an der Wand abstützt.

Zärtlich gleitet die Zungenspitze die linke Schamlippe herab, spielt mit ihr, um an der rechten wieder nach oben zu gleiten.

Es folgt ein erneutes Spielen mit ihrer Perle, was stärkere Zuckungen und ein tieferes Atmen zur Folge hat.

Langsam wandert die Zunge tiefer. Dieses Mal im Zickzack abwechselnd über beide Schamlippen. Unten angelangt, schiebt sie sich dazwischen und dringt einige Zentimeter in sie ein.

Tina verdreht die Augen. Hitzewellen durchströmen ihren Körper und mehrmals stockt ihr Atem.

Noch immer rauscht das Wasser auf ihre Körper. Es ist jedoch nicht in der Lage, das Feuer in ihr zu löschen, das jetzt lichterloh brennt.

Gerade leckt Adam mit seiner gesamten Zungenbreite über ihre Scham und löst bei Tina leise Jauchzer aus. Gleichzeitig streicheln seine Hände über ihre Haut. Zu den Brüsten hoch, die sie kurz und liebevoll kneten, hinab zur Hüfte und dem Po, den sie kräftig drücken, bevor sie die Schenkel nach unten gleiten.

Ihr Becken vibriert und bewegt sich schnell vor und zurück. Ihre Hand presst seinen Kopf fester gegen ihren Unterleib und das Ziehen wird immer unerträglicher.

Ich stehe hier breitbeinig vor einem Mann, schiebe ihm einladend und vulgär meine Fotze entgegen, die er bereitwillig und gierig ausleckt.

Dieser Gedanke ist der letzte in ihrem Kopf, bevor er wie eine Seifenblase platzt, als Adam zwei seiner Finger in ihre Muschi schiebt und mit der Zunge noch schneller über ihren Kitzler kreist.

»Oh – mein – Gott«, ruft sie stammelnd. Ihr Verstand setzt aus und wird durch pure Triebe ersetzt.

Die Schenkel pressen seinen Kopf zusammen. Ihr Oberkörper schnellt nach vorn und klappt zusammen. Jetzt hält sie sich mit beiden Händen an seinem Kopf fest, während ihr Unterleib unkontrolliert zuckt.

Immer wieder ruckt ihr Becken nach vorn. Ihre Muschi prallt auf seinen Mund. Die Zähne fressen sich in ihre empfindliche Haut, was sie jedoch nicht bemerkt, denn der Rausch des Höhepunkts nimmt ihr nicht nur die Sicht, sondern verdrängt alles um sie herum in einen rosa Schleier der Lust und Wonne.

Das Zeitgefühl verloren, entspannt sie sich, als der Orgasmus abklingt. Langsam hebt sie den Oberkörper an und blickt nach unten, direkt in seine schelmisch funkelnden Augen.

»Du Schwein«, hechelt sie und sein Blick wirkt nun verwundert. Dann zuckt er mit den Schultern.

»Warum?«, fragt er lachend und leckt sich über die Lippen. Dabei zucken seine Augenlider, denn jetzt fallen ihm immer wieder Wassertropfen ins Gesicht.

Schwer atmend verzieht Tina ihr Gesicht und überlegt ihre nächsten Worte.

»Du treibst mich hier in den Wahnsinn und lachst mich dabei auch noch aus«, fasst sie ihre Worte, noch immer außer Atem, zusammen.

Adam lacht nur, stockt jedoch, da sich Tina vorbeugt und ihn an den Schultern nach hinten stößt. Mühsam fängt er sich mit den Händen ab.

»Leg dich hin!«, zischt sie mit zusammengekniffenen Augen.

Adam schaut sie kurz fragend an, bevor er sich schmunzelnd auf den Rücken legt.

»Jetzt bin ich dran«, ruft Tina angestrengt und wirft sich regelrecht mit ihrem Hintern auf seine Kniescheiben.

Während das Wasser nun auf ihren Rücken fällt, beugt sie sich vor, schnappt sich seinen Ständer und drückt ihn senkrecht nach oben.

Bevor sich ihre Lippen um ihn schließen, verharrt sie mit offenem Mund und blickt Adam tief in die Augen. Darin entdeckt sie pure Vorfreude und Gier.

Langsam senkt sie ihren Kopf, ohne ihn aus den Augen zu verlieren, und lässt die Eichel in ihren Mund hineingleiten.

Sie umschließt ihn und lutscht daran, wie an einem Eis am Stiel.

Genüsslich wandert ihr Kopf auf und ab. Dabei pressen sich ihre Lippen fest gegen den Stamm und ihre Zunge umspielt seine Spitze.

Jetzt soll auch er oral kommen. Sie will es ihm mit dem Mund machen, es ihm richtig besorgen, so einen absolut geilen Blowjob. Den besten, den er je hatte.

Mit den Augen registriert sie jede Regung bei ihm und muss hin und wieder lächeln, wenn er die Augen verdreht oder lüstern die Luft aus den Lungen presst.

Sein Kopf liegt auf den Fliesen und sein Brustkorb hebt und senkt sich im schnellen Takt.

Nach einiger Zeit nimmt das Stöhnen aus seiner Kehle zu und langsam hebt er den Kopf. In seinen Augen kann Tina das Feuer entdecken, das sie bei ihm auslösen wollte. Sie muss lächeln, spielt dabei aber weiter mit ihrer Zunge an seinem Schwanz und strengt sich noch mehr an.

»Ich möchte noch mal den geilen Saft aus deiner Möse schmecken«, raunt er so leise, dass sie Mühe hat, ihn zu verstehen. In ihrem Inneren zieht es unbändig und ein Feuer beginnt zu brennen.

Breit grinsend hebt sie ihren Kopf und leckt sich die Lippen ab. Auf ihren Rücken prasselt das warme Wasser hernieder und gibt ihr eine leichte Massage.

»Ach ja? Was bekomme ich dafür, wenn ich deine Zunge noch mal an meine geile Fotze lasse?«

Niemals hätte sie früher gedacht, solche Worte jemals in den Mund zu nehmen. Aber der vor Freude zuckende Schwanz in ihrer Hand zeigt ihr, dass sie das Richtige gesagt hat.

»Was möchtest du denn haben?« Adam richtet sich noch etwas weiter auf und stützt sich jetzt auf den Ellenbogen ab.

Einige Sekunden überlegt Tina, bevor sie den Kopf schräg hält.

»Fick mir den Verstand aus dem Leib«, sagt sie mit einer tiefen, rauen Stimme, die vor Lust nur so trieft.

Für einen kurzen Augenblick ist nur das Rauschen und Plätschern des Wassers zu hören und Tina befürchtet schon, mit ihrer vulgären Ausdrucksweise den Bogen überspannt zu haben. Aber plötzlich lächelt Adam lüstern und breit.

»Gib mir deine Fotze, dann lecke ich sie aus und bereite sie für meinen Schwanz vor. Damit ficke ich dich so lange, bis du mich anflehst, aufzuhören.« Die Worte sind dumpf und klingen wie eine unheimliche Drohung.

Aber das einsetzende Ziehen und Kribbeln in Tinas Unterleib lassen sie keine Sekunde darüber nachdenken, sondern sie steht augenblicklich auf, um ihre Füße neben seinen Kopf zu stellen.

Breitbeinig steht sie einige Sekunden da und dabei wird ihr bewusst, dass er ihr direkt auf die Möse blickt. Sie greift nach unten und spreizt ihre Schamlippen mit Daumen und Zeigefinger. Als sein Ständer mehrmals zuckt, geht sie langsam in die Knie. Je näher sie seinem Gesicht kommt, desto weiter gehen seine Lippen auseinander und die Zunge gleitet wie ein Empfangskomitee heraus.

Noch bevor ihr Hintern seine Stirn oder die Nase berührt, spürt sie schon seine Zunge über ihre Scham gleiten. Unbeherrscht, ungeduldig und unstillbar leckt er hastig über ihre Scham.

Tina stöhnt und ihr Bauch zieht sich vor Wonne zusammen. Langsam beugt sie sich vor, berührt mit den Kniescheiben den Boden, bevor sie sich mit den Händen neben seinem Becken abstützt.

Vor ihr wippt sein Ständer leicht auf und ab, direkt auf sie zeigend, als wolle er sagen: Schnapp mich doch!

Hinter dem verführerisch winkenden Stamm prasselt das Wasser auf seine Schienbeine und erzeugt eine Art Gischt. Als wären sie am Ufer eines wilden, aufbrausenden Ozeans.

So fühlt sich ihr Inneres auch an!

Die Zunge an ihrer Muschi heizt sie auf. Wild leckt sie über ihre Schamlippen, drückt sich dazwischen und umkreist immer wieder den Kitzler.

Sie beugt sich noch weiter vor, öffnet den Mund, zieht tief die Luft ein, bevor ihre Lippen den wippenden Schwanz vor sich schnappen.

Mit schnellen Bewegungen des Kopfes gleiten sie über die Eichel und den Schaft, schieben die Vorhaut abwärts, um sie sogleich wieder etwas nach oben zu ziehen.

Ein Beben geht durch seinen Leib und sie drückt ihren Oberkörper fest gegen seinen, um dieses berauschende Gefühl noch stärker zu genießen.

In diesem Augenblick hat sie eine Idee, einen Wunsch, eine Eingebung und ein Ziel. Sie möchte ganz plötzlich, dass er vor ihr kommt. Sie möchte es ihm machen, es ihm so richtig besorgen. Er soll abspritzen, bevor er es ihr besorgt. Bevor sie kommt.

Ganz intensiv saugt sie sich an seinen Schwanz. Ihre Lippen pressen sich noch fester an den Stamm, reiben ihn genüsslich, während ihr Kopf kreisend auf und ab wandert.

Gleichzeitig packen seine Hände ihre Hüften und ziehen ihre Arschbacken auseinander. Dadurch wird auch der Spalt zwischen ihren Schamlippen erweitert und er leckt die Innenseiten voller Genuss aus.

Ihr Unterleib zuckt einige Male, während sie gedämpfte Lustlaute von sich gibt. Gleichzeitig umrundet die Zunge seine Eichel, spielt mit ihr, leckt an der Unterseite und schlägt rhythmisch dagegen.

Tina hört sein Stöhnen und spürt das immer stärker werdende Beben. Das ist unglaublich geil.

Gleichzeitig nimmt die Hitze in ihrem Unterleib zu. Adams Zunge leckt ebenfalls wilder und intensiver an ihrer Möse. Das Ziehen wird unbeschreiblich und auch ihr Körper beginnt zu beben. Nein, es ist ein sanftes Zittern, das durch sie hindurchfährt, angetrieben von einer immer größer werdenden Sonne, die in ihr aufgeht.

Immer heftiger und wilder bläst sie seinen Schwanz, aber nach kurzer Zeit merkt Tina, dass sie nicht gewinnen wird.

Der Druck, die Glut und das Kribbeln in ihrem Unterleib bauen sich zu einem Orkan auf. Sie hebt ihren Kopf, lässt seinen Schwanz aus dem Mund gleiten und stöhnt, einem Brunftschrei ähnlich, die Geilheit hinaus. Um den anstehenden Höhepunkt zu vermeiden, kann sie nur eins tun: Aufstehen. Gerade will sie sich erheben, da packen seine Hände ihre Hüfte fester. Erschrocken stellt sie fest, dass sie nicht wegkommt. Nicht aus der Reichweite seiner Zunge, die jetzt noch intensiver, schneller und kräftiger ihre feuchte, heiße Möse ausleckt.

Ein Seufzen, fast einem Wehleiden gleich, dringt tief aus ihrer Kehle hervor. Wie ein Wolf, der den Mond anheult, kniet sie auf seinem Gesicht und muss sich weiter lecken lassen.

Das Gefühl, ihm ausgeliefert zu sein, schutzlos sich ihm hinzugeben und keine Chance zu haben, seinen Liebkosungen zu entkommen, macht sie rasend.

Ihr Zittern wird stärker und schon ruckt ihr Unterleib mehrmals vor und zurück. Der heiße Ball in ihrem Unterleib ist zunächst klein, vielleicht so groß wie eine Murmel. Aber schon schwillt er an, wird größer, heißer und mächtiger.

Nach wenigen Sekunden scheint er ihren Körper in Flammen zu stecken und er explodiert.

Hart rammt sie ihren Unterleib gegen seinen Mund und schreit spitz auf. Ihre Muskeln sind angespannt. Das Gesicht ist wie unter Schmerzen verzogen und sie schreit erneut, als ein weiterer, noch heftigerer Ruck ihren Leib durchschüttelt.

Tinas Bauch vibriert und zuckt mehrmals, bevor sie sich langsam wieder beruhigt.

Schwer atmend beugt sie sich vor und betrachtet seinen Ständer, der wie zuvor lustig auf und ab wippt.

Eine leichte Erschöpfung stellt sich bei ihr ein und kurz überlegt sie, ob sie Adam jetzt einen runterholen soll. Aber sie vermutet, dass er sie weiter lecken wird, und diesen Spaß will sie ihm nicht gönnen. Oder will sie selbst jetzt auch etwas anderes?

Ungehindert kann sie nun aufstehen, stellt sich über seinen Schoß und senkt ihren Leib ab. Sie greift nach seinem Ständer und führt ihn sich ein, während sie sich vollends setzt.

Tief dringt er in sie ein und ohne noch lange zu warten rammt sie ihr Becken hart vor und zurück.

Jetzt fick ich dich, denkt sie sich und blickt ihm mit angestrengtem Ausdruck in die Augen.

Leicht vorgebeugt, mit den Händen auf seiner Brust abgestützt, schwingt ihr Unterleib auf seinem Schoß hin und her. Schnell, wuchtig und hart.

Die Hitze nimmt nicht nur in ihrem Unterleib zu. Sie schwitzt. War das Laufband vorhin anstrengend, so ist das hier eine körperliche Herausforderung. Aber es macht viel mehr Spaß, sich einen Schwanz in die Möse zu rammen, als stupide einen Fuß vor den anderen zu setzen.

Vor allem, weil sie spürt, wie Adam unter ihr mitvögelt. Auch er stößt zu. Immer nach oben, direkt in sie hinein.

Dabei liegen seine Hände auf ihren Brüsten, kneten und massieren sie, um Tinas Lust und Freuden noch weiter ansteigen zu lassen.

Ja, das ist geil, schreit es in ihrem Kopf.

»Lehn dich zurück«, sagt Adam plötzlich. Seine Stimme klingt angestrengt, aber hoch erregt. Gleichzeitig drückt er ihren Körper mit den Händen nach hinten.

Sie gibt ihm nach und zieht den Kopf ins Genick. Gleichzeitig wandert ihr Oberkörper in Richtung der Wand und des herabfallenden Wassers.

Jetzt fällt es auf ihre Haare und auf ihr Gesicht. Sie lehnt sich weiter zurück, bis die Wasserstrahlen auf ihren Brüsten landen.

Das erregt sie noch mehr. Jeder Treffer auf ihren harten Brustwarzen lässt heiße Funken durch ihren Körper schießen. Jetzt ändert sich ihre Bewegung des Unterleibs. Gerade noch vor und zurück, schwingt er nun auf und ab.

War der Ritt eben auf Adam sehr gut, ist diese Position fantastisch. Bei jedem Stoß streift seine Spitze über ihren G-Punkt und lässt ihren Unterleib aufglühen. Wie ein Streichholz, das über die Reibefläche geführt wird, um die notwendige Hitze für das Entzünden zu erzeugen.

Adams Hände streicheln ihren Körper, über den das Wasser herabperlt. Dabei blickt er ihr direkt zwischen die Beine, direkt auf ihre Möse, in der sein Schwanz in schneller Folge verschwindet. Sein rechter Daumen legt sich auf ihren Kitzler und beginnt zu kreisen.

In Tina wird es unerträglich heiß. Sie zuckt und die Beine zittern. Sie schnappt nach Luft und will ihre Geilheit herausschreien, aber dafür fehlt ihr die Kraft.

Zu sehr verzehrt der Sex mit Adam ihre Kräfte. Aber schon bauen sich das sehnsüchtige Ziehen, Kribbeln und Reißen auf. Jetzt werden ihre Bewegungen unkontrollierter, heftiger, härter und schneller.

Mit weit aufgerissenem Mund und milchigem Blick rast ein Ruck durch ihren Körper, während ein Feuerwerk in ihrem Leib explodiert.

Nur ein dumpfes Stöhnen dringt aus ihrer Kehle, während ihre Schenkel zusammenklappen und sich an Adams Oberkörper pressen.

Zitternd und zuckend gurgelt sie undeutliche Laute hervor, bis sie sich mit einem Schlag entspannt und tief die Luft ausatmet.

Mein Gott, war das geil, denkt sich Tina und schließt für einen Augenblick die Augen. Still sitzt sie da und auch Adam regt sich nicht. Nur sein praller, harter Ständer in ihr füllt sie weiterhin komplett aus und zeigt ihr mit vereinzelten Zuckungen, dass er noch immer hoch erregt ist.

Aber Tina ist fertig. Nachdem der Orgasmus abgeklungen ist, spürt sie nun jeden Muskel in ihrem Körper. Es schmerzt regelrecht und die Anstrengung fordert ihren Tribut.

Wahrscheinlich kann sie die nächsten Tage nicht geradeaus laufen, geschweige denn die Beine zusammenhalten.

Langsam beugt sie sich vor und zu ihm runter, gibt ihm

einen Kuss auf den Mund und erhebt sich mühsam. Sein Ständer gleitet aus ihr heraus und die folgende Leere fühlt sich furchtbar an.

Tina schließt kurz die Augen und muss sich an der rückwärtigen Wand kurz abstützen, da sie schwankt. Adam unter ihr lacht und richtet sich ebenfalls auf. Dabei beobachtet er sie, abwartend, neugierig.

Tina winkt ab und schüttelt nur den Kopf. Anschließend tapst sie in Richtung Ausgang, direkt auf die Waschbecken und den großen Spiegel darüber zu.

Für einen kurzen Augenblick fragt sie sich, warum dieser nicht beschlagen ist, denn sie kann sich deutlich erkennen und auch, wie mitgenommen sie wirkt.

Sie muss lächeln und bemerkt erst jetzt, dass Adam ebenfalls aufgestanden ist und ihr nachkommt. Sein Ständer schwingt gierig auf und ab und seine Augen haften auf ihrem Hinterteil.

Noch immer lächelnd bleibt sie auf Höhe der Wand stehen, von wo aus sie einige Zeit zuvor seinen Arsch betrachtet hatte, und dreht sich zu Adam um.

»Ich bin fertig und muss duschen«, sagt sie schwach und hebt entschuldigend beide Hände.

In diesem Moment erreicht Adam sie. Seine Arme umschlingen ihren Körper und er küsst sie sanft und leidenschaftlich zugleich. Sein Glied drückt gegen ihren Bauch.

Nach wenigen Sekunden löst er seine Lippen von ihren und sie schauen sich tief in die Augen.

»Du bist wunderbar«, flüstert er und lässt seine Finger zärtlich ihren Körper abwärts gleiten. Die Fingerkuppen streifen sanft über ihren Hals, die Brüste und den Bauch.

»Du bist fantastisch«, ergänzt er und legt seine Hände auf ihre Hüften und streichelt sie dort weiter.

»Du bist wunderschön«, haucht er und Tina spürt pures Vergnügen und Wonne bei seinen Komplimenten. Gerade will sie etwas erwidern, da dreht er sie langsam um ihre eigene Achse und schiebt sie die wenigen Schritte bis zu den Waschbecken vor.

Am mittleren stützt sie sich ab und schaut ihm durch den Spiegel fragend in die Augen. Er beugt sich vor, bis sein Gesicht neben ihrem schwebt. Sein Mund direkt an ihrem Ohr.

»Ich will dich nochmals spüren. Ich will mich mit dir vereinen.« Seine Stimme ist leise, aber voller Erregung.

In diesem Augenblick dringt er in sie ein. Langsam, vorsichtig und zärtlich.

Tina hält für einen Moment den Atem an und genießt das sofort einsetzende Gefühl der Völle in ihrem Unterleib. Herrlich.

»Ich will in dir kommen«, flüstert er heiser und schiebt seinen Schwanz erneut tief in sie hinein.

»Ich will in dir abspritzen«, ergänzt er, zieht sich zurück und gleitet erneut in die feuchte Grotte rein.

»Ich will meinen Saft in deine Muschi pumpen«, sagt er angestrengt und verzieht sein Gesicht.

In Tinas Unterleib wird es erneut heiß. Das hier ist kein heißer Fick. Kein wildes Vögeln oder unkontrolliertes Bumsen. Nein, das hier ist echte Leidenschaft und Liebemachen.

»Ich will dich mit meinem Sperma abfüllen«, raunt er angestrengt und Tina nickt ihm zu.

Ja, das will sie auch. Die Vorstellung, wie ihr Unterleib von seinem Saft geflutet wird, lässt sie vor Freude erschauern.

Seine Bewegungen sind zärtlich, sanft, aber zugleich machterfüllt und irgendwie einfordernd. Die Hände und Arme streicheln und halten sie fest. Tina fühlt sich beschützt, begehrt und wertvoll. Ja, sie ist für Adam nicht nur eine billige Spermaentsorgung, sondern er zeigt ihr seine Wertschätzung. Das ist wunderbar und Tina kämpft mit Freudentränen.

»Oh, du riechst so gut«, sagt er leise und schnüffelt an ihrem Hals. Dann küsst er ihn und leckt daran. »Und du schmeckst fantastisch«, ergänzt er sogleich und sorgt für einen angenehmen Schauer, der Tina den Rücken runterläuft.

Seine Stöße sind sanft und gleichmäßig. Sein Glied dringt tief in sie ein und berührt am Ende die Pforte zur Gebärmutter.

Dort kann er mir direkt reinspritzen, denkt sie sich und verdreht die Augen. Sie ist zwar erschöpft und irgendwie am Ende, gleichzeitig jedoch aktiviert dieser langsame, gefühlvolle und zugleich intensive Sex ungeahnte Kräfte in ihr.

Tinas Becken kippt bei jedem Eindringen nach vorn, schiebt ihren Arsch dadurch leicht nach hinten und lässt so sein Glied ungehindert und noch tiefer in sich hinein.

Weiterhin vögelt er sie langsam und gefühlvoll. Sie kann jeden Zentimeter seines Fleisches spüren und durch diese Art werden an unterschiedlichen Stellen verschiedene Reaktionen in ihrem Inneren ausgelöst.

Mal ist es ein Zucken oder nur ein intensiver Impuls. An einer bestimmten Stelle entsteht eine heiße Welle, die sich durch ihren Unterleib frisst. Je länger es dauert, je öfter er langsam die Punkte berührt, umso intensiver wird es.

Doch plötzlich wird Tina gewahr, dass sie hier am Waschbecken auf dem Präsentierteller stehen. Von der Umkleidekabine hat man einen guten Blick auf sie. Wenn jetzt ein Kunde diese betritt, wird er Adam und sie beim Bumsen erwischen.

Der Körper von Tina verkrampft sich ein wenig und schon will sie das Ganze beenden, aber genau in diesem Moment packen Adams Hände fester zu und seine Stöße werden etwas schneller.

»Ich komme. Ich komme gleich«, zischt er in ihr Ohr und Tina spürt seinen bebenden Körper, der sich an ihren presst.

»Ja! Komm! Komm!«, ruft sie lachend und alle Bedenken, dass sie erwischt werden könnten, sind wie weggewischt. Dabei nickt sie heftig.

Noch mal dringt er tief in sie ein, um dort zu verharren. Sein Schwanz zuckt und schießt die erste Ladung ab.

»Ja! Ja!«, ruft sie noch lauter und presst ihren Hintern gegen seinen Schoß, wackelt sanft damit und kippt das Becken auf und ab.

Wieder spürt sie die Entladung und dieses Mal verkrampft sich ihr Unterleib ruckartig und sie stöhnt leise auf. Ungläubig starrt sie in das lustverzerrte Gesicht von Adam, der erneut abspritzt. Dieses Mal aber weniger intensiv und sie weiß, dass er gleich fertig sein wird.

Umso überraschter ist sie über ihren eigenen Orgasmus. Er war kurz und klein, fast zart, aber es war ein Höhepunkt. Noch einer an diesem Tag.

Hinter ihr entspannt sich Adam und beide atmen genüsslich und zufrieden durch.

Sanft löst er sich von ihr. Sie spürt, wie sein Glied aus ihr herausgleitet und ganz tief in ihrem Inneren verspürt sie ein leichtes Bedauern.

Langsam dreht sich Tina zu ihm um, nimmt sein Gesicht in die Hände und küsst ihn sanft und zärtlich.

»Danke«, haucht sie und lächelt ihn an.

»Ich habe zu danken. Dein Besuch hier war schön«, antwortet er verschmitzt und mit einem Glitzern in den Augen.

»Dann gehe ich mal duschen.«

Tina löst sich von ihm und will gerade in Richtung Ausgang verschwinden, da hält er sie am Arm fest.

»Wir können auch hier gemeinsam duschen«, schlägt er vor, aber Tinas Blick wandert sofort zum Umkleidebereich.

»Ich denke, es ist besser, wenn ich bei den Damen dusche«,

sagt sie spitzbübisch lächelnd. Auch Adams Kopf wandert zur Seite und plötzlich errötet er leicht, was Tina süß findet.

Offensichtlich war er so im Rausch, dass er überhaupt nicht darüber nachgedacht hat, dass sie erwischt werden könnten.

Er nickt und Tina tätschelt kurz seine Wange.

»Bis später«, sagt sie verschwörerisch, um kurz darauf in der Damendusche zu stehen. Dort lässt sie zunächst einige Minuten das Wasser über ihren Körper laufen. Nicht, um den Sex abzuwaschen, was anscheinend häufig Frauen machen, nachdem sie ihre Ehemänner betrogen haben.

Nein, um sich von den warmen Wasserstrahlen verwöhnen zu lassen. Um sich zu erholen und ihren Gedanken nachzugehen.

Es war wunderschön. Einmalig und wahnsinnig gut. Noch nie hat sie sich beim Sex so erfüllt und zufrieden gefühlt.

Erst nach einigen Minuten des stillen Genusses unter dem Wasserfluss nimmt sie ihr Shampoo und wäscht sich die Haare. Anschließend folgt ihr Körper. Während ihre Hände über die Haut gleiten, muss sie an Adam denken und seine Hände, die sie so sehr verwöhnt und so viel Vergnügen und Freude bereitet haben.

Tina schmunzelt und spült sich den Schaum von der Haut. Anschließend schließt sie den Wasserhahn und trocknet sich im vorderen Bereich bei den Waschbecken ab.

Dabei betrachtet sie ihren Körper im Spiegel und findet auch, dass sie sexy aussieht. Ja, dieser Körper macht die Männer verrückt. Vor allem Adam.

Ihr Schmunzeln wird zu einem Lächeln.

Haare föhnen und anziehen. Kurz darauf steht sie an der Rezeption, hinter der Günter steht. Adam ist nirgends zu sehen.

Sie verabschiedet sich mit erhobener Hand, wünscht dem Besitzer noch einen schönen Tag und begibt sich auf den Heimweg.

Dabei denkt sie fast ununterbrochen an Adam und kann es nicht fassen, wie sehr er Besitz von ihr ergreift. Nein, mehr noch: Er treibt sie in den lüsternen Wahnsinn.

***

In den nächsten vier Wochen geht sie regelmäßig an den üblichen Abenden ins Studio. Aber es kommt zu keinem Sex. Entweder ist Adam nicht da oder er steht mit Günter am Tresen. Manchmal stören auch andere Gäste, wobei die Anzahl tatsächlich merklich abnimmt. Immer öfter ist sie allein beim Training.

Das ist auch der Grund, warum Adam öfters nicht da ist. Günter erklärt ihr, dass er seine Stunden runterfahren musste, weil die Gäste ausbleiben.

Der Inhaber bittet sie auch darum, Werbung für sein Studio zu machen. Sie soll doch in ihrem Freundeskreis oder in der Familie fragen, ob die nicht Lust hätten zu kommen.

Ja, Lust zum Kommen habe ich sehr oft, denkt sich Tina schmunzelnd und erschaudert bei dem Gedanken, dass ihr Ehemann mit herkommt und sieht, wie Adam mit ihr flirtet.

Dabei stellt sie sich vor, wie sie mit ihrem Mann trainiert, und anschließend gehen sie zum Duschen. Er zu den Herren und sie bei den Damen. Nur bei ihr kommt Adam dazu und sie vögeln, während nebenan ihr Ehemann duscht.

Sie sitzt gerade bei ihrem Arbeitgeber auf der Toilette und masturbiert bei diesem Gedanken. Sie kommt schnell und heftig. Sie muss sich den Mund zuhalten, damit niemand etwas hört.

In dieser Zeit hat sie mit ihrem Ehemann einmal kurzen und langweiligen Sex. Dafür masturbiert sie mindestens zwei Mal die Woche. Immer denkt sie an Adam, wobei sie feststellen muss, dass die Erinnerung an seine Berührungen, an seinen Körper, seinen Duft und vor allem an seinen Ständer langsam verblassen.

Am Donnerstag nach fünf Wochen kommt sie gerade aus der Dusche, da verabschiedet sich Günter von Adam.

»... abschließen. Wir sehen uns dann am Wochenende«, ruft er mit erhobener Hand und will gerade durch die schon geöffnete Glastür ins Freie treten, da erspäht er Tina.

»Tschüss Tina«, sagt er freundlich lachend und verschwindet hastig, ohne noch ihren Gruß abzuwarten.

»Warum hat er es denn so eilig?«, fragt sie Adam, der sie mit einem sehr warmen und zugleich lüsternen Blick betrachtet.

»Günter will noch unbedingt die zweite Halbzeit von irgendeinem Europacup-Spiel anschauen. Was weiß ich.« Er schüttelt den Kopf und mustert Tina mit seinen Augen.

Sie trägt heute grüne Caprihose, Sneakers und ein helles T-Shirt. Ihre Sporttasche hat sie locker über die Schulter geworfen. Diese stellt sie in diesem Augenblick ab und kommt um den Tresen herum.

Es ist ein ganz spontaner Gedanke bei Tina. Eigentlich hat sie überhaupt nicht nachgedacht, als sich ihre Füße in Bewegung gesetzt haben.

Nur ein Satz bildet sich in ihrem Kopf: *Wir sind jetzt allein!*

»Hey, was willst du hier hinten?«, fragt er gespielt empört und grinst sie neckisch an.

Tina ist in diesem Augenblick nicht nach Lachen oder auch nur Lächeln zumute. Sie will nur eins:

»Ich will dir einen runterholen«, raunt sie und öffnet die Schleife an seiner schwarzen Jogginghose, die sie zuhält.

Adams Grinsen wird breiter und seine Augen funkeln sie gierig an. Das zeigt ihr, wie sehr auch er es vermisst hat.

»Warum? Was habe ich getan?«, ruft er jetzt und spielt den Unschuldigen, das Opfer. Sein Gesicht wirkt empört, aber die Augen leuchten sie amüsiert und voller Vorfreude an.

»Du hast mich seit Wochen nicht mehr gefickt. Ich will deinen Schwanz fühlen«, raunt sie heißer, denn ihre Hand hat sein Glied erreicht, das sich in der Aufwärtsbewegung befindet. Sofort reibt sie es gefühlvoll und fest.

Ihre Worte hallen noch in ihrem Ohr, da erreicht sein Ständer das gewohnte Volumen. *Oh, ist das herrlich*, denkt sie sich und wischt damit ihre Verwunderung über ihre eigenen, vulgären Worte einfach weg.

Schnell und wuchtig wichst sie ihn.

»Ja, ich habe es auch vermisst. Lass es uns jetzt nachholen«, raunt er jetzt schneller atmend und greift an ihre rechte Brust.

Tina schüttelt kurz den Kopf und schiebt die Hand beiseite.

»Keine Zeit«, raunt sie und wichst schneller. Kurz blickt sie durch die Glastür ins Freie. Niemand da.

»Mein Mann wartet auf mich. Er sagte, er hätte eine Überraschung«, sagt sie hastig und wichst schneller.

»Schade«, flüstert er und beugt sich etwas zu ihr nach vorn. Sie sehen sich in die Augen. Ihre strahlend blauen Augen in seine warmen, braunen. Sehnsucht liegt in beiden. Tiefe, innige und lustvolle Sehnsucht.

»Ja«, haucht sie zur Antwort.

Es schmatzt leise, während ihre Rechte die Vorhaut auf und ab bewegt. Die Finger umklammern den Schaft, drücken und reiben ihn. Bei Tina löst es ein unstillbares Verlangen aus. Ihr Unterleib erwärmt sich und das Ziehen und Kribbeln setzen intensiv ein.

Es dauert noch einige Sekunden, erst dann spürt sie bei ihm die Veränderung. Sein Becken bewegt sich unkontrolliert. Er zittert und seine Atmung geht unstet. Dabei verzieht er angestrengt sein Gesicht. Dann zuckt sein Schwanz in ihrer Hand und warmes Sperma läuft über ihre Haut. Sie lächelt ihn an, während sein Blick Wärme und Dankbarkeit ausdrückt.

Mit sanften Bewegungen reibt sie ihn ab, um kurz darauf ihre Hand aus seiner Hose zu ziehen. Lasziv leckt sie ihre Finger und den Handballen sauber, bevor sie sich von ihm verabschiedet und nach Hause geht.

Dort erwartet sie ihr Ehemann mit der angekündigten Überraschung. Er führt sie ins Schlafzimmer, beteuert, dass die Kinder schon schlafen, und verlangt von ihr, sich bis auf den Slip auszuziehen.

Auf ihrer Matratze liegt ein großes Badehandtuch und sie legt sich bäuchlings darauf.

Werner, der wie Adam ein T-Shirt und eine Jogginghose trägt – seine ist allerdings grau –, setzt sich auf ihren Hintern und nimmt ein Fläschchen vom Nachtkästchen.

Tina erkennt es als ihr Bio-Ayurveda-Massageöl, mit dem sie sich öfter nach dem Duschen einreibt.

Ihr Ehemann tröpfelt sich einiges davon in die Hände, verreibt es und beginnt sanft mit einer Rückenmassage.

»Wie war das Training?«, fragt er beiläufig und Tina erschrickt leicht. Nur in der Anfangszeit hat er sie das gefragt, jedoch die letzten Monate nicht mehr. *Weiß er etwas?*

»Eigentlich wie immer«, antwortet Tina und denkt dabei: *Umziehen, Laufband, Stepper, Rudergerät, schwitzen, duschen und anschließend dem jungen, knackigen Kerl am Tresen einen runterholen.*

Sie lächelt und genießt seine Hände, die jetzt etwas kräftiger ihre Schulterpartie massieren. Dennoch muss sie auf der Hut sein.

Ist er vielleicht mal am Studio vorbeigekommen, als sie Adam gerade einen runtergeholt hat? Oder kennt er jemanden, der ebenfalls ins Studio geht und Andeutungen wegen seiner Frau gemacht hat?

»Man sieht den Erfolg. Du hast einen tollen Körper.«

Bei diesen Worten ist Tina jetzt baff. Wann hat sie das letzte Mal ein Kompliment von ihrem Mann gehört?

»Danke«, sagt sie und genießt es, wie die Hände jetzt langsam und mit sanftem Druck an ihren Seiten abwärts massieren. Dabei streifen die Finger die Außenseiten ihrer Brüste, was sich gut anfühlt.

Auf und ab massiert er. Die Wirbelsäule aufwärts, nach außen, um dort herabzugleiten. Dabei schwingt sein eigener Körper vor und zurück und plötzlich spürt Tina seine Erregung. Ganz deutlich drückt sein Ständer gegen ihr Steißbein, wenn er sich gerade wieder vorbeugt, um ihre Schultern zu massieren.

Das macht sie an. Allerdings wandern ihre Gedanken sogleich zu Adam. Wäre es nicht geil, wenn er sie so massieren würde?

Die Hände schieben sich bei jeder Bahn etwas weiter unter ihren Körper, wenn sie seitlich abwärts gleiten. Was zur Folge hat, dass er ihre Brüste stärker berührt, verwöhnt und massiert. Instinktiv hebt sie etwas den Oberkörper, sodass er sogar bis zu ihren Brustwarzen gelangt, die nun fest aufgestellt sind.

Ihre Hände schiebt sie seitlich herab, bis sie seine Beine erreichen. Sie streichelt seine Waden und wird sich klar, dass ihre Rechte, die jetzt die behaarte Haut ihres Mannes streichelt, noch vor Kurzem einen fremden Schwanz gewichst hat.

Ein schlechtes Gewissen stellt sich ein, aber sie kann es jetzt und hier wiedergutmachen.

»Das machst du fantastisch«, raunt sie und kreist leicht mit ihrer Hüfte, um seinen Ständer noch besser zu spüren.

»Das mache ich gern«, antwortet er und Tina hätte lieber eine andere Antwort gehabt. Aber sie nimmt, was sie kriegen kann. Adam hätte sie weiter gelobt. Ihren Körper, ihren geilen Arsch.

»Zieh mir doch den Slip aus und massier meinen Hintern gleich mit«, schlägt sie ihm vor und wackelt noch stärker mit dem Arsch.

»Guter Gedanke«, antwortet Werner, rutscht tiefer und zieht ihr den Slip langsam herab. Sie kann sein schweres Atmen hören und schiebt es auf den Anblick, den ihr Mann jetzt genießen kann. Sie lächelt.

»Du solltest vielleicht deine Hose auch ausziehen. Damit keine Ölflecke draufkommen«, ergänzt Tina noch schnell und Werner folgt ihrem Rat. Kurz darauf kann sie seine Haut auf ihrer spüren.

Jetzt sitzt er weiter unten, knapp oberhalb der Kniekehlen. Das Gefühl der nackten Haut und die Vorstellung, einen harten Lustpfahl ganz nahe an ihrer Grotte zu haben, erregt sie. Dabei denkt sie an Adam. Auch, als Werners Hände über ihren Po gleiten.

»Der ist wahnsinnig toll«, raunt er und massiert ihn intensiver. Die Hände kneten und drücken ihn, während sie ihr Becken einladend vor und zurück kippt.

Gleichzeitig streicheln ihre Hände seine Beine und ziehen etwas daran, um ihn zu animieren, höher zu rutschen. Und endlich folgt er.

Schon spürt sie sein Glied an den Oberschenkeln. Wie er sich dazwischen zwängt. Sie unterstützt ihn und öffnet leicht die Beine. So dringt er weiter vor, gelangt an ihre Scham und schiebt sich langsam hinein.

Sie hört das zufriedene Seufzen und spürt, wie er sie ausfüllt. Es ist nicht wie bei Adam, aber auch schön. Er bewegt sich langsam, schiebt ihn tief, zieht ihn zurück, wartet einen Moment und stößt etwas fester zu. Seine Bewegungen sind gleichmäßig, sanft und kräftig zugleich.

Es ist gut. Es ist schön und kaum hebt sie ihr Becken etwas an, reibt seine Spitze über ihren empfindlichsten Punkt.

Sie atmet tief durch, schließt die Augen, denkt an Adams Schwanz und plötzlich ist da eine unglaubliche Hitze in ihr. Das Ziehen scheint sie zerreißen zu wollen und die Lust wird von purer Gier und einem unersättlichen Hunger ergänzt.

Werners Schnaufen wird lauter, je härter er zustößt. Es sind kurze, harte Stöße, die seinen Schwanz intensiv in sie hineintreiben.

Das ist geil, aber sie denkt weiter an Adam und seinen Ständer.

Ihr Körper beginnt zu beben und sie glaubt ein Seufzen zu hören.

Ihre Augen sind noch immer geschlossen. Ihre Finger krallen sich in seine Beine, die sich unaufhörlich bewegen.

Das Feuer wird stärker, scheint sie verbrennen zu wollen und endlich explodiert eine Sonne in ihrem Unterleib. In dem Moment, in dem sie leise stöhnt und ihr Unterleib zuckt, spritzt auch Werner ab. Dabei keucht er erleichtert, um nur wenige Sekunden später wie erschlagen auf ihren Rücken zu sinken. Sein Herz schlägt rasend und seine Atmung geht rasselnd.

Es dauert einige Sekunden, dann wälzt er sich von ihr herab. Sie streicheln und küssen sich einige Zeit, kuscheln unter der Decke, um nicht auszukühlen, bevor sie ins Bad gehen und sich für die Nacht fertigmachen.

***

Tina denkt an den nächsten Tagen darüber nach. Ja, ihr Mann bemüht sich etwas, aber das ist nichts im Vergleich zu Adam.

Manchmal ist sie geneigt, Werner zu sagen, was er machen soll. So wie sie es auch bei Adam macht. Aber bei ihrem eigenen Ehemann ist sie gehemmt. Sie traut sich nicht, ohne genau sagen zu können, woran das liegt.

Bei Adam ist das anders.

***

Zwei Wochen später, es ist ein Sonntagvormittag, geht sie während des Trainings zum Tresen, hinter dem Adam steht, und sie behauptet sich den Knöchel verknackst zu haben.

Es ist wie gewohnt wenig los. Nur drei weitere Kunden

schwitzen sich einen ab und so gehen sie gemeinsam in den Erste-Hilfe-Raum.

Sie erinnert sich daran, wie er sich gewünscht hat, dass sie ihn zu sexuellen Handlungen auffordert. Damals unter der Dusche hat sie noch gedacht, dass sie so etwas niemals machen könne. Aber sie entwickelt sich weiter.

»Ich glaube, es ist doch eher das Knie.« Mit einem Augenzwinkern hält sich Tina jetzt die rechte Kniescheibe.

Adam betrachtet sie lächelnd und zeigt auf ihre pinkfarbenen Sportleggins.

»Dann solltest du die ausziehen.« Er klingt professionell, aber seine Augen versprühen eine lüsterne Gier.

Langsam zieht Tina die Hose herab, dreht sich so, dass sie ihm ihren Hintern entgegenstreckt.

Sie trägt einen dunkelgrauen String, dessen Bund komplett aus Spitze besteht, und sie weiß, dass ihm beim Anblick ihres straffen Arsches die Augen ausfallen.

Ein kurzer Blick zurück bestätigt ihre Annahme und sie setzt sich aufreizend grinsend auf die Liege und spreizt die Beine.

»Und? Wo tut es jetzt weh?«, fragt er amüsiert. Seine Augen scheinen bei diesem Anblick aus den Höhlen fallen zu wollen.

»Hier«, sagt sie mit einem unglaublichen Augenaufschlag und zeigt auf die Innenseite der rechten Kniescheibe. Dabei drückt sie die Schenkel noch weiter auseinander.

»Und hier«, ergänzt sie. Dabei streichen ihre Finger über ihren Schritt. Auf und ab. Auf und ab.

Ihr wird automatisch wärmer und sie leckt sich über die Oberlippe. Aus den Augenwinkeln bemerkt sie ein Zucken in seiner Hose und ein kurzer Blick lässt ihr Herz höherschlagen. Eine deutliche Beule zeigt sich bei ihm.

»Was ist das für ein Schmerz?«, fragt er mit einem deutlichen Kloß im Hals.

»Ich weiß nicht genau. So etwas wie Sehnsucht. Es könnte auch Entzug sein.«

»Aha«, haucht Adam. Sein verschmitzter Blick durchbohrt sie. Langsam nähert er sich Tina.

»Adam«, erschallt es plötzlich von draußen und die Miene von ihm verfinstert sich. Genervt presst er die Lippen aufeinander und zuckt entschuldigend mit den Schultern.

»Adam«, erklingt es erneut. Dieses Mal penetranter und fordernder.

Tina hüpft von der Liege und schiebt ihn zur Tür.

»Na los, die Kundschaft wartet!«

Sie kichert trotz des Ärgers, den sie bei dieser Störung empfindet. Kaum ist Adam aus dem Raum gegangen, zieht sie sich wieder an, lauscht an der Tür und hört Adam mit einem anderen Mann sprechen. Die Worte kann sie nicht hören, aber als sich die Stimmen entfernen, verlässt sie das Büro und geht wieder in den Trainingsraum.

Dort hantiert gerade Adam mit Peter, einem Mann mittleren Alters, an der Hantelbank herum. Sie ignoriert die beiden, trainiert fertig und geht in den Umkleideraum. Adam war nicht mehr zu sehen und Tina überlegt, was sie nun machen kann, um Adam zu necken. *Und am besten auch noch zu ficken. Wobei: Auf »necken« reimt sich doch »lecken«.*

Sie grinst bei dem Gedanken und hat eine Idee. Sie zieht sich vollständig aus und umwickelt ihren Oberkörper mit ihrem großen Badehandtuch. So sind ihre Brüste und der Unterleib knapp bedeckt. Mit ihren Badeschlappen geht sie raus und hört gerade noch Adam einen Satz vollenden.

»… hoffe, dass du es dir noch mal anders überlegst.«

»Ja, mal sehen«, antwortet Peter.

Tina hört noch, wie sich die zwei verabschieden, dann ruft sie nach Adam, der kurz darauf vor ihr steht.

»Oh, welch schöne Überraschung«, sagt er nur und mustert ihre Erscheinung mit einem unbeschreiblichen Glanz in den Augen.

»Tja, also, in der Dusche gibt es ein Leck-Problem«, sagt Tina geschäftsmäßig, ohne auf seine Bemerkung einzugehen. Das letzte Wort betont sie, als wäre es eine Unverschämtheit.

Adam runzelt die Stirn.

»Das hat uns gerade noch gefehlt. Peter hat eben seine Kündigung abgegeben. Das war die siebte in diesem Monat. Und jetzt noch ein Leck-Problem?!«

In diesem Moment zögert Adam und mustert Tina, die notdürftig bedeckt vor ihm steht.

»Kannst du dir das mal anschauen? Da ist alles ganz nass«, flötet sie amüsiert und klimpert mit den Wimpern.

Erneutes Stirnrunzeln. Adam ist etwas verunsichert, nickt dann aber. Offensichtlich ist er in Gedanken noch immer bei der Kündigung von Peter.

Tina dreht sich um und geht ohne weitere Worte in den Damenumkleidebereich. Adam folgt ihr kurz darauf. Tina steht schon an den Waschbecken und nickt in Richtung der Duschen.

Adam geht an ihr vorbei und betritt den Nassbereich. Jetzt zeichnen sich noch tiefere Furchen auf seiner Stirn. Die Duschköpfe sind alle trocken, auch sieht er keinen Tropfen daran hängen. Oder an den Leitungen. Auch auf dem Boden ist kein Wasser zu entdecken.

»Ähm, hier leckt doch gar nichts.«

Verwundert dreht er sich um und erstarrt für einen Moment.

Tina hat ihr Handtuch abgestreift und lehnt am linken Waschbecken, das eine Bein angehoben, sodass der Fuß auf der Kante des Waschbeckens liegt. In dieser Stellung ist ihre Scham deutlich zu sehen und vor allem einladend.

Adam muss bei diesem aufregenden Anblick schlucken.

»Genau das ist das Problem.« Tina bewegt sich lasziv aufreizend am Waschbecken. Lehnt sich etwas zurück, drückt ihr Becken nach vorn und wackelt etwas mit den Hüften. Dabei blickt sie ihn durchdringend und fordernd an.

»Hier leckt nichts … und niemand«, ergänzt sie noch kurz verführerisch.

Langsam geht Adam auf sie zu. Er trägt nur ein T-Shirt und eine eng anliegende Radlerhose, die in diesem Moment noch enger wird. Deutlich ist die Beule darin zu sehen.

»Oh, ich glaube, das Problem kann ich lösen.«

Sein Blick wandert ihren Körper auf und ab. Bewundert ihre schlanke, sportliche Figur, die schönen Brüste und die aufgestellten Warzen. Darunter der flache Bauch und die rasierte Muschi, die sie ihm auffordernd entgegenstreckt.

»Bist du denn handwerklich geschickt?«, fragt sie lächelnd und leckt sich über die Lippen.

»Mal sehen«, raunt er und kniet sich vor ihr hin. Seine Hände legt er auf ihre Schenkel, streichelt sie sanft und küsst ihre Scham.

Die erste Berührung seiner Zunge raubt ihr den Atem. Ihr Unterleib zuckt und sie gibt ein leises, lüsternes Schnurren von sich, während er ihre Schamlippen ableckt.

Tina schließt die Augen, spürt, wie er mit dem Daumen die Haut über dem Kitzler in Richtung Bauchnabel schiebt und damit ihre Perle aufstellt.

Die Zungenspitze gleitet kreisend und zärtlich darüber. Ein Schauer der Lust nach dem anderen überfällt Tina. Ihre Zuckungen nehmen zu und sie genießt als Nächstes seine feste, zugleich bewegliche und weiche Zunge, die über ihre Schamlippen gleitet und sich mit sanftem, unaufdringlichem Druck dazwischenschiebt.

Einfach nur herrlich.

Mit weit geöffneten Schenkeln steht sie da und lässt sich ihre Möse auslecken. Der halb geöffnete Mund lächelt zufrieden und entlässt leise, genüssliche Töne voller Erregung und Lust.

Im nächsten Moment reißt sie die Augen weit auf, denn Adams Finger gleiten sanft in ihren Unterleib hinein. Tief und ausfüllend.

Schlagartig wird die Wärme zu einem heißen Sturm. Alles in ihr zieht sich zusammen, während er die Finger auf und ab bewegt und gleichzeitig ihren Kitzler mit der Zunge verwöhnt.

Jetzt geht es unglaublich schnell. Die Hitze, der Druck, das Kribbeln, das Ziehen. Alles nimmt schlagartig zu und verdrängt jeden klaren Gedanken aus ihrem Kopf.

»Oh Scheiße, ja! Ja!«, brüllt sie plötzlich. Mit den Händen hält sie sich am Kopf und Waschbecken fest, denn ihre wilden Zuckungen hätten sie sonst umgerissen.

Ihr Bauch zieht sich zusammen. Die Beine beben und zittern, während sie undeutliche Laute ausstößt. Unentwegt bewegt er seine Finger in ihrem Unterleib, der sich wie ein Hochofen anfühlt. Gleichzeitig leckt die Zunge noch schneller über ihre Scham und den Kitzler.

Es wird zu viel und sie drückt seinen Kopf weg. Erst jetzt lassen die Zuckungen nach und sie beruhigt sich langsam wieder.

Schwer atmend schaut sie zu ihm runter. Die Blicke treffen sich und beide lächeln.

»Tja, also, das ist ein ganz schön großes Loch, das hier ausläuft. Alles ist nass«, resümiert er grinsend und küsst kurz die Muschi, bevor er sich aufrichtet.

»Und was kann man da machen?«, fragt Tina wie die Unschuld vom Lande.

»Löcher muss man stopfen«, raunt Adam und zieht sich das T-Shirt über den Kopf aus.

Erwartet Tina, dass er sich sogleich komplett vor ihr entkleidet, während sie seinen athletischen Körper bewundert, wird sie enttäuscht.

Kaum ist das Shirt runter, beugt er sich zu ihrem Gesicht, nimmt den Kopf zwischen beide Hände und zieht ihn an sich heran.

Schon im nächsten Moment küsst er sie leidenschaftlich und heiß. Die Zungen berühren sich, spielen miteinander und lösen bei ihr noch weitere Glücksgefühle aus. Es ist einfach unbeschreiblich.

Noch immer steht sie nur auf einem Bein vor ihm, das andere im Waschbecken verhakt, während er ihr Gesicht loslässt, sie aber dennoch weiter küsst.

Sie umarmt ihn dabei und spürt an seinen Bewegungen, wie er sich seiner Hosen entledigt. Schon kurz darauf drückt der Ständer an ihrem Bauch, gleitet abwärts und erreicht ihr Schambein. Noch immer küssend, bewegt er sich an ihren Schamlippen entlang. Mehrmals vor und zurück.

Der Kuss wird noch intensiver und heißer. Und endlich schiebt er ihr seinen Schwanz in die Muschi.

Ein röhrender Laut, voller Lust und Geilheit, dringt aus ihrer Kehle, während sein Stab tiefer und tiefer gleitet. Er füllt sie aus und bei jeder Rückwärtsbewegung vermisst sie die Fülle.

Mit schnellen, harten Stößen vögelt er sie am Waschbecken. Schon nach kurzer Zeit müssen sie den Kuss beenden und tief nach Luft schnappen. Laut klatschen die Körper gegeneinander und sofort ist die Hitze und Gier in ihr vorhanden.

Kurz treffen sich ihre Blicke, bevor zeitgleich ihre Augen sich senken und sein dickes, hartes Glied in ihr verschwinden sehen.

»Oh Mann, sieht das geil aus«, raunt Adam und strengt

sich noch mehr an, seinen Schwanz in Tina hineinzustoßen.

»Und es fühlt sich noch viel geiler an«, keucht sie nach Luft schnappend.

Die Hitze und das Ziehen setzen ihr zu. Ihr Standbein zittert und sie zieht den Fuß aus dem Waschbecken, um ihren Schenkel gegen seine Hüfte zu pressen. Sofort ergreift seine Hand ihr Bein und hält sie fest.

Noch wuchtiger rammt er seinen Unterleib nach vorn und fickt sie richtig hart.

»Du bist ein guter Handwerker«, sagt Tina schwerer atmend.

»Das erinnert mich mehr an einen Zahnarzt«, erwidert Adam angestrengt und grinst frech in das vor Verwunderung gezeichnete Gesicht von Tina.

»Na, er muss auch zuerst das Loch aufbohren, bevor er die Füllung einbringen kann.« Die Anstrengung ist ihm anzusehen.

Die Bilder, die jetzt in Tinas Kopf auftauchen, rauben ihr den Verstand. Der Schwanz, wie er sich in sie hineinbohrt und die Möse dehnt. Sein Saft, den er in sie hineinpumpt, und das Gefühl, wenn sich sein Glied dabei noch stärker ausdehnt.

Unbeschreiblich.

Tina stöhnt auf und verdreht die Augen. In ihrem Unterleib tobt ein Orkan. Nein, es ist ein Vulkan, der kurz vor dem Ausbruch steht.

In diesem Augenblick bemerkt sie, wie sich Adam anspannt. Seine Bewegungen werden hektischer, unkontrollierter und zugleich wuchtiger.

Er kommt gleich! Er füllt mich ab! Tina kann nicht mehr klar denken. Die Vorstellung, sein Sperma in ihre Möse kraftvoll gespritzt zu bekommen, lässt sie explodieren.

Ein kurzer, spitzer Schrei, gefolgt von einem Röhren, begleiten ihren harten Ruck, den das Becken gegen seinen Unterleib vollführt.

Sie umklammert ihn, sodass sie zitternd an ihm hängt. Gleichzeitig zuckt ihr Unterleib noch mehrmals.

In diesem Moment spürt sie, wie er in ihr abspritzt. Druckvoll pumpt er sein Sperma in ihren Unterleib, lässt ihn noch wärmer werden und ihren eigenen Orgasmus verstärken und verlängern.

Eng umschlungen, zitternd und zuckend, stehen sie da, schnappen nach Luft und keuchen lüstern. Die pure Vereinigung. Nein, Verschmelzung.

Nach wenigen Sekunden entspannen sie sich und lösen die Umklammerung. Erneut legt Adam seine Lippen auf ihre und küsst sie. Dieses Mal ist es voller Wärme und Dankbarkeit.

»Du bist die geilste Frau, die ich kenne«, flüstert er voller Bewunderung.

»Und du bist der geilste Fick, den ich je hatte«, antwortet Tina in einer ungewohnt vulgären Art. Dennoch grinsen beide zufrieden.

»Nein, du bist der geilste Fick meines Lebens«, haucht er und lässt sich von ihr in diesem Moment nach hinten drücken. Dabei lacht Tina amüsiert und mustert ihn. Sein Glied ist aus ihr herausgerutscht und hängt in einem leichten Bogen nach unten.

»Das sagst du doch zu jeder Frau, die du flachlegst.« Sie zwinkert ihm zu und geht um ihn herum zur Dusche.

»Das ist mein Ernst«, antwortet er voller Inbrunst, aber Tina lacht, winkt mit der rechten Hand ab und betätigt den Hebel der Mischbatterie. Sofort strömt warmes Wasser über ihren verschwitzten Körper.

Adam nähert sich ihr und berührt sanft Tinas Schulter.

»Du bist wirklich der beste Fick meines Lebens«, raunt seine Stimme ganz nah an ihrem Ohr, was bei ihr eine Gänsehaut auslöst.

Lächelnd dreht sie den Kopf, sodass ihre Gesichter ganz nah beieinander schweben.

»… und noch mehr«, flüstert er und legt seine Lippen erneut auf ihre.

Tinas Herz schlägt höher. Erneut wird ihr warm und sie genießt den Kuss. Sie umarmen sich, während das Wasser über ihre Körper herabfließt.

Ihre Gedanken kreisen. *Ja, er fickt geil. Ficken!* Sein Schwanz in ihrer Möse. *Ficken!* Sie verwöhnt ihn mit dem Mund. *Blasen!* Und er macht es ihr mit der Zunge. *Lecken! Um anschließend nochmals zu ficken … und noch mehr*, schießt es ihr in den Kopf und ganz plötzlich ist da eine Unsicherheit. Langsam löst sie ihre Lippen von seinen und sie lächelt ihn an.

»Warten da nicht noch andere Patienten auf den Arzt?« Sie nickt Richtung Ausgang und Tresen, hinter dem er jetzt normalerweise stehen sollte.

»Du hast recht«, antwortet er verlegen und kratzt sich am Kopf.

»Aber zuerst muss der Arzt sein Werkzeug reinigen.« Grinsend packt er sein Glied, das wieder etwas größer geworden ist, zieht die Vorhaut zurück und hält es unter den Wasserstrahl. Neugierig beobachtet Tina das Ganze und kichert.

Adam blickt sie schelmisch an.

»Also, normalerweise reinigt doch die Arzthelferin das Werkzeug, oder?« Seine Augen funkeln sie an und Tina versteht sofort.

»Okay, dann lass mich mal deine Assistentin sein.«

Gut gelaunt packt sie seinen Penis und hält ihn unter den Wasserstrahl. Dabei bewegt sie die Vorhaut hin und her, beschleunigt und wichst schon nach wenigen Augenblicken.

Sein Glied wächst schnell an und hat sogleich die volle Größe erreicht. Mit einem breit lachenden Gesicht mustert sie Adam, der seinen Mund zu einem genüsslichen O zusammengezogen hat.

»Und? Schon sauber genug?«, fragt sie ihn und grinst, während sie ihn weiter wichst.

»Weiß nicht. Schau doch mal genauer nach«, fordert er sie auf und zur Unterstützung seiner Worte drückt er sie sanft nach unten.

Tina folgt der Hand und kniet augenblicklich vor seinem Ständer.

Der sieht so geil aus, denkt sie sich und bewundert die Rundungen der Eichel, das kleine Häutchen und die blauen, dicken Adern, die sich am Stamm aufwärts winden.

Genüsslich leckt und küsst sie ihn, bevor ihre Lippen ihn zu verschlingen scheinen. Schnell und hastig bläst sie den Schwanz. Voller Gier und Lust saugt sie daran und blickt ihm dabei in die Augen.

Seine Gesichtszüge zeigen ihr sein Verlangen, den Genuss und die Freude, die sie ihm bereitet.

»Oh mein Gott, bläst du gut. Ich will dich noch mal ficken«, presst er angestrengt hervor.

Tina lässt von seinem Schwanz ab und grinst ihn an.

»Ach ja?«

»Ja«, stöhnt er ungeduldig.

Tina richtet sich lächelnd vor ihm auf.

»Dann mach doch«, sagt sie trocken, dreht sich und stützt sich mit den Händen an der Wand ab. Einladend streckt sie ihm wackelnd ihren Arsch entgegen.

Adam stellt sich hinter sie, drückt seinen Ständer herab und schiebt ihn ihr in die Möse.

»Magst du es von hinten?« Wie Schraubstöcke halten seine Hände ihr Becken fest.

»Ja! Verdammt, ja!«, stöhnt Tina unter den schnellen, wuchtigen Stößen Adams.

»Ich auch«, raunt er in ihr Ohr und fickt sie weiter. Zur Unterstützung greift die rechte Hand nach vorn und kreist über dem Kitzler. Tina jault auf.

»Ja! Verdammt! Fick mich! Mein Gott, bist du tief! So tief und geil. Ja! Ja!« Ihre Stimme bricht und schon im nächsten Moment steht sie zuckend an der Wand und krümmt sich dabei.

»Oh Mann. Warum komme ich bei dir immer so schnell?«, fragt sie nach Luft schnappend, nachdem der Orgasmus abgeklungen ist.

»Weiß nicht. Aber vielleicht, weil ich so ein geiler Ficker bin?«

Beide lachen angestrengt, aber stoppen abrupt, da Adam erneut mit schnellen, harten Stößen seinen Schwanz in ihre Möse rammt.

Er vögelt sie mehrere Minuten, in denen sie erneut kommt, bevor er mit einem dumpfen, grollenden, aber zufrieden klingenden Ton in ihr abspritzt.

Erschöpft blicken sie sich an, bis er sie zum Abschied erneut lang und innig küsst.

»Du bist der Wahnsinn«, flüstert er und sie nickt nur.

»Das könnte ich jeden Tag haben«, platzt es einfach so aus ihr heraus, sie entdeckt aber an dem Lächeln in seinem Gesicht, dass es ihm genauso geht.

**

Leider erfüllt sich ihr Wunsch in den nächsten Wochen nicht. Entweder ist er nicht da oder die Situation lässt es nicht zu. Günter gibt ihm eine Arbeit, andere Frauen sind ebenfalls beim Duschen oder er geht gerade, während sie das Studio betritt.

Dabei lächeln sie sich kurz an, begrüßen und verabschieden sich, ohne dass sie einander näherkommen.

Endlich sind die Kinder und Werner aus dem Haus und Tina steht nur mit dem Pyjama bekleidet in der Küche, räumt das Geschirr vom Frühstück in die Spülmaschine und träumt davon, die nächste halbe Stunde faul auf dem Sofa zu lümmeln. Da klingelt es.

Der erste Gedanke ist, dass die Kinder den Bus verpasst oder irgendetwas vergessen haben. Oder Werner, der … Dazu fällt ihr nichts ein, während sie zur Gegensprechanlage geht und den Hörer abhebt.

»Hallo?«

Keine Antwort. Nur die Straßengeräusche sind zu hören. Dann klingelt es erneut und sie hört ein leises Klopfen von der Wohnungstüre.

Stirnrunzelnd hängt sie den Hörer in die Halterung und geht zum Eingang. Dort zögert sie einen Moment und ärgert sich darüber, dass sie keinen Türspion haben.

Nach dem Öffnen steht sie mit überrascht aufgerissenen Augen da und starrt verblüfft auf Adam, der grinsend, in Hoodie und Jogginghose, vor ihr steht.

»Hi Adam, was machst du denn hier?«

Schon im nächsten Moment ploppt das schlechte Gewissen bei ihr auf und sie schaut an ihm vorbei ins Treppenhaus. Niemand zu sehen oder zu hören.

Schnell gibt sie den Eingang frei.

»Ja, komm doch rein«, winkt sie fast schon zu hastig, und Adam folgt ihr sogleich und betritt die Wohnung.

»Hallo Tina«, sagt er mit einem noch breiteren Grinsen und bleibt kurz hinter ihr stehen, während sie die Tür schließt.

»Ähm, was …«, weiter kommt sie nicht, während sie sich umdreht. Adam drückt sie gegen die eben geschlossene Eingangstür und presst seine Lippen auf ihre.

Zunächst versteift sie sich, aber schon nach wenigen Sekunden gibt sie seinem Drängen nach. Die Münder geben den Zungen den Weg frei, damit diese leidenschaftlich miteinander spielen können.

Sein Unterleib drückt gegen ihren. Sie fühlt seine Erregung, den Ständer und stellt automatisch ihre Füße weiter auseinander.

Sein hartes Glied reibt über ihr Schambein und lässt ihr Innerstes erglühen. Sofort ist da eine lustvolle und alles verzehrende Hitze in ihr.

Unbewusst hebt sie ihr rechtes Bein an. Wie schon hundert Mal trainiert und einstudiert, packt seine linke Hand ihren Schenkel und presst ihn gegen seine Hüfte.

Tinas rechte Hand liegt auf seinem Hinterkopf und zieht ihn fast gewalttätig heran. Die Köpfe bewegen sich, während schmatzend die Küsse immer heißer und inniger werden.

Seine Rechte schiebt sich von unten in das Pyjamaoberteil und erreicht zielsicher ihre Brüste.

Ihre Linke packt seinen Arsch, drückt fest zu und zieht seinen Unterleib mit einem Ruck an sich heran. Sein Ständer reibt hart über ihr Schambein und lässt sie voller Wonne stöhnen. Dabei gleicht sie ihre Bewegung und das Tempo seinem an. Seine Lippen lösen sich von ihren. Tina schnappt nach Luft und seufzt sogleich voller Genuss, während er ihren Hals küsst. Sie krault sein Haar, zieht seinen Unterleib rhythmisch an sich heran und stößt ihm selbst mit dem Becken entgegen. In ihr wird die Glut unerträglich. Immer fester und intensiver reibt seine Beule über ihren Kitzler. Unverständliche, lüsterne und genüssliche Laute dringen aus ihrer Kehle.

Doch plötzlich löst sich Adam von ihr und blickt ihr tief in die Augen.

»Was ... was tust du hier?«, fragt sie schwer atmend, schwach und leise.

Zunächst lächelt Adam und zwinkert ihr zu. Gleichzeitig lässt er ihr Bein los und Tina steht wieder auf beiden Füßen vor ihm.

»Gestern hast du meinem Chef erzählt, dass du heute einen freien Tag hast und den Vormittag genießen möchtest. Da dachte ich mir, ich helfe dir dabei.« Nun ist sein Grinsen frech und unanständig.

»Ähm«, will Tina etwas entgegnen, aber ganz plötzlich packt Adam sie an den Hüften und dreht sie mit einem Ruck um die eigene Achse.

Ein kurzer, schriller Laut schießt aus ihrem Mund, aber schon versiegt der Ton und sie stützt sich an der Tür ab.

Geschmeidig schiebt sich Adam von hinten an sie heran. Sein Ständer drückt gegen ihren Arsch und beide Unterleiber beginnen zu kreisen. Tina atmet schwer und muss schlucken.

»Ich hoffe, das ist in deinem Sinne.«

Er kichert kurz, während seine rechte Hand in ihre Hose gleitet und die andere sich unter das Oberteil schiebt. Links massiert er jetzt ihre Brust und spielt mit der Brustwarze, während die rechten Finger den Kitzler erreichen und sofort gefühlvoll zu kreisen beginnen.

Ihr Unterleib zuckt kurz und knallt hart gegen seinen Ständer. Sie stöhnt und verdreht die Augen.

»Oh ja, ja«, keucht sie und wird bebend gegen die Wohnungstüre gepresst.

Die Hand in ihrer Hose reibt schneller und die andere massiert intensiver ihre Brüste. Gleichzeitig stützt sie sich ab, kreist jedoch kraftvoll über seinen Schoß.

»An was genau hast du denn gedacht?«

Die Worte fallen ihr schwer und sie muss sich darauf konzentrieren. Die Finger und der Ständer an der Rückseite machen sie wahnsinnig.

»Mein Schwanz dachte sich ...«

In diesem Moment kichert Tina und unterbricht ihn.

»Dein Schwanz denkt?«, fragt sie nach und dreht etwas den Kopf, sodass sie aus den Augenwinkeln sein angestrengtes Gesicht sehen kann.

»Immer dort, wo das meiste Blut ist, da denkt mein Körper«, raunt er und stößt einmal hart mit dem Becken nach vorn.

Tina jault kurz und lacht erneut.

Die Finger an ihrer Muschi kreisen noch schneller über ihre feuchte, heiße Scham. Immer großzügiger und weitflächiger bewegen sich die Kuppen gierig und aufheizend über ihre empfindlichen Stellen.

Der Bauch von Tina zittert und auch die Atmung geht stockend.

»Und … und was will … will dein Schwanz?« Ihre Stimme stockt vor Erregung immer wieder. Schwer zieht sie die Luft ein, um sogleich schnell zu hecheln, als seine Finger langsam und behutsam zwischen ihre Schamlippen gleiten.

»Dich spüren«, raunt seine Stimme ganz nah an ihrem Ohr, nur um sogleich wieder ihren Hals zu küssen.

Ein unglaublich angenehmer und heißer Schauder läuft ihr den Rücken runter. Sie fällt ins Hohlkreuz und während die Finger sich gleichmäßig in ihrer Scheide bewegen, stößt ihr Becken ihnen entgegen.

»Er will deine Möse dehnen und dich ausfüllen. Er will tief in dich eindringen. Auf deinem Saft hineingleiten und dein Inneres erforschen.«

Das Ziehen und Kribbeln in ihrem Unterleib werden unerträglich. Die Hitze scheint sie auffressen zu wollen und die unbarmherzige Geilheit will sie explodieren lassen.

Immer schneller bewegt sich ihr Becken. Schießt regelrecht vor und zurück. Knallt dabei hart gegen seinen Ständer und lässt die Finger tief eindringen.

Unverständliche Laute dringen röhrend aus ihrem Mund, während sich ihre Muskeln immer stärker anspannen.

»Mein Schwanz will sich in dich hineinrammen und deine Möse küssen.«

Ein lang gezogenes Seufzen und Stöhnen ertönen und ihr Körper bebt immer stärker.

»Mein Ständer will dich bumsen, dir den Verstand aus dem Leib ficken, sodass du nicht mehr geradeaus gehen kannst.« Auch seine Stimme klingt jetzt angestrengt und schwer.

»Oh ja«, presst Tina heraus und schließt die Augen. Im nächsten Augenblick erklingt ein süßes, kratzendes Geräusch und ihr Unterleib scheint sich zu verselbstständigen. Während ihr Oberkörper wild zittert, ruckt ihr Becken heftig vor und zurück.

Adam hält sie mit den Händen fest und achtet darauf, dass seine Finger nicht aus ihr herausgleiten.

Mehrere Male bockt ihr Leib und jedes Mal dringt ein leiser, zufriedener und amüsiert klingender Laut aus ihrer Kehle, bis sich Tina langsam wieder beruhigt und tief durchatmet.

Ihr Körper entspannt sich und sie dreht den Kopf nach hinten, um Adam in die Augen zu blicken. Noch immer stecken seine Finger in ihrer heißen, feuchten Grotte. Gleichzeitig massiert die andere Hand ihre rechte Brust. Drückt und knetet sie sanft und gefühlvoll, innig und genüsslich.

»Du …«, beginnt sie, aber da legen sich seine Lippen auf ihre und ein liebevoller und intensiver Kuss folgt.

Erneut spielen die Zungen miteinander, und selbst als Adam ihren Körper langsam zu sich dreht, stoppt nicht das sinnliche Spiel.

Den Kuss unterbrechen sie nur für einen kurzen Augenblick, weil er mit beiden Händen ihr Oberteil langsam nach oben schiebt und ihr auszieht.

Schwer atmend küsst er sie weiter und streichelt sie zärtlich mit den Händen. Auch sie umarmt und liebkost seinen Körper.

Leise schmatzend lösen sich die Lippen und er blickt ihr tief in die Augen.

Tinas Herz schlägt höher und ein leises Seufzen ertönt.

Langsam beugt er sich vor und küsst ihren Hals, das Schlüsselbein und während seine Hände immer sinnlicher und zugleich fordernder ihre Haut streicheln, bewegen sich seine Lippen abwärts, bis sie die linke Brust erreichen.

Sie streckt ihm ihren Oberkörper wie eine Verdurstende entgegen. Seine Lippen umschließen die harte Brustwarze und ziehen sanft daran, während die Zunge mit der Spitze spielt.

Ihre Hand krault seinen Hinterkopf und mit geschlossenen Augen seufzt sie sinnlich.

Kurz darauf widmet er sich der anderen Brustwarze, drückt und massiert beide Brüste, bis die Hände abwärts wandern und sein Mund der Richtung folgt.

Als dieser den Bauchnabel erreicht, haken sich die Zeigefinger beider Hände links und rechts in die Hose ein. Sie schieben sich tief herab und nehmen auch den Slip mit.

Seine Lippen liebkosen den Unterleib, während er langsam beide Kleidungsstücke herabzieht. Der Mund wandert mit. Dabei blickt er hoch, direkt in ihr Gesicht, das lüstern lächelt.

Kaum ist ihre Kleidung so weit herabgezogen, dass sich ihre Scham zeigt, senken sich seine Augen und erblicken ihre rasierte Vagina.

Er atmet voller Aufregung tief durch, bevor er die Klitoris küsst. Auch hier umschließen seine Lippen die kleine Erhebung, ziehen und saugen daran, bis auch die Zungenspitze darüber leckt.

In diesem Augenblick zuckt Tina und kurz haucht sie Luft aus ihren Lungen heraus. Das wiederholt sich, bei jeder weiteren Berührung.

Derweilen hat Adam ihre Pyjamahose inklusive des Slips bis zu den Knöcheln herabgezogen. Hilfsbereit steigt Tina mit dem rechten Fuß heraus und hebt ihn augenblicklich an. Die Kniescheibe nach außen zeigend, legt sie die Wade auf seiner Schulter ab, sodass sie ihre Beine weit spreizt und ihm genug Platz lässt, um auch die tieferliegenden Regionen zu erreichen.

Schon im nächsten Augenblick gleitet seine Zungenspitze vom Kitzler abwärts, an der linken, äußeren Schamlippe entlang, bis er am Damm ankommt, um von dort an der rechten wieder hochzuwandern.

Tina seufzt und stöhnt etwas lauter. Dabei drückt sie ihr Becken immer wieder nach vorn, seiner Zunge entgegen, die in diesem Augenblick über ihren Kitzler kreist.

Sie drückt seinen Kopf fester an sich heran, sodass seine Lippen auf ihren liegen.

»Oh ja, das mag ich«, raunt sie wie von Sinnen. Dabei steht sie nackt vor ihm und wippt mit kurzen, schnellen Stößen ihren Unterleib gegen sein Gesicht.

Seine zwei Hände gleiten links und rechts ihres Standbeins aufwärts, bis seine linke Hand an ihre Leiste gelangt. Die Rechte schiebt er zu ihrem Arsch und packt kräftig zu, während seine Zunge immer schneller leckt.

Im nächsten Moment gleiten sein Zeige- und Mittelfinger zwischen ihre Schamlippen und ein Beben geht durch ihren Körper. Gleichzeitig stöhnt sie mit weit aufgerissenem Mund und starrem Blick zur Decke laut auf.

Mit schnellen Stößen fickt er sie mit seinen Fingern, was zu einem heftigen Zittern ihres Standbeins führt. Sie stöhnt lauter, länger und intensiver.

Er spürt ihre Anspannung steigen. Ihr Po verspannt sich in seiner Hand, während auch die schnellen, ruckartigen Bewegungen ihres Unterleibs an ein Zittern erinnern.

Plötzlich presst sie sich die linke Hand vor den Mund. Gedämpft stöhnt sie ihren Orgasmus heraus, während sich ihr Oberkörper nach vorn beugt. Krampfhaft hält sie sich an seinem Kopf fest. Gleichzeitig versucht er sie mit seiner Schulter am Bein und der Hand am Arsch zu stützen.

Heftig und mehrmals zuckend schnappt sie nach Luft, bis sie sich wieder beruhigt und tief durchatmet. Erst jetzt gibt ihr Standbein nach und sie rutscht an der Wohnungstüre herab, bis sie nackt vor ihm kauert.

Ihre Gesichter sind ganz nah. Er grinst sie frech und breit an. Seine Lippen glänzen von ihrer Feuchtigkeit und schelmisch zwinkert er ihr zu.

Langsam bildet sich auf ihrem Gesicht ein Lächeln, das zu einem dämonischen Grinsen wird.

»Du Schwein«, sagt sie leise und greift jetzt an seine Hose. Sofort spürt sie seinen Ständer durch den dicken Stoff und reibt ihn. Aber das reicht ihr nicht.

Mit der Linken zieht sie am Hosenbund und greift mit der Rechten hinein. Nun hat sie ihn direkt in der Hand und wichst ihn schnell und hart.

»Warum bin ich ein Schwein?« Seine Augen funkeln sie amüsiert an, während sie gierig zurückschaut und noch schneller wichst. Der Schwanz ist unglaublich hart und groß. Die Eichel glänzt feucht und zeigt auf sie. *Du gehörst mir*, scheint diese zu rufen.

»Mich zwei Mal kommen zu lassen und selbst hältst du dich zurück.« Sie kichert leise und angestrengt. Dabei zerrt sie die Jogginghose weiter nach unten, sodass sie jetzt endlich seinen Ständer in voller Pracht erblicken und ihn ungehindert verwöhnen kann.

»Und deshalb bin ich ein Schwein?« Adam lacht. Dabei ist auch seine Anstrengung zu hören.

»Willst du, dass ich auch komme?«, hakt er nach und fixiert Tina, die mit geöffneten Schenkeln ihm gegenübersitzt.

»Ja, ich will, dass du spritzt«, sagt sie nun etwas lauter und wichst schneller. Noch immer schauen sie sich tief in die Augen. Dabei lächeln sie und funkeln sich an.

Seine linke Hand ergreift die rechte Brust, während seine andere zuerst ihren Bauch berührt, um anschließend tiefer zu gleiten. Er beugt sich vor und küsst sie. Die Münder öffnen sich und in dem Augenblick, in dem sich die Zungen berühren, gleiten seine Fingerkuppen über ihre Schamlippen und reiben sie genüsslich.

Allmählich schwellen das Stöhnen, Seufzen und Jauchzen an. Die zwei müssen nach Luft schnappen und die Lippen lösen sich. Nur die Zungen spielen noch einige Sekunden länger miteinander.

Beide atmen schnell und flach. Adam entfernt sich einige Zentimeter von ihr. Tief sehen sie sich in die Augen und streicheln, massieren und reiben dabei den anderen.

Tinas Blick senkt sich und sie betrachtet sein Prachtstück.

»Ich finde deinen Schwanz total geil«, sagt sie lachend und gleichzeitig schwer atmend.

»Du behandelst ihn auch gut«, antwortet er schmunzelnd und schiebt seinen Mittelfinger in ihre Muschi hinein. Gleichzeitig drückt er sanft ihre Brust inklusive der Warze.

»Steh mal auf, ich will ihn aus nächster Nähe betrachten.« Tina lächelt ihn an, ohne auch nur eine Sekunde mit dem Wichsen aufzuhören.

Das ändert sich auch nicht, während er sich vor ihr erhebt. Schon steht sein Ständer direkt vor ihrem Gesicht und sie mustert ihn mit großer Neugier, aber auch voller Anerkennung.

»Ja, der ist richtig geil.« Nickend reibt sie ihn etwas langsamer und bewundert die rote, feuchte Eichel mit ihrer kleinen Öffnung an der Spitze.

»Du machst ihn so richtig geil«, bestätigt Adam und schließt für einen Moment genüsslich die Augen.

Ein leises Kichern ertönt aus Tinas Mund, während sie den Schwanz vor ihr unterschiedlich wichst. Mal schnell mit der Faust, dann verwendet sie nur den Daumen und Zeigefinger, um ihn dazwischen entlanggleiten zu lassen.

Oder sie bewegt die Vorhaut ausschließlich mit den Fingern, die ihn vorsichtig, zugleich aber doch auch kräftig drücken.

Am Ende gleitet sie mit drei Fingerkuppen über die Eichel und reibt sie nur bis zum Kranz. Dabei blickt sie immer wieder zu ihm hoch, um die Reaktion zu betrachten.

»Gefällt dir das?«, fragt sie überflüssigerweise, denn sein Gesicht spricht Bände.

Er nickt nur und seufzt pure Zustimmung.

»Was möchtest du noch haben?« Sie leckt mit ihrer Zungenspitze über die Unterseite seines Ständers, den sie zu diesem Zweck nach oben biegt.

»Du weißt, was ich mag.«

Sie hält jetzt das Glied nur zwischen Daumen und Zeigefinger, während ihre Zunge kurz die Kugel am Ende ableckt.

»Sag es«, zischt sie hastig.

»Blas ihn mir«, raunt seine Stimme voller Erregung und er lässt seinen Ständer kurz auf und ab schwingen.

Tinas Kopf stößt einer Schlange gleich nach vorn. Ihr geöffneter Mund schnappt nach seinem Ständer und schon umschließen ihre Lippen sein Glied. Schnell und fest schieben sie die Vorhaut zurück, um sie im nächsten Moment nach vorn zu ziehen.

»Uuuh, ja.« Adam atmet voller Wonne aus. Auf seinem Gesicht zeigen sich pure Freude und grenzenloser Genuss.

Beide schauen sich in die Augen, während ihre zwei Finger den Stamm reiben und seine Spitze von ihren Lippen verwöhnt wird.

Seine rechte Hand legt sich auf ihren Kopf, der immer schneller vor- und zurückwandert.

Während sie fest die Lippen dagegen presst und daran saugt, leckt ihre Zunge kreisend über die Spitze. Gleichzeitig drücken die Finger den Stamm zusammen und reiben ihn fester.

»Mein Gott, ist das gut«, flüstert er wie in einem Rausch. Sein Becken schiebt sich vor und zurück. Seine Beine beben und seine Atmung geht rasch und hastig.

Dieser Anblick, der sich Tina hier zeigt, macht sie unglaublich heiß. Zufrieden bläst sie ihn noch intensiver und härter. Gleichzeitig wichst sie den Schwanz schnell in ihren Mund, während sie jede Reaktion von ihm registriert.

Ganz bewusst presst sie die Lippen an seinen Ständer, umschließt ihn und spürt, wie sie über den Eichelkranz hinweggleiten, um die Vorhaut abwärtszuschieben und schon im nächsten Augenblick wieder zurückzuziehen.

Dabei saugt sie wie an einem Strohhalm. Baut einen massiven Unterdruck auf, sodass es jedes Mal ein schmatzendes Geräusch macht, wenn ihre Lippen den Kontakt für einen Moment verlieren.

Mal klopft ihre Zunge gegen die Spitze, mal streicht sie nur darüber oder an ihr entlang.

Dabei verstärkt sich sein Beben und wird zu einem Zittern, das auch Tina erfasst und mitreißt.

Voller Ungeduld wird sie hektischer. Ihr Kopf bewegt sich

schneller, so wie auch ihre Hand hastig wichst. Sie liebt dieses Gefühl, seinen Schwanz in ihr zu spüren. Seinen herben und zugleich aufregenden Geschmack zu genießen. Die Härte seines Glieds und zugleich die Weichheit zu spüren.

Er soll endlich kommen. In ihr und durch sie. Sie besorgt es ihm, und als Zeichen des Erfolgs, damit sie weiß, dass sie es gut gemacht hat, soll er abspritzen.

Und endlich wird aus seinem Beben ein Zittern und er verzieht sein Gesicht, wie unter lustvollen Schmerzen.

»Ich komme. Ich komme gleich«, warnt er sie und beißt die Zähne zusammen.

»Ja! Komm! Komm!«, ruft Tina. Sie hat ihren Mund weit aufgerissen, die Zunge herausgestreckt und wichst seinen Schwanz unglaublich schnell und hart in ihren Rachen hinein.

Im nächsten Augenblick schießt die erste Fontäne aus ihm heraus. Begleitet wird sie von einem knurrenden Seufzen, das dennoch voller Zufriedenheit ist.

Eine Ladung nach der anderen spritzt aus ihm heraus und Tina packt seinen zuckenden und pulsierenden Schwanz mit den Lippen und saugt an ihm. Gleichzeitig schluckt sie so viel es geht.

Für sie ist es ein wundervolles Erfolgserlebnis. Dabei kann sie noch nicht einmal erklären, warum das so ist. Aber diese Glücksgefühle in ihr lassen keine Zweifel daran zu.

Ihre Hand geht von der schnellen, hastigen Bewegung in eine langsame, streichelnde über. Mit der Zunge leckt sie ein paar Reste von den vollen Lippen ab.

Dabei lächelt sie ihn an. Die Augen funkeln schelmisch, als würden sie fragen, ob er sich schon auf das nächste Mal freut.

Und Adam lächelt zurück. Es ist ein zufriedenes, glückliches Lächeln. Langsam beugt er sich vor und greift ihr unter die Arme, um sie langsam hochzuziehen.

Aus ihrem Lächeln wird ein Grinsen und während sie sich aufrichtet, reibt sie den Stab in ihrer Hand gefühlvoll weiter.

In ihrer Fantasie dreht er sie nochmals um und nimmt sie von hinten. Hier, direkt an der Wohnungstüre. Einfach so, ohne zu fragen, ohne es anzukündigen und vor allem ohne Hemmungen.

Der Gedanke gefällt ihr. Aber vor allem ihrem Unterleib, in dem es augenblicklich beginnt zu kribbeln und zu ziehen.

Kaum sind ihre Beine ausgestreckt, liegen seine vollen, festen Lippen auf ihren und er küsst sie leidenschaftlich. Gleichzeitig drückt er ihren Körper fest gegen seinen und sie gibt sich seinem Zungenspiel hin.

Gemächlich löst er sich von ihr. Beide öffnen ihre Augen, die sie während des Kusses geschlossen hatten, und blicken sich intensiv an.

Schon glaubt sie, dass er ihren Körper dreht, sie vorbeugen lässt und sie anschließend wie ein wilder Hengst nimmt. Aber sie irrt sich.

»Wie wäre es mit einer Wohnungsbesichtigung?«

Neckisch zwinkert er ihr zu und für einen kurzen Moment ist Tina ihrem wollüstigen Traum entrissen. Aber schon fängt sie sich und nickt.

»Natürlich«, sagt sie nur und dreht sich zu einer kleinen Tür, auf der ein Schild mit dem Aufdruck *WC* hängt. Sie öffnet diese und präsentiert eine Gästetoilette, in der Türkis die vorherrschende Farbe ist.

»Sehr schön.«

Adams Stimme ist leise, aber rau. Seine Augen wandern unablässig über Tinas Körper und gönnen der Gästetoilette kaum einen Augenblick.

Sofort ist die zuvor erkaltete Lust wieder allgegenwärtig und sie atmet tief durch. Ihre Brüste heben und senken sich deutlich und ihre Warzen stellen sich auf.

Sie schluckt kurz und reißt sich zusammen. Locker schließt sie die Tür und geht an ihm vorbei zur nächsten.

Sie öffnet auch diese und betritt den nächsten Raum mit zur Präsentation erhobenen Armen.

»Und das ist unser Schlafzimmer.«

Hinter ihr geht nun auch Adam in den kühlen Raum. Die Betten sind noch nicht gemacht. Er betrachtet die beiden Nachtkästchen daneben und den großen Schrank gegenüber. An zwei von vier Türen sind große Spiegel angebracht.

»Auch sehr schön«, sagt Adam und mustert erneut Tinas Körper, der das immer mehr gefällt. Sie wartet einige Sekunden, genießt diese und will gerade das Schlafzimmer verlassen, da hebt Adam die rechte Hand.

»Auf welcher Seite im Bett liegst du?«

Tina ist von der Frage etwas überrumpelt und runzelt die Stirn.

»Ähm, da, auf der linken.« Dabei zeigt sie auf die entsprechende Betthälfte.

»Schläfst du auf der Seite, auf dem Bauch oder auf dem Rücken?«

»Ich … ich schlafe normalerweise auf der Seite, warum?« Ihr Stirnrunzeln wird noch stärker.

»Leg dich doch bitte mal hin und zeig es mir«, sagt er leise und beugt sich dafür ganz nah an ihr Ohr, sodass sie erschaudert.

Ohne Widerspruch klettert sie splitternackt auf das Bett, legt sich auf die Seite und deckt sich zu. Amüsiert lächelnd schaut sie ihn an.

Adam nickt nur verständnisvoll, dann zieht er sein Oberteil und die Jogginghose aus. Es folgen die dunkelblauen Boxershorts und die Socken. Danach geht er um das Bett herum, steigt von der anderen Seite hinein und kuschelt sich von hinten an sie heran.

Kaum spürt Tina seinen Körper an ihrem, ist da auch schon seine Erregung an ihrem Hintern. Instinktiv drückt sie ihren Arsch dagegen, während er seinen linken Arm um sie legt. Die Hand erreicht ihre Brust und streichelt sie sanft.

»Macht das dein Mann oft so?«, will Adam wissen und küsst ihre nackte Haut an der Schulter.

Ein erneuter Schauer läuft ihr den Rücken runter und sie muss schlucken.

»Früher ja, in der letzten Zeit …«

Sie überlegt, wann ihr Mann sich das letzte Mal so an sie herangekuschelt hat.

»Hatte er da auch einen Ständer?«

Adam lässt ihr keine Zeit, darüber nachzudenken. Sie muss bei der Frage tatsächlich kichern.

»Also, ganz früher ja. In der letzten Zeit …« Und wieder muss sie darüber nachdenken und kann sich nicht erinnern, wann ihr Mann das letzte Mal seinen Schwanz an ihren Hintern gedrückt hat. Hier im Bett und in dieser Position.

Die Liebkosungen nehmen zu. Seine Hand massiert intensiver ihre Brust. Die Finger spielen mit ihrer Brustwarze, was in ihr einen wahren Luststurm verursacht. Sein gesamter Körper drückt und reibt fester an ihrem. Dabei schiebt sich sein Becken regelmäßig vor und zurück und lässt seinen steifen Penis über ihr Steißbein gleiten.

Das verursacht bei ihr noch stärkere Lustgefühle und ihr eigener Unterleib schwingt mit seinem mit. Seine Küsse lassen die Glut in ihr anschwellen und sie wünscht sich in diesem Moment nichts Sehnlicheres, als dass sein Glied zwischen ihre Beine gleitet.

Tina dreht ihren Kopf zu ihm nach hinten, während er weiter ihren Hals und ihre Schultern küsst und gleichzeitig nun ihre Brüste abwechselnd fester drückt.

Ihr linker Arm hebt sich und die Hand drückt seinen Kopf näher an ihren heran. Tief blicken sie sich in die Augen.

»Dein Körper ist unglaublich heiß«, flüstert er und verursacht bei ihr damit noch mehr Wellen der Gier und Lüsternheit.

Sie will gerade etwas darauf antworten, da liegen seine Lippen erneut auf ihren und ein heißer, leidenschaftlicher und alles verzehrender Kuss lässt das nicht zu.

Gierig gibt sie sich ihm hin. Dabei presst sie seinen Kopf fest gegen ihren. Beide Zungen spielen miteinander, lecken und necken sich, was ihr die Sinne zu rauben scheint.

Seine Hand drückt ein letztes Mal ihre linke Brust, um von dort tiefer zu gleiten. Sanft streicht er über den Bauch, bis er den linken Schenkel erreicht.

Ihre heißen Körper reiben sich schlängelnd aneinander. Dabei stößt sein Becken fester gegen ihren Hintern, was sie ganz heißmacht.

Tina küsst ihn gierig, während seine Finger die Leiste abwärtsgleiten und sich zwischen ihre Schenkel schieben, die sie bereitwillig öffnet.

Kaum berühren seine Fingerkuppen ihren Kitzler, zuckt sie sanft und ein lüsternes Seufzen dringt aus ihrer Kehle. Ihre Lippen lösen sich, nur noch die Zungen spielen miteinander. Schweres Atmen erfüllt den Raum mit einer drückenden, aber zugleich erregenden Stimmung.

Dabei schauen sie sich tief in die Augen.

Seine Hand greift an die Innenseite ihres Oberschenkels und zieht sanft daran. Sie folgt seinem Drängen und hebt ihr Bein.

Bei der nächsten Bewegung seines Beckens schiebt sich sein Schwanz zwischen ihre Beine, direkt an ihrer Scham entlang, und stößt leicht gegen ihren Kitzler, prallt von dort ab, um weiter nach vorn zu stoßen.

Sie blickt an sich herab und betrachtet seine feucht glänzende Eichel, die schon im nächsten Moment wieder verschwunden ist.

»Steck ihn dir rein«, raunt seine Stimme und in ihrem Unterleib wird das Kribbeln zu einem Orkan. Instinktiv greift ihre Hand nach unten, schon drückt sich sein Stab nach vorn und sie schiebt ihn zielgenau zwischen ihre Schamlippen.

Mit einem röhrenden Seufzen dringt er in sie ein.

Es sind langsame, gefühlvolle und unglaublich intime Stöße, die Adam vollführt. Rund, gleichmäßig und intensiv.

Tina schließt die Augen, hält ihr Bein selbst etwas in die Höhe und genießt einfach den Sex.

Langsam schwingen sich die Körper ein. Sein Schwanz stößt dabei regelmäßig gegen ihren empfindlichsten Punkt und erzeugt so unglaublich schnell die Hitze, die sie in den Wahnsinn treibt.

Schon verzieht sie ihr Gesicht. Ihre Muskulatur spannt sich an, während der Glutball in ihrem Unterleib unglaublich rasant anwächst.

Wie schafft er das nur immer in so kurzer Zeit, fragt sie sich für einen Moment, bevor ihre Gedanken von der Lust und Geilheit übernommen werden.

»Komm«, flüstert er leise, fordernd und zugleich verführerisch.

Das ist zu viel für Tina. Ein kurzer, harter Ruck, gefolgt von mehreren Zuckungen ist das Ergebnis ihres erneuten Höhepunkts. Lüstern verzieht sie das Gesicht, um nur wenige Sekunden später wieder entspannt dazuliegen.

Adam hat mit den Bewegungen gestoppt und gewartet, bis der Höhepunkt abklingt. Aber anstatt weiter zu vögeln, zieht er sich grinsend zurück und rollt sich nach hinten, um kurz darauf vor dem Bett zu stehen. So wie sein Ständer auch.

Fragend schaut Tina ihn an.

»Lass uns mit der Wohnungsbesichtigung weitermachen.«
Breit grinst er sie an. Tina erhebt sich ebenfalls lachend vom
Bett und greift nach seinem harten Glied.

»Ich dachte, du würdest gern mit etwas anderem weitermachen«, flüstert sie ihm zu und lächelt verschmitzt.

»Zuerst die Wohnungstour.« Adam beißt sich auf die Unterlippe und grinsend wippt er mit den Augenbrauen.

»Darf ich dich führen?« Sie schnurrt wie eine Katze und
lächelt verführerisch.

»Natürlich«, antwortet er und lässt sich von ihr aus dem
Schlafzimmer führen. Vor der nächsten Türe bleibt sie stehen,
reibt sein Rohr und dreht sich lächelnd zu ihm um.

»Hier ist das Kinderzimmer.«

Sie zögert etwas und reibt seinen Steifen etwas stärker. Die
Situation ist für sie sehr skurril. Sie steht hier, nackt mit einem
viel jüngeren Mann im Wohnungsflur und reibt seinen Ständer.

»Komm. Zeig es mir«, raunt er erregt und greift an ihr
vorbei, um die Klinke herabzudrücken.

*Ja, ich werde es dir zeigen. Ich werde es dir besorgen, so hart
und fest ich kann.*

Ihre Hand drückt und wichst fester, aber da schiebt er sie
an und Tina dreht sich herum.

Gemeinsam betreten sie nackt, wie sie sind, das Zimmer,
in dem ein kleiner Schreibtisch, ein Hochbett und ein Klei-
derschrank untergebracht sind. Viele Bilder hängen an den
Wänden, dafür ist der Boden aufgeräumt.

»Wow, so ordentlich war mein Zimmer nie«, gesteht Adam,
geht noch ein paar Schritte weiter ins Zimmer und schaut
sich kurz um.

Tina dreht sich und geht zur Tür zurück. An seinem Schwanz
zieht sie Adam hinter sich her, der jedoch blitzschnell die Türe
zuschiebt und Tina mit seinem Körper dagegen drückt.

Mit einem kurzen Laut der Überraschung stützt sie sich am Türblatt ab. Dabei lässt sie seinen Schwanz los.

»Hey«, sagt sie lachend, da spürt sie schon seinen Ständer an ihrer Pforte, der sich langsam hineinschiebt. Eine Hand hält ihre Hüfte fest.

»Oh … nicht in … in … diesem Zimmer«, sagt sie stockend, während sein Glied mit sanftem Tempo zwischen ihren Schamlippen hin und her gleitet. Die andere Hand greift nach vorn und umschließt ihre linke Brust, um sie sanft zu kneten.

»Stell dir einfach vor, du bist ganz weit weg und genießt den Augenblick«, raunt seine Stimme leise in ihrem Ohr und Tina schließt die Augen.

»Du bist so verführerisch und ich konnte mich bei deinem Anblick nicht mehr beherrschen«, flüstert er laut atmend in ihr Ohr.

Ja, denkt sich Tina und bewegt ihren Unterleib im Takt seiner Stöße.

»Dein Arsch hat mich so angemacht, dass ich eine unbändige Lust verspürte, dich von hinten zu vögeln«, redet er leise weiter.

Ja, das wollte ich vorhin am Eingang schon, denkt sich Tina und lächelt zufrieden.

»Das hast du doch gerade eben schon, als wir im Bett waren«, antwortet sie stattdessen und lacht ketzerisch.

»Das war etwas anderes. Im Bett, da habe ich dich geliebt. Hier besteige ich dich, das ist auf eine andere Art und Weise geil. Ich sehe deinen Arsch und meinen Schwanz, der in dich eindringt.«

Seine Stimme wird schwer und stockt bei jedem Wort.

Die Begriffe schießen ihr durch den Kopf: *Im Bett. Geliebt. Besteigen. Geil. Arsch. Schwanz. Eindringt.*

All das erzeugt erotische und vor allem aufregende Bilder in ihrem Kopf.

»Ja«, haucht sie bei jedem Stoß, bei dem sein Hammer schmatzend in sie hinein gleitet.

»Oh mein Gott, du fühlst dich so gut an«, hechelt er tief brummend und beschleunigt seine Bewegungen, sodass es jetzt laut klatscht, wenn sein Schoß gegen ihren Arsch knallt.

»Und du erst. Vor allem … dein … dein … Schwanz«, bricht es aus ihr heraus. Immer fester rammt sie ihren Körper nach hinten, seinem Stab entgegen, der tief und wuchtig in sie eindringt.

Während ihre linke Hand nach hinten greift, sein Becken packt, das Tempo vorgibt und beschleunigt, greift Adam mit der Rechten nach vorn und erreicht ihren Schamhügel. Seine Fingerspitzen ertasten den Kitzler und umkreisen ihn im Takt der Stöße.

Sie steigern weiter das Tempo, ziehen immer hastiger die Luft ein und vögeln wilder. Der Raum ist schnell mit Stöhnen, Hecheln und anderen Lustlauten gefüllt. Abgesehen von dem Duft des Schweißes, den beide verströmen.

Es dauert einige Zeit, bis sich das ersehnte, unbeschreibliche Gefühl in ihr aufbaut. Das Ziehen und Kribbeln nehmen zu und kurz fragt sie sich, wie Adam es schafft, so lange durchzuhalten.

Aber kaum ist der Gedanke in ihrem Kopf, schon werden ihre Bewegungen hektischer, unkontrollierter und heftiger. Sie kann spüren, wie die Hitze über sie hinwegrollt. Ausgehend von ihrem Zentrum, in dem sein Schwanz steckt.

»Ja, ja! Weiter! Weiter!«, fleht sie ihn hektisch an, als hätte sie Angst, dass er kurz vor ihrem Höhepunkt aufhören würde.

Doch plötzlich wird es ihr sogar zu viel. Die reibenden Finger an ihrer Muschi lösen zu intensive Lustimpulse aus und sie greift nach seiner Hand. Aber wegziehen kann sie diese nicht, dafür ist er zu stark. Aber das Reiben hört auf, was etwas Erleichterung bringt.

Das entfachte Feuer ist nicht mehr kontrollierbar und breitet sich ungehindert bis in die letzten Zellen aus.

Hart, fest und schnell rammt sie ihren Körper nach hinten, um schon im nächsten Augenblick einen kurzen, lustvollen Ton von sich zu geben. Sie erstarrt in der Bewegung. Auch Adam stoppt, holt langsam aus und rammt seinen Schwanz in ihre vom Orgasmus brodelnde Möse hinein.

Tina schreit spitz auf, geht auf die Zehenspitzen, streckt und spannt ihren gesamten Körper und steht zitternd an der Tür.

Erneut gleitet sein Ständer langsam zurück, bis sogar der Eichelkranz erscheint, um ihn sogleich hart und fest in sie hineinzustoßen.

Ein weiterer, kurzer Schrei, dann atmet Tina tief durch und entspannt sich wieder.

Mit der Linken greift sie nach hinten, packt seinen Kopf und zieht ihn seitlich zu sich. Sie dreht ihren eigenen Kopf und küsst ihn auf den Mund.

Adam zieht sich aus ihr zurück und dreht ihren Leib, sodass sie sich gegenüberstehen. Willig hebt sie das rechte Bein, legt es an seine Hüfte und zieht ihn mit der freien Hand heran.

Es folgt ein leidenschaftlicher Kuss, den Tina nach wenigen Sekunden unterbricht, und sie packt seinen Schwanz.

»Los, steck ihn rein«, raunt sie gierig und ungeduldig. Da lacht Adam und macht einen Schritt nach hinten.

Ihr Bein sinkt zu Boden und sie starrt ihn verwirrt und schwer atmend an.

»Lass uns die Wohnungsbesichtigung fortführen.«

Sein verschmitztes Grinsen und das Zucken seines Ständers lassen sie aufhorchen.

»Ah, du willst mich in jedem Zimmer ficken, richtig?« Sie grinst breit und nickt dabei.

Adam lächelt, schüttelt jedoch den Kopf. Dann beugt er

sich vor und flüstert in ihr Ohr.

»Nein, ich will dir in jedem Zimmer einen Orgasmus schenken, damit du zukünftig, wenn du das Zimmer betrittst, immer an mich denkst.«

Eine Gänsehaut der Freude und Wollust läuft ihr den Rücken runter. Schnell schiebt sie Adam zwei Schritte nach hinten, öffnet die Tür und betritt sogleich den Flur.

»Komm, dann machen wir weiter«, ruft sie gut gelaunt und geht schnurstracks zum nächsten Raum, dem Wohn- und Essbereich.

Adam läuft ihr hinterher. Dabei bewundert er den schwungvollen und zugleich athletischen Gang der Frau. Das Training im Fitnessstudio macht sich bemerkbar.

Kaum betritt er den Wohn- und Essbereich, sieht er, wie Tina sich zur Linken auf den Esstisch setzt, die Fersen auf die Tischplatte stellt und die Beine spreizt.

Kurz schaut sich Adam um. Auf der rechten Seite stehen eine Couchgarnitur und ein kleines Tischchen. Gegenüber befindet sich ein Fernseher, dazwischen liegt ein dicker Teppich.

Wie ein unschuldiges Mädchen schaut sie ihn an und winkt ihn mit dem rechten Zeigefinger her.

Nur wenige Augenblicke später steht Adam vor ihr, sein steifes Glied direkt über ihrer Möse schwebend und sie frech angrinsend.

»Ich habe mich schon öfter mal gefragt, wie es wohl ist, auf dem Esstisch gefickt zu werden«, sagt sie betont langsam und lasziv. Dabei schaut sie ihn von unten herauf an.

Ein schmales Grinsen entsteht auf Adams Gesicht, während er seinen Ständer herabdrückt und ein paar Mal über ihre Scheide reibt.

Beim letzten Mal lächelt er sie an und drückt bei der nächsten Vorwärtsbewegung seinen Schwanz langsam in ihre Grotte hinein.

Tina atmet tief durch und lacht kurz, bevor er mit kurzen, schnellen Stößen in sie hineinstößt.

»Und? Wie ist es, auf dem Esstisch gefickt zu werden?«, fragt er etwas außer Atem und grinst sie dabei breit an.

Tina lacht stöhnend und nickt.

»Gut. Sehr gut sogar.« Dann lacht auch sie.

Es fühlt sich tatsächlich gut an. Aber der richtige Kick fehlt ihr. Aber vielleicht liegt es auch daran, dass sie jetzt schon drei Mal gekommen ist.

Das scheint Adam zu bemerken und stoppt seine Bewegungen. Langsam zieht er sich aus ihr zurück und tritt einen Schritt nach hinten. Einladend streckt er ihr die Hände entgegen.

»Steh auf und lehn dich über den Tisch«, fordert er sie auf und in Tinas Kopf erscheinen erneut Bilder, wie er sie von hinten vögelt.

Grinsend springt sie vom Tisch und beugt sich darüber.

Adam stellt sich hinter sie und streichelt zunächst sanft ihren Rücken, das Becken und ihren Po. Langsam geht er auf die Knie, streichelt dabei ihre Schenkel und Waden, bis er mit dem Kopf auf Höhe ihres Hinterteils ist.

Sanft küsst er sie. Links und rechts, um anschließend langsam abwärtszuwandern. Zwischen Rumpf und Schenkel küsst er das letzte Mal, bevor seine Zunge herausgleitet und sie mit der Spitze kitzelt.

Ein kurzes Lachen ertönt, während sie kurz zuckt.

Seine Zunge wandert nach innen. Gleichzeitig spreizt Tina ihre Beine und so erreicht Adam ihre Schamlippen, um sie jetzt von hinten zu lecken.

Tina stöhnt sinnlich und zieht die Luft zischend zwischen ihren Zähnen in die Lungenflügel hinein. Dabei kippt sie ihr Becken so weit nach vorn, wie es geht, um es Adam noch leichter zu machen, ihre Möse genüsslich zu lecken.

Seine Hände streichen sanft über ihre Beine, verursachen eine leichte Gänsehaut und enden in der Bewegung an ihrem Hintern. Dort zieht er die beiden Arschbacken etwas auseinander, sodass er die Zunge noch tiefer in ihre Grotte schieben kann.

Ein kurzes Jauchzen ertönt und Tinas Beine beben vor Genuss.

Nach einigen weiteren Sekunden beendet er das Zungenspiel und richtet sich hinter ihr auf. Tina erwartet den nächsten Doggystyle, aber Adam hat etwas anderes im Sinn.

»Kennst du die Kamasutrastellung ›Großer Wagen‹?«

Tina dreht den Kopf nach hinten und schüttelt ihn dann sogleich.

»Nein, wie geht die?«, möchte sie wissen und grinst ihn abenteuerlustig an.

Adam packt ihre beiden Oberschenkel von außen und hebt sie an. Tina gibt einen überraschten, spitzen Schrei von sich, lacht aber sogleich, als ihr Körper waagerecht in der Luft schwebt. Vorn stützt sie sich auf den Ellenbogen ab und an der Hüfte hält sie Adam.

»Verschränk deine Beine hinter meinem Rücken«, sagt er zu ihr und gleitet mit seinem Schoß zwischen ihren Schenkeln weiter nach vorn.

Tina versucht es, aber das ist nicht so einfach. Schon im nächsten Augenblick drückt er seinen Ständer von hinten in ihre feuchte, glitschige Muschi hinein.

Sie schließt die Augen, konzentriert sich auf ihre Körperspannung und lässt sich auf diese Weise ficken.

Es ist anstrengend für beide. Sie atmen schwer und stöhnen die Luft aus ihren Lungen. Der Tisch knarzt unter der Belastung und Adam beginnt zu keuchen.

»Das ist geil, aber anstrengend«, ruft Tina erschöpft und spürt den Schweiß im Genick.

Adam lässt sie los und sie stellt ihre Füße auf dem Boden ab. Anschließend richtet sie sich auf und dreht sich zu ihm.

»Ich habe auch mal von einer Kamasutrastellung gelesen«, sagt sie grinsend und blickt Adam erwartungsfroh an.

»Lass hören«, steigt er sogleich mit ein und grinst zurück. Auch ihm ist die Anstrengung anzusehen. Schweißperlen sind auf seiner Stirn und dem Oberkörper sichtbar.

»Dabei handelt es sich um die Affenstellung«, beginnt sie lachend und Adam nickt begeistert.

»Komm, leg dich auf den Teppich vor den Couchtisch«, empfiehlt Tina und zeigt auf den braunen Vorleger.

Adam geht die paar Schritte und legt sich folgsam auf den Rücken. Noch immer hat er einen Ständer, der feucht glänzend nach oben zeigt.

»Und jetzt?«, fragt er amüsiert und gespannt zugleich. Diese Stellung sagt ihm noch nichts.

»Das habe ich erst vor ein paar Tagen im Internet gelesen, daher kenne ich sie noch. Du musst deine Knie möglichst dicht an deine Brust heranziehen.«

Adam folgt ihr, bis seine Unterschenkel und Füße zur Decke zeigen. Sein Hintern löst sich vom Boden und schwebt einige Zentimeter in der Luft. Sein hartes Glied liegt derweil auf der Unterseite der Oberschenkel.

Ganz aufgeregt und auf ihre Unterlippe beißend, nähert sie sich ihm und dreht ihren Körper so, dass sie mit dem Rücken zu ihm steht.

Sie blickt nach hinten, greift zwischen ihren Beinen hindurch und schnappt sich seinen Penis. Während sie ihn senkrecht nach oben hält, setzt sie sich langsam darauf.

Seine Füße bilden nun eine Art Lehne und Tina lässt schon

im nächsten Moment ihr Becken auf ihm kreisen.

»Uh, das ist gut«, raunt sie erregt und kreist noch stärker mit ihrem Becken. Sein Schwanz streift alle Nervenenden in ihrem Unterleib, was sie unglaublich heißmacht.

»Wie ist es für dich?«, fragt sie ihn, der unter ihr gequält seufzt.

»Nicht so anstrengend wie der Große Wagen, aber unbequem. Dennoch irgendwie geil«, antwortet er gut gelaunt und versucht sich irgendwie mit dem Unterleib zu bewegen, um sie zu unterstützen. Was aber nicht klappt.

Nach einigen Umkreisungen hebt Tina ihren Körper etwas an und lässt ihn fallen. Tief dringt sein Stab in sie ein und beide stöhnen. Sie vor Lust und er vor Anstrengung, gepaart mit leichten Schmerzen.

Sofort springt Tina auf und blickt besorgt zu Adam.

»Ist alles okay?«, fragt sie ihn und schaut zu, wie er sich langsam aus dieser Position befreit und seine Füße auf den Boden stellt.

»Ja, schon. Aber es ist mir gerade etwas in den Rücken gefahren«, antwortet er mit leicht schmerzverzerrtem Gesicht.

»Tja, dann bist du wohl auch nicht so gelenkig, wie du wohl immer dachtest, was?«

Sie lacht und winkt sogleich ab. Ihr Blick fällt auf seinen Ständer, der noch immer hart und prall in der Luft steht. In ihrem Unterleib brodelt es weiterhin und verstärkt sich bei diesem Anblick.

»Ich kenne noch eine gute Stellung«, sagt Adam lächelnd und führt Tina an der Hand zur Couch.

»Leg dich hin«, fordert er sie auf und mit leicht amüsiertem und fragendem Blick legt sie sich auf den Rücken.

Adam nimmt ihr rechtes Bein und hebt es an. Ihren Fuß legt er auf seiner Schulter ab, während er sich zwischen ihre

Beine setzt. Halb auf dem linken Schenkel sitzend, drückt er seinen Ständer herab und schiebt ihn in die feuchte, offen stehende Grotte hinein.

Tina stöhnt sinnlich auf und zwinkert ihm lüstern zu.

»Wie nennt sich diese Stellung?«, möchte sie wissen, während seine Stöße schneller und härter werden.

»Beinspreizer«, antwortet er knapp und vögelt sie weiter.

»Oh, das ist gut. Es ist so lange her, dass ich auf der Couch gefickt wurde«, sinniert sie stöhnend.

»Heute Abend, wenn du mit deinem Mann hier sitzt, kannst du daran denken.«

Angestrengt vögelt Adam weiter. Sein Schwanz schiebt sich bis zum Anschlag hinein. Leise schmatzend verschwindet er in ihr.

»Gern«, antwortet Tina und lächelt zufrieden mit seufzenden Lauten.

»Masturbierst du dann auch?«, möchte Adam wissen und lacht kurz angestrengt.

Tina schüttelt heftig mit dem Kopf.

»Nein, natürlich nicht«, antwortet sie zugleich verwirrt und amüsiert dreinschauend.

»Warum nicht?«, hakt Adam nach und lacht noch angestrengter. Seine Stößer werden kürzer und härter.

»Weil mein Mann neben mir sitzen wird«, sagt Tina leicht gepresst, während ihr Körper bei jedem Stoß hin und her ruckt. Ihre Brüste wippen auf und ab.

»Na und? Leg eine Decke über deinen Schoß und reib dich. Das ist doch aufregend.«

Jetzt kichert Adam, was in ein Keuchen übergeht. Die Anstrengung steht ihm ins Gesicht geschrieben.

Ungläubig blickt sie ihn an. Dabei entsteht ein leichtes Funkeln in ihren Augen. Adams Grinsen wird breiter. Er packt ihre rechte Hand und führt sie zur Scham.

»Ja. Genau hier reibst du dich«, haucht er jetzt und stößt noch heftiger zu.

Instinktiv reiben ihre Fingerspitzen über ihren Kitzler. Bei jedem Stoß seines Unterleibs spürt er nun ihre Fingernägel in seiner weichen Haut, direkt über dem Schambein.

»Du meinst also ...«, sagt sie leicht gequält und mit dumpfem Unterton, »... ich sitze hier heute Abend, reibe meine Möse und denke an dich?« Sie schnappt nach Luft und ihre Erregung steigt.

Adam schüttelt den Kopf.

»Nein, du denkst daran, wie wir hier ficken«, raunt er und stößt noch fester zu. Ihre ruckartigen Bewegungen werden stärker, ihre Brüste wippen heftiger auf und ab und sie stöhnt lauter.

»Ich soll neben meinem Ehemann masturbieren, während ich daran denke, von einem anderen gefickt zu werden?«

Tinas Stimme stockt immer wieder. Sie schnappt nach Luft und ihre Gesichtszüge verändern sich zuckend. Gleichzeitig reiben ihre Finger immer schneller über ihre Perle, die direkt über ihrem Eingang prangt, in dem sich sein Schwanz aus-zutoben scheint.

»Ja«, ruft Adam lang gezogen und mit einem feurigen Blick ausgestattet hervor, während er noch fester bumst. Diese Vor-stellung scheint ihn irgendwie anzumachen.

Für Tina kommt ein solches Vorgehen niemals infrage. Das könnte sie ihrem Ehemann nicht antun. Wobei, allein der Gedanke klingt aufregend, spannend, irgendwie witzig und auch geil.

Sie reibt noch schneller und spürt die Hitzewallungen in sich stärker werden. Ihr Unterleib kocht und ihr gesamter Körper bebt.

Plötzlich sieht sie es ganz deutlich vor sich. Sie auf der Couch neben ihrem Mann. Mit ihrer roten Decke ist sie zugedeckt. Das linke Bein angestellt und ihre Hand in ihrer Jogginghose, die sie abends immer gern trägt. Sie schauen gemeinsam Nachrichten, aber sie denkt an Adam und wie sein Schwanz in ihre Fotze stößt. In diesem Moment schaut Tina nach unten, betrachtet seinen Stamm, der sich in schneller Folge in sie hineinrammt, für einen kurzen Moment feucht glänzend zurückgezogen wird, um sofort wieder in sie einzudringen.

Tina wird schwindelig. Sie verdreht die Augen und stöhnt unverhohlen ihre gierige Lust heraus. Dabei bewegt sie ihr Becken so gut es geht in seinem Tempo mit.

Die Hitze in ihrem Körper steigert sich von Stoß zu Stoß. Ihre Hand reibt weiter. Bilder vom gemeinsamen Fernsehen mit ihrem Mann, der heimlichen Masturbation und wie sie dabei an diesen unglaublich geilen Fick denkt, den sie gerade erlebt, rauben ihr den Verstand.

Feucht glänzend und vor Anstrengung schwitzend und keuchend hämmert Adam ihr seinen Schwanz in den Unterleib. In ihre Grotte, in ihre heiße Ritze.

Und schon wieder baut sich dieser heiße Feuerball in ihr auf. Wird größer, mächtiger und unkontrollierbar. Ihre Muskeln spannen sich zusehends an. Sie zieht laut pfeifend die Luft durch den weit geöffneten Rachen in ihre Lungen hinein, um im nächsten Augenblick einen heißeren Schrei von sich zu geben, während ihr Körper unter seinem heftig ruckt und zuckt.

Ihre Finger liegen still auf ihrer Perle, während Adam noch heftiger sein Becken nach vorn rammt und damit seinen Schwanz tief in sie hineinschiebt, um dort kurz zu verweilen.

Noch ein Ruck und ein gequälter Ton aus ihrer Kehle bilden den Abschluss ihres Höhepunkts, der in diesem Moment abklingt.

Tief und zufrieden atmet Tina durch und lächelt Adam glücklich an.

Es ist unglaublich. Wie kann der Typ nur so lange vögeln?

»Was ist mit dir?«, fragt sie erschöpft und atmet durch den Mund.

»Ich genieße jeden Augenblick«, antwortet er mit einem zuckersüßen, zugleich erregten Lächeln auf den Lippen. Sein Becken bewegt sich dabei ganz leicht. Kreisend zieht er seinen Schwanz langsam heraus, um ihn wie in Zeitlupe kurz darauf tief in sie hineinzudrücken.

»Es wäre wunderschön, wenn du jetzt in mir kommst«, flüstert Tina und lächelt dabei. Sie muss kurz schlucken, denn es überrascht sie selbst, dass sie so etwas sagt und noch ergänzt:

»Ich möchte es spüren«, raunt sie in so einer lasziven Art, dass Adam grinsen muss. Gleichzeitig werden seine Bewegungen stärker. Mit kurzen, intensiven Stößen rammt er seinen Schwanz in sie hinein.

»Ja. Ja. Ja«, ruft Tina bei jedem Ruck, den er ihr verpasst, und stößt ihm mit ihrem Unterleib entgegen, um ihn zu unterstützen.

»Press deine Muskeln zusammen«, stöhnt er und verzieht unter der Anstrengung sein Gesicht.

Tina überlegt für einen Moment, was er meint, aber dann dämmert es ihr. Mit aller Kraft presst sie die Vaginalmuskulatur zusammen.

»Oh, ja. Verdammt, ja«, hechelt Adam, beschleunigt noch mehr und beißt die Zähne zusammen.

Tinas Hände zerren regelrecht seine Hüfte an sie heran. Auch ihr Gesicht ist von der Anstrengung gezeichnet. Ihr rechtes Bein schmerzt, da sein Oberkörper noch heftiger dagegen drückt, und schlagartig zieht er die Luft tief in die Lungen.

Ein letzter, heftiger Stoß und sie spürt seinen Schwanz zucken. In schneller Folge pumpt und spritzt er seinen Saft in ihre Möse hinein.

»Ja! Ja!«, schreit und jubelt Tina, die seinen Orgasmus fast genauso genießt wie er selbst.

Sein Bauch zuckt, zieht sich mehrmals zusammen, bis er sich tief durchatmend wieder entspannt. Kurz darauf schiebt er ihr rechtes Bein nach unten, beugt sich zu ihr vor und küsst sie liebevoll auf den Mund.

Ihre Zungen berühren und umkreisen sich. Tina umarmt ihn und drückt seinen heißen, feuchten Körper an ihren eigenen, der selbst zu kochen scheint.

Wie eine Schlange reibt Adam seinen Leib an Tinas.

»Du bist der Wahnsinn«, flüstert er und beide blicken sich tief in die Augen, wobei beiden das Herz noch schneller schlägt.

»Du auch«, antwortet sie lächelnd und sie küssen sich erneut.

Sie liegen noch einige Minuten gemeinsam kuschelnd und sich streichelnd auf der Couch, bevor sie sich unter ihm regt.

»Ich muss mal Pipi machen«, sagt sie lächelnd und Adam steht auf und reicht ihr die Hand und zieht sie hoch.

Sein Blick fällt auf die Couch, deren glattes Leder an einer Stelle mit matter Flüssigkeit getränkt zu sein scheint.

»Wenn du mir einen Lappen gibst, mache ich das derweil sauber.«

Er zwinkert ihr verschmitzt zu und bevor Tina im Bad verschwindet, drückt sie ihm noch einen Lappen in die Hand.

»Das war ganz schön viel, was du da in mich reingespritzt hast.«

Adam hört Tina hinter sich lachen und dreht sich zu ihr um. Sie trägt nun einen hellrosa Bademantel und wirft ihm einen blauen zu.

»Den kannst du anziehen«, erklärt sie dabei und lächelt

ihn an.

Adam ist gerade fertig geworden, die Couch von seinem Sperma zu befreien, und hat das Küchenpapier in den Abfall geworfen, als sie ihn erschreckt.

Dankbar zieht er den Bademantel an, denn jetzt ist ihm doch frisch geworden.

»Danke. Kann ich einen Kaffee haben?«

Adam deutet mit dem Kopf in Richtung der Kaffeemaschine.

»Gern«, antwortet Tina und drückt sich an ihm vorbei, um einen der Hochschränke zu öffnen. Mehrere verschiedene Schachteln stehen zur Auswahl. Schnell ist die Geschmacksrichtung geklärt und der Kaffee wird frisch zubereitet.

Adam setzt sich derweilen an den kleinen Küchentisch, an dem nur zwei Stühle Platz finden, und betrachtet Tina von hinten.

Eine Klassefrau, wie er findet – und er kann sich an ihren Rundungen nicht sattsehen.

Kurze Zeit später stellt sie zwei dampfende Tassen Kaffee auf den Tisch, auf dem sie zuvor schon Zucker und Milch abgestellt hat.

Schweigend trinken sie, dabei blicken sie sich immer wieder tief in die Augen und lächeln sich zufrieden an. Dadurch ist es kein peinliches Schweigen, eher ein gemeinsames Innehalten und eine vertraute Zweisamkeit.

So war es früher mit meinem Ehemann auch, denkt sich Tina und schwelgt ein wenig in Erinnerungen. Es war schön, bis die Routine eingekehrt ist.

Ob das bei Adam auch so sein wird? Sie glaubt es nicht. Dafür ist er viel zu spontan und ideenreich. Wobei der größte Unterschied in der Offenheit zwischen ihnen liegt.

Jetzt und hier könnte sie sich ein gemeinsames Leben mit Adam vorstellen.

Ob ihre Töchter ihn als neuen Papa anerkennen würden? Schnell schiebt sie den Gedanken zur Seite. So weit ist sie noch lange nicht. Oder doch?

Tina weiß, dass sie mit Adam über alles offen reden kann. Aber auch über eine längerfristige Beziehung? Soll sie ihren Ehemann verlassen? Ist sie schon so weit?

Noch immer blicken sie sich sehnsüchtig und herzschmelzend an.

Ja, diese Offenheit, diese Direktheit und Klarheit in den Aussagen, findet sie unglaublich gut und auch anregend.

Niemals hätte sie sich bei ihrem Ehemann getraut zu sagen, dass er viel Sperma in sie hineingespritzt hat. Oder dass er sie ficken soll.

Nein, das kann sie nur bei Adam.

Aber warum? Diese Frage beschäftigt sie plötzlich. Warum kann sie mit ihrem Ehemann nicht so offen sprechen wie mit einem eigentlich fremden Mann, der auch noch viel jünger ist als sie?

»Du bist großartig«, sagt Adam plötzlich und überrascht Tina in mehrfacher Hinsicht. Zum einen befürchtet sie, dass Adam nach dem tollen Sex einfach verschwinden würde. Bisher war es im Fitnessstudio immer so, dass sie danach sofort getrennte Wege gegangen sind.

Zum anderen hätte sie eher an so nervige Formulierungen wie »An was denkst du?« oder »Träumst du?« gedacht. Auf jeden Fall etwas, das sie total blöd gefunden hätte.

Aber ein »Du siehst großartig aus«, das findet sie klasse. Daher lächelt sie kurz, bevor sie antwortet.

»Du auch.«

Ganz plötzlich ergreift er ihre Hand und drückt sie sanft.

»Ich möchte dich öfter vögeln. Die Zeiten, bis wir es wieder tun können, sind mir zu lang. Ich sehne mich oft nach dir.«

Ihr Herz schlägt höher, als sie seine Worte vernimmt. Außerdem muss sie schlucken und ist sprachlos. Also nickt sie nur.

»Dein Körper ist absolut klasse. Ich habe selten jemand gesehen, der in so kurzer Zeit so durchtrainiert war wie du.«

Kompliment über Kompliment fällt über Tina herein und sie muss peinlich berührt lächeln. So viele Komplimente ist sie nicht gewohnt.

»Du bist auch toll«, sagt sie endlich. »Und das Training macht mir auch riesig Spaß. Und nicht nur das.« Sie zwinkert ihm zu.

In den nächsten Minuten sprechen sie über das Training, das Studio, die Gäste, aber auch über alltägliche Dinge, die in ihrer Stadt sonst so passieren.

Es ist ein lockeres, zwangloses und oft amüsantes Gespräch. Sie lachen viel, foppen sich und werfen einander liebevolle Blicke zu.

Die ganze Zeit über hält er ihre Hand, bis beide ausgetrunken haben.

Es folgt ein erneutes, kurzes Schweigen, bevor er wieder die Stille bricht.

»Jetzt ficke ich die Frau deines Mannes, vögle sie im Bett deines Mannes und trage auch noch seinen Bademantel.« Er muss grinsen und plötzlich lachen beide, obwohl Tina nicht sagen kann, warum das so ist.

Es folgt ein kurzes Schweigen, in dem sie sich tief in die Augen schauen.

»Komm bitte her und setz dich auf meinen Schoß«, flüstert er plötzlich und Tina steht, ohne nachzudenken, auf, schreitet um den kleinen Tisch herum, während sich Adam mit dem Stuhl zur Seite dreht.

Breitbeinig setzt sie sich vorwärts auf seine Schenkel. Dabei öffnet sich ihr Bademantel im unteren Bereich. Er küsst sie und öffnet dabei den oberen Bereich, sodass er gerade noch in der Mitte von dem Gürtel zusammengehalten wird. Seine Hände gleiten zu ihren Brüsten, während ihre Arme um seinen Hals geschlungen sind.

Die Münder trennen sich und er küsst ihre Wangen, den Kiefer, den Hals bis zu den Brüsten herab. Dort saugt er abwechselnd an beiden Brustwarzen, was bei Tina ein entzücktes Jauchzen und Seufzen zur Folge hat.

Gleichzeitig streichen seine Hände weiter über den Bauch zu den Schenkeln. Ihr Bademantel hängt nun links und rechts herunter und gibt den Weg für seine Berührungen frei.

Mit den Fingerkuppen streicht er nun sanft über die Innenseiten der Schenkel aufwärts. Beim Erreichen ihres Rumpfes gleitet die Linke höher, bis zur rechten Brust, während die andere Hand zur Scham wandert.

Dort reiben sie zunächst langsam und gefühlvoll über den Kitzler, bis Tina leise keucht und ihr Gesicht verzieht. Sie wird feucht und heiß.

Seine Finger gleiten tiefer, erreichen die Schamlippen, streicheln sie sanft, um sich ganz behutsam dazwischenzuschieben.

Tina holt Luft und kann den Kuss nicht mehr weiter fortführen. Ein dumpfer Laut dringt aus ihrer Kehle, während zwei seiner Finger tief in ihren Leib eindringen und ein Gefühl des puren Glücks und Freude verbreiten.

Während sie ihre Lungen leert, zuckt ihr Körper und sie verdreht die Augen. Die Hitze nimmt unglaublich schnell zu und in ihrem Kopf bildet sich nur noch ein Gedanke: Ficken.

Kurz meldet sich ihr Gewissen. *Es ist genug gefickt. Es reicht für heute.*

Die Finger in ihrer Muschi bewegen sich unglaublich gefühlvoll tiefer. Sie klappen nach oben, massieren ihren empfindlichsten Punkt und verursachen dadurch eine unbeschreibliche

Lustwelle, die durch ihren Körper rast.

Ja, es reicht für heute, aber lass ihn noch ein bisschen. Nur noch ein bisschen, flüstert eine leise Stimme in ihrem Kopf.

In einer noch nie da gewesenen Geschwindigkeit steigern sich ihre Gier und ihre Geilheit. Ihre Nasenflügel beben und ihr Bauch zittert. Die Schenkel bewegen sich hin und her und sie kann nur noch an seinen Schwanz denken und den unbezwingbaren Wunsch, diesen in sich zu spüren.

Sie löst ihre Arme von seinem Hals, lehnt sich etwas zurück und reißt seinen Bademantel auseinander.

Seine muskulöse Brust wird sichtbar, aber der geschlossene Gürtel verhindert, dass sie mehr zu sehen bekommt.

Hastig und fast schon unkontrolliert öffnet sie den Knoten, während seine Finger noch intensiver ihr Innerstes ertasten und stimulieren.

Sie kocht und es brodelt in ihrem Unterleib. Etwas scheint sie zerreißen zu wollen. Weit zieht sich ihr Bauch nach innen, um sich anschließend zitternd auszudehnen.

Die Finger bewegen sich schneller und ein leises Schmatzen ertönt in der Küche, welches nur noch vom schweren Atmen und Stöhnen der beiden übertönt wird.

Endlich ist der dämliche Knoten offen, aber sie schafft es dennoch nicht, den blauen Bademantel weiter aufzureißen, damit sie endlich an sein Glied gelangt.

Es dauert einige Sekunden zu verstehen, warum das so ist. Sie sitzt auf dem Stoff des geschlossenen Bademantels und verhindert so selbst, dass sie ihn öffnen kann.

Ein Heulen dringt aus ihrer Kehle, während ihr gesamter Körper zittert. Sie möchte aufstehen, schafft es jedoch nicht. Zu unkontrolliert sind ihre Bewegungen. Zu stark ist der Sturm in ihrem Unterleib, der keine koordinierten Bewegungen mehr zulässt.

Nur noch Gier und sagenhafte Lust regieren ihren Verstand. Ihre Hand sucht durch den dicken Stoff des Bademantels seinen Penis.

Ihr Unterleib zuckt, ihre Schenkel klappen bebend zusammen und schaffen sogleich wieder Platz für seine Finger, die immer intensiver ihr Innerstes aufheizen.

Ungläubig, gierig und fast schon verzweifelt starrt sie ihn mit offenem Mund und aufgerissenen Augen an.

Endlich findet ihre Hand etwas Hartes, Dickes und Langes unter dem Bademantel ihres Ehemanns. Ein erfreutes Jaulen ertönt und sie drückt und reibt seinen Ständer durch den Stoff.

Tinas Leib spannt sich an. Ihr Oberkörper krümmt sich und ihr Mund öffnet sich noch weiter.

Hastig und unkontrolliert greift sie von oben in den blauen Bademantel hinein. Zerrt an dem Stoff, versucht Platz zu schaffen und erreicht mit den Fingerspitzen sein Glied, das noch immer mit ihrer anderen Hand so stark wie es nur geht gerieben wird.

Ihr Blick nach unten zeigt ihr Adams Handfläche und die zwei Finger, die sich immer schneller in sie hineinschieben. Nein, sie wird von ihnen gefickt.

Unter immer stärkerem Zittern erreicht sie seinen Ständer, gleitet zwei Mal von ihm ab, bevor sie ihn unter dem Bademantel zu greifen bekommt, und zieht ihn etwas nach oben.

Das Zittern wird stärker und ihr Körper scheint zu kochen. Der Glutball in ihrem Unterleib will sie verbrennen.

Nur die Eichel erscheint zwischen den beiden Hälften des Bademantels. Mehr geht nicht, da sie den Stoff mit ihrem Gewicht fixiert.

Ihr Körper verspannt sich noch stärker. Seine Finger heizen sie unglaublich auf. Das Schmatzen wird lauter, so wie auch ihr Stöhnen. Ihre Linke reibt seinen Stab durch das dicke Frottee, während die Rechte mit seiner Eichel spielt und mühsam die Vorhaut erreicht.

»Das ... das ... das ist so ... so gemein«, stammelt sie keuchend und nach Luft schnappend.

»Warum?«, erwidert er angestrengt lächelnd. Auch er atmet schwer.

»Weil ... weil ...«, beginnt sie einen Satz, den sie nicht vollenden kann. Sie sieht seinen Schwanz, so nah und doch so weit. Unter Aufgebot der letzten Kräfte versucht sie, ihren Körper anzuheben, presst die Schenkel gegen seine und drückt ihren Oberkörper einige Zentimeter höher.

Aber das Zittern wird zu einem Zucken und unkontrolliert fällt sie herab, direkt in seine Finger hinein, die sich unglaublich tief in sie hineinbohren. Gleichzeitig schlägt seine Handfläche gegen ihr Schambein und den Kitzler.

Das ist alles zu viel. Sie explodiert.

Jetzt zuckt ihr Körper wuchtig vor und zurück. Undeutliches Gurgeln und Hecheln kommen aus ihrem weit aufgerissenen Mund, während ihre Augen fest zusammengepresst sind.

Ihre rechte Hand ergreift seine und presst sie gegen ihre Scham.

Adam grinst zufrieden, während er seine Finger ruhig in ihrer Möse stecken lässt und ihren Orgasmus genießt.

Dieser klingt nach einigen Sekunden ab und Tina atmet erschöpft und tief durch. Sie entspannt sich langsam und richtet ihren Oberkörper auf.

Wie ein Stier senkt sie den Kopf und schaut Adam durchdringend an. Er kann ihren Atem auf seiner Haut spüren.

»Du Schwein«, presst sie zwischen den Zähnen hervor. Aber ihre Augen glänzen glücklich und zufrieden, ganz als Widerspruch zu ihren Worten.

Adam zuckt nur amüsiert mit den Achseln.

»Das sagtest du schon mal. Warum dieses Mal?«, fragt er lapidar und grinst sie nun frech an.

»Weil ich deinen Schwanz wollte, aber ich ihn nicht rechtzeitig aus dem dämlichen Bademantel herausbekommen habe.«

Ihre Stimme ist noch immer schwer und klingt kratzig. Dennoch voller Energie und einer leichten Wut.

Sie spielt noch immer mit seinem Ständer herum, zumindest, wie sie an ihn herankommt.

»Ach?« Seine übertrieben gelangweilte Art lässt die Emotionen in Tina erneut aufkochen. Noch immer stecken seine Finger in ihrer Möse und bewegen sich ganz sanft.

Aber im nächsten Augenblick zieht Adam sie zurück und führt sie zu seinem Mund. Kurz schweben sie feucht glänzend unter seiner Nase, bevor er sie sich in den Mund steckt und mit einem genüsslichen Ton ablutscht.

»Mmh, du schmeckst unglaublich geil«, raunt er kurz darauf und bewegt die Hand wieder abwärts.

In Tinas Unterleib zieht sich etwas zusammen, während sie mit großen Augen auf das Schauspiel starrt.

Und wieder verschwinden seine Finger in ihrer Muschi, bewegen und krümmen sich, sodass sie jeden Punkt in ihrem Inneren ertasten.

Das Ziehen, Kribbeln und die Hitze nehmen schon wieder zu. Es ist wie eine Folter, aber eine unglaublich anregende und süchtig machende.

Aber schon im nächsten Moment zieht Adam die Finger zurück und hebt sie erneut vor sein Gesicht. Jetzt leckt er aber mit ausgestreckter Zunge daran. Seine Augen funkeln Tina an.

»Du schmeckst unglaublich gut«, sagt er leise und lächelnd.

»Nimm dir, so viel du willst. Das ist alles dein«, antwortet Tina wie von Sinnen und lächelt lüstern zurück.

»Ja?«, fragt Adam kurz nach und Tina nickt.

Seine Hand gleitet wieder nach unten, jedoch packt sie wie die andere ihren Hintern, hält ihn fest und steht schon im nächsten Augenblick mit ihr auf.

Vor Schreck stößt Tina einen spitzen Schrei aus und ihre Arme umklammern instinktiv seinen Hals. Schon stehen sie zu zweit in der Küche. Ihre Beine haben sich zusätzlich um seine Hüften geschlungen. Allerdings hat sich dabei auch der Bademantel weiter geöffnet und sein hartes Glied drückt nun gegen ihren Bauch.

Das ist geil, denkt sie und schiebt ihren Körper mit den Oberschenkeln weiter hoch. Gleichzeitig zieht sie mit den Armen ihren Leib in die Höhe, bis sein Ständer zwischen ihren Beinen Platz findet.

Sie lässt sich sinken und spürt seine Spitze gegen ihren Po stoßen, um von dort nach hinten abzurutschen.

Verdammt! Tina wiederholt das Manöver. Erneut rutscht sein Schwanz ab und nicht in sie hinein.

»Steck ihn mir rein«, presst sie ungeduldig und fast schon wütend. Dafür erntet sie ein kurzes Lachen von Adam. Allerdings hebt er sie an, packt mit der Rechten für einen Moment seinen Ständer, hält ihn fest, während ihr Körper nach unten sackt. Jetzt gleitet sein Schwanz tief in ihre Furche hinein.

»Ja«, jubelt Tina bei diesem erfolgreichen Versuch und rammt augenblicklich ihren Unterleib in schneller, kurzer Folge nach vorn.

Adam stöhnt und schwankt, aber Tinas Bewegungen werden noch wilder.

Wie ein Affe hängt sie an ihm, vögelt ihn hart und stöhnt dabei immer lauter.

Es ist anstrengend, aber die Hitze in ihr ist schlagartig wieder entfacht und das Feuer treibt sie weiter an.

Mit zusammengepressten Zähnen und einem wirren Blick hämmert sie ihren Körper gegen seinen, stößt seinen Stab tief in ihre Muschi hinein und spürt sogleich die unbändige Glut in ihrem Unterleib, die sie zu verbrennen droht.

Der Druck in ihr verstärkt sich. Das Ziehen wird unerträglich und schon nach wenigen weiteren Stößen schreit sie laut auf, um verkrampft und zitternd an ihm zu hängen.

Ihr Becken ruckt noch kurz und ruht fest gegen ihn gepresst einige Sekunden lang. Tief atmen beide durch. Adam nutzt den Moment und trägt sie zur Arbeitsplatte, um sie direkt neben dem Ceranfeld abzusetzen.

Ihre Umklammerung löst sich und voller Erleichterung und mit einem glücklichen Lächeln im Gesicht blickt sie ihn an.

Noch immer steckt sein Ständer tief in ihr und jetzt holt er aus und startet eine Serie von harten Fickstößen.

Dumpfe Laute dringen aus ihrem Mund. Ihre Augen sind weit aufgerissen und starren ihn an, wie er sie wild und heftig bumst.

Dabei schiebt er seine Hände unter ihre Schenkel, hebt sie an, um auch die Unterarme darunter zu bekommen, bis ihre Beine auf seinen Armen ruhen.

Tina lehnt sich nach hinten und er packt ihre Brüste und knetet sie, während er sie schnell und heftig vögelt.

Nach kurzer Zeit spürt Tina, wie seine Bewegungen unruhig werden. Sein Gesicht verzieht sich vor Lust und Anstrengung und sie weiß, dass er kurz davor steht.

»Ja! Komm! Komm!«, feuert sie ihn an, aber zu ihrer Überraschung stoppt er das Feuerwerk, zieht seinen Schwanz aus ihr heraus und senkt seinen Körper.

Dabei hebt er ihre Beine weiter an, bis sie auf seinen Schultern und dem Rücken liegen. Sein Kopf befindet sich direkt vor ihrer Vagina.

»Du sagtest doch, ich soll mir so viel holen, wie ich will.«

Ein schelmisches Grinsen liegt auf seinem Gesicht, während er mit der Zunge über die Lippen gleitet.

Bevor Tina etwas antworten kann, hat sich sein Mund ihrer Möse genähert und seine Zunge gleitet mit der vollen Breite über die Scham, bis sie oben anlangt.

Tina stöhnt voller Wonne und legt ihren Kopf ins Genick.

»Oh mein Gott, ist das geil.«

Er spielt mit dem Kitzler, umkreist ihn und leckt daran. Gleichzeitig zieht er mit dem Daumen die Haut direkt darüber in Richtung Bauchnabel, damit sich die kleine Perle aufstellt und er noch besser herankommt.

Das Beben ihrer Beine setzt wieder ein und während sich jetzt seine Zunge tief in sie hineinschiebt und alles aus ihr herauszulecken versucht, stöhnt Tina laut auf.

Dabei blicken sie sich in die Augen und sie entdeckt auch das Feuer bei ihm. Seine Gier, seine Lust und seine Freude, ihre Möse zu kosten.

»Ja! Leck mich! Leck schön meine Fotze aus und hol dir meinen Saft!«

Ihre Stimme überschlägt sich fast, ist unterschiedlich laut und zum Teil undeutlich.

Aber er hat sie verstanden. Mit den Daumen zieht er ihre Schamlippen auseinander und kommt so noch besser an die Innenseiten ihrer Möse heran.

Mal leckt er schnell und hastig, mal langsam und mit intensivem Druck. Oder nur mit der Zungenspitze und anschließend mit der gesamten Breite.

Unter seiner Behandlung zuckt und zittert Tina. Dabei stößt sie abgehackte Laute aus, bewegt sich auf der Arbeitsplattenkante und stöhnt dabei immer stärker und häufiger.

»Oh … oh … Adam! Was … was tust du mit mir!« Kreischend presst sie die Worte hervor.

Er leckt sie noch intensiver und schiebt seine Daumen von der Seite bis zum Anschlag in ihre Öffnung hinein.

»Ich verbrenne! Ich verbrenne!«, hechelt sie. Dabei zuckt ihr Körper noch heftiger. Ihre Rechte liegt auf seinem Kopf, presst ihn fest gegen ihre Scham, während ihre Linke plötzlich wild umherfuchtelt und irgendetwas zum Festhalten sucht.

Sie stößt ein Glas und den Messerblock um, bevor ihre Finger sich in die Kante der Arbeitsplatte krallen.

Noch ein spitzer Schrei – und ein heftiger Ruck lässt sie fast von der Platte abheben.

Adam hält sie fest, während ihre Schenkel seinen Kopf einklemmen. Sie jammert und eine Art Wimmern dringt zwischen ihren fest aufeinandergepressten Zähnen hervor.

Das Feuerwerk in ihrem Unterleib scheint sie zerreißen zu wollen, genauso wie ihre Zuckungen des Beckens. Tina hat jetzt vollständig das Zeitgefühl verloren. Irgendwann klingt der Tornado in ihrem Körper, der das Feuer unbarmherzig aufgepeitscht hat, ab und sie atmet schwer und erschöpft durch.

Adam richtet sich langsam auf, hält dabei ihre Beine noch immer fest, bis er zwischen ihren Schenkeln steht. Er betrachtet den schräg und verbogen wirkenden Körper der Frau vor sich, die auf dem rosa Bademantel liegt, und muss bei diesem Anblick lächeln.

Feucht glänzt die Haut, vom Schweiß und der Anstrengung gezeichnet. Tief zieht er ihren Duft durch die Nase ein und genießt ihn offensichtlich. Anschließend beugt er sich zu ihr vor, um ihren Mund zu küssen.

Erschöpft erwidert sie den Kuss, legt die Arme um seinen Oberkörper und genießt seine Liebkosungen, bis er sich wieder aufrichtet. Fast in einer Bewegung lehnt er ihre Waden gegen seinen Brustkorb und die Schultern.

Tinas Augen fallen auf den Ständer, den er in diesem Moment gegen ihre gemarterte Scham drückt und dagegen reibt.

»Jetzt will ich dich noch ficken«, raunt er mit tiefer, gieriger und lüsterner Stimme.

»Ja«, antwortet sie leise und kann den Blick nicht von seinem Ständer mit der feuchten, roten Spitze lösen, die sich langsam über ihre Scham vor und zurück bewegt.

Es fühlt sich so gut an, aber sie ist zu erschöpft, als dass sich ein erneutes Feuer entzünden kann.

»Ich will deinen Körper spüren und in ihm kommen«, sagt er leise weiter in einer merkwürdig monotonen, fast schon hypnotischen Art.

»Ja«, ergänzt sie und nickt dabei. Ihre Haare kleben auf ihrer Haut, aber das stört sie im Moment überhaupt nicht.

»Ich will dich vollspritzen, vollpumpen und abfüllen«, flüstert er jetzt leiser und bewegt seinen Schwanz weiter an ihrer Furche entlang.

»Ja, randvoll«, bestätigt Tina und muss lächeln.

In diesem Augenblick gleitet sein Stab zurück, weiter als bisher, bis seine Spitze direkt vor ihrer Öffnung liegt.

Kurz hält sie die Luft an, dann dringt er in sie ein. Langsam, vorsichtig, ja fast behutsam, dehnt er ihre Muschi und bewegt sich unaufhaltsam tiefer.

»Oh ja.« Lang gezogen haucht sie die Bestätigung, nickt erneut und lächelt noch stärker.

Er zieht sich langsam zurück, um sie im nächsten Moment mit gleichmäßigen und runden Bewegungen zu vögeln.

Beide atmen tief und genüsslich. Dabei schauen sie sich in die Augen. Seine Hände halten ihre Hüften fest, während seine Arme ihre Beine stützen, damit sie nicht nach außen wegfallen und auf seinen Schultern weiterhin ruhen.

Tina kommt es so vor, als wäre sie an einem Strand am Meer. Regelmäßig kommen die Wellen, die gegen ihren Unterleib prallen, nur dass dieses Gefühl, mit seinem Schwanz in der Muschi, viel intensiver und geiler ist. Ihr Unterleib kreist leicht, während er so unbeschreiblich ausgefüllt ist.

Adam beschleunigt derweilen. Die Stöße werden härter, heftiger, intensiver, während seine Ausholbewegung von Genuss und Vorfreude zeugt.

Sein Hoden knallt nun gegen ihr Hinterteil, was einen Freudenzauber in Tina auslöst. Freudig erregt, blickt sie Adam an, der sich noch mehr anstrengt und härter zustößt.

»Oh mein Gott, ist das geil dich zu vögeln«, presst er jedes Wort mit einem Stoß seiner Lenden heraus.

Tina lacht kurz und nickt nur. Es ist ein herrliches Gefühl.

»Noch nie hatte ich so guten Sex wie mit dir«, ergänzt er und Tinas Gesicht beginnt zu strahlen. Dabei nickt sie, denn sie hat fast den gleichen Gedanken gehabt.

Noch nie hatte sie solch einen Sex. Noch nie hatte sie so viele Orgasmen wie heute. Und noch nie hatte sie so viele unterschiedliche Stellungen, so viel Freude, so viel Genuss und so viele neue Empfindungen wie an diesem Vormittag.

Ihr Blick fällt auf den von Schweiß glänzenden Bauch, dessen Muskeln deutlich hervortreten. Direkt darunter sein geiler, harter Stab, der ihren Unterleib zu einem Schmelzofen werden lässt. Dabei fallen ihr seine Worte von zuvor ein und sie spannt ihre Muskeln in der Scheide an. Sogleich beginnt er zu lächeln, obwohl die Anstrengung sein Gesicht zeichnet.

»Ja, das ist geil. Ich komme gleich. Ja. Gleich!«, ruft er und hämmert seinen Unterleib noch schneller nach vorn.

»Komm! Ja, komm!«, brüllt in diesem Moment auch Tina und packt mit beiden Händen seine Hüften, um ihn mit ruckartigen Zügen zu unterstützen.

Dabei blickt sie nach unten, auf seinen Bauch, der noch angespannter wirkt.

Und plötzlich hat sie einen Einfall.

»Ich will es sehen. Zeig es mir!«, ruft sie plötzlich und mitten in der Stoßbewegung stockt Adam und runzelt verwundert die Stirn.

»Ich will sehen, wie er kommt. Spritz mir auf die Fotze!«, ruft sie völlig außer sich und drückt ihn mit den Händen etwas nach hinten.

Adam versteht endlich und zieht seinen Stab aus ihr heraus. Da wartet schon ihre Hand, die ihn packt und sofort mit dem Wichsen beginnt.

»Ja! Ja! Komm! Komm!«, feuert sie ihn an und reibt ihn unglaublich schnell. Dabei drückt sie mit der Faust den Schwanz fest und intensiv.

Adam schnappt nach Luft und verdreht die Augen. Aus seinem geöffneten Mund dringen undeutliche Laute und im nächsten Moment zuckt sein Bauch und die erste Ladung Sperma spritzt aus seinem Schwanz heraus.

Es klatscht leise, als es auf ihrer Möse landet. In mehreren Schüben spritzt sein Saft heraus und landet auf ihrem Unterleib bis zum Bauchnabel hinauf.

Tina jubelt lachend und wichst ihn schön ab, bis der Strom aus Sperma versiegt. Ihre Bewegungen werden langsamer und schon spürt sie, wie sein Glied an Härte verliert.

Einer inneren Eingebung folgend, schiebt sie ihn ein Stück zurück und rutscht von der Arbeitsplatte herunter, bis sie vor ihm kniet.

Sein Penis hängt nun schräg nach unten und von seiner Pracht ist nicht mehr viel vorhanden. Dennoch nimmt sie ihn zwischen Daumen und Zeigefinger, öffnet den Mund und lässt ihn hinein. Dort lutscht sie an ihm und spielt mit ihrer Zunge daran, um ihn nach kurzer Zeit wieder herauszulassen.

Voller Begeisterung hat Adam ihr zugesehen und will gerade etwas sagen, da kommt ihm Tina zuvor.

»Ich wollte ihn nur noch sauber machen.« Ein kindliches Kichern dringt aus ihrer Kehle, das wie eine Mischung aus Aufregung vor etwas Neuem und der peinlichen Situation wirkt.

»Wow«, sagt Adam sichtlich fertig und zieht sie an den Armen nach oben.

Ohne weitere Worte beugt er sich zu ihr und küsst ihren Mund. Dabei schiebt er seine Zunge, die kurz zuvor noch ihre Muschi ausgeleckt hat, in ihren Rachen, in dem ihre Zunge wartet, die eben seinen Penis sauber geleckt hat.

Aber das ist beiden egal. Sie küssen sich innig, wild und zufrieden.

Nach einiger Zeit lösen sie sich schwer atmend und blicken tief in die Augen des anderen.

»War das wirklich der beste Sex deines Lebens?«, fragt sie lächelnd nach und er nickt.

»Oh ja, definitiv.«

»Meiner auch«, gibt sie zu und errötet bei diesen Worten leicht.

Sie setzen sich wieder an den Küchentisch, trinken ihren Kaffee aus und anschließend noch ein Glas Wasser. Dabei unterhalten sie sich gut, wie zwei alte Freunde.

Tina wirft einen Blick auf die Küchenuhr und nickt zufrieden.

»Jetzt habe ich noch knappe zwei Stunden Zeit, bis meine Kinder kommen. Jetzt muss ich erst mal unter die Dusche.« Sie blinzelt ihm mit einem neckischen Lächeln zu.

Die Bademäntel sind wieder geschlossen und seit Längerem hat sich auch die Atmung beruhigt.

»Oh, das ist ein gutes Stichwort. Wir sind mit unserer Wohnungsbesichtigung noch nicht ganz durch.« Nun blinzelt er sie schelmisch an und steht schon auf.

»Okay, dann zeige ich dir noch das Badezimmer«, sagt sie fast feierlich und steht ebenfalls auf. Wie abgesprochen, nimmt sie ihn bei der Hand und führt ihn über den Flur zum Badezimmer.

Weiße Fliesen am Boden, ein Waschbecken, vor dem ein grüner Vorleger liegt, eine geschlossene Toilettenschüssel, eine Duschkabine und eine Badewanne schmücken den Raum.

»Schön hier«, sagt Adam und betrachtet die Wanne. »In meiner Wohnung habe ich nur eine Dusche«, ergänzt er sogleich und wechselt den Blick zu Tina. Diese betrachtet auch für einen Moment die Wanne und ganz plötzlich sind da wieder diese obszönen und vulgären Gedanken in ihrem Kopf.

»Ich wollte schon immer mal in der Wanne ficken.«

Tina grinst ihn an und zieht den rosa Bademantel vor ihm aus. Ihr gesamter Körper glänzt noch immer vom Schweiß. Sie wirft ihm einen fragenden Blick zu.

»Aber vielleicht ist das heute zu viel für dich.«

Frech zwinkert sie ihm zu.

Adam legt seinen rechten Arm um ihre Hüfte und zieht sie ganz nah an sich heran.

»Ich habe auch noch nie in einer Badewanne gefickt. Und ich denke, das bekomme ich mit ein bisschen Unterstützung heute noch hin«, sagt er leise mit einem rauen Unterton, bei dem sich Tinas Nackenhaare aufstellen.

»Dann lass es uns tun«, raunt sie erregt und verführerisch. Schon liegen wieder die Lippen aufeinander und ein leidenschaftlicher Kuss folgt.

Dabei öffnet sie den Gürtel und den blauen Bademantel, streift ihn ab, um ihre Leiber noch enger aneinanderzuschmiegen.

Der Kuss wird noch intensiver und ihre Körper reiben aneinander, sodass sie wieder aufgeheizt werden. Aber etwas fehlt.

Ihre Hand streichelt abwärts, findet den Weg zwischen seine Beine und berührt dort einen Penis, der nur unwesentlich angeschwollen ist.

»Zum Ficken muss der aber größer werden«, sagt sie schelmisch und ist sich schlagartig nicht sicher, ob sie mit der Bemerkung übertrieben hat.

Schon öfter hat sie gelesen, dass Männer unter Druck gewisse Probleme mit der Erektion haben, und ein solcher Kommentar dient nicht wirklich der Entspannung bei einem Mann.

Aber Adam nimmt es locker.

»Und zum Baden müssen wir Wasser haben«, kontert er grinsend und zeigt auf die Wanne.

»Oh ja«, erwidert Tina, löst sich von ihm und beugt sich über die Wanne zur Mischbatterie. Nur einen Moment später läuft das Wasser hinein.

In diesem Moment ertasten seine Finger ihren Hintern, den sie ihm einladend entgegenstreckt. Sie kichert kurz und greift an das Ventil in Form eines großen, silbernen Knopfes, um den Ablauf zu verschließen.

Gleichzeitig rutscht seine Hand tiefer und legt sich auf ihre Muschi. Flach und ohne große Reibung. Tina verharrt in ihrer Position und wartet, was passiert, während unter ihr das Wasser mit großem Plätschern in die Wanne läuft.

Erst nach einigen Sekunden beginnt die Hand ihre Muschi zu reiben. Langsam, gefühlvoll und zärtlich.

Nur wenige Augenblicke später bewegt sich ihr Unterleib mit. Sanfte Kreise vollführend, steht sie vorgebeugt an der Wanne und genießt seine Berührungen.

Adam beugt sich runter und während er sie weiter reibt, küsst er ihren Arsch. Tina lässt es zu, kippt ihr Becken noch etwas weiter und genießt jeden Kuss.

Sein Mund wandert tiefer und zwischen ihre Beine. Die

Hand verschwindet und schon übernimmt seine Zunge den Platz. Langsam, forschend und intensiv leckt er über ihre Möse, sodass Tina genüsslich ausatmet.

Das Wasser bedeckt nur wenige Millimeter den Wannenboden, da richtet sich Tina auf und wirft ihm einen leicht vorwurfsvollen Blick zu.

»Du bekommst wohl nie genug von meiner Möse, was?« Sie lacht leise auf und hebt mahnend den rechten Zeigefinger.

»Nein, von deiner Möse bekomme ich nie genug«, antwortet er und lacht rau vor Vergnügen. Dabei betrachtet er ihren nackten Körper vor sich mit ihren vollen Brüsten und den aufgestellten Nippeln.

Ihr Blick fällt auf seinen schlaffen Penis.

»Und was ist mit dem?«, fragt sie und lächelt ihm aufmunternd zu.

»Ich denke, der braucht einen gewissen Anreiz«, sagt Adam und hebt mehrmals die Augenbrauen, was irgendwie witzig aussieht und Tina zum Lachen bringt. Und auf einen Gedanken.

»Los, leg dich mal auf den Vorleger«, sagt sie und zeigt auf das grüne Teil vor dem Waschbecken.

Adam legt sich rücklings drauf und sofort geht Tina über seinem Gesicht in die Hocke, setzt sich drauf und beugt sich langsam vor.

Während seine Zunge sofort mit dem Lecken beginnt, betrachtet sie seinen kleinen Penis, nimmt ihn zwischen Daumen und Zeigefinger, um ihn sanft und vorsichtig zu reiben.

Nichts passiert, aber in ihrer Muschi wird es heiß.

Sie stellt sein Glied senkrecht auf und leckt daran. Gleichzeitig schwingt ihr Becken vor und zurück, um seine Zunge noch besser zu fühlen.

Ihre Lippen umschließen den kleinen Penis, pressen ihn zusammen und langsam zieht sie die Luft aus dem Rachen.

So bewegt sie ihren Kopf langsam auf und ab, schiebt dabei die Vorhaut runter und leckt an der Eichel.

Seine Zunge leckt intensiver, fordernder und umkreist gierig ihren Kitzler. Die Hitze nimmt zu und sie saugt fester. Und plötzlich schwillt sein Glied an. Sie kann es kaum fassen, erstarrt für einen Moment, um schon im nächsten intensiver zu saugen. Gleichzeitig bewegen sich ihre Lippen über die Eichel, schieben die Vorhaut zurück und ziehen sie wieder hoch.

Nach wenigen Augenblicken hat er wieder einen Ständer und Tina könnte vor Glück jubeln. Vor Freude saugt und leckt sie noch intensiver, liebkost ihn, als wäre er ein vor langer Zeit verloren gegangener Schatz.

»Oh, ist der geil«, raunt sie begeistert und leckt an der Unterseite des Schwanzes entlang.

Gleichzeitig spielt seine Zunge mit ihren Schamlippen. Gleitet im Zickzack darüber, um anschließend wieder über ihre Perle zu kreisen.

Ihre Lippen schnappen sich seinen Ständer und pressen sich ganz eng an den Eichelkranz. Dort reibt sie nur wenige Millimeter auf und ab, während ihre Faust schnell den Stamm wichst.

Sie hört Adam stöhnen und sein Körper bebt vor Freude. Dadurch animiert leckt und bläst sie noch fester, bis sie schlagartig den Kopf hebt, sich aufrichtet und in die Wanne blickt.

»Ich glaube, wir können«, ruft sie feierlich aus und steht auf.

Adam blinzelt kurz und steht kurz darauf neben ihr.

Sie schauen sich an. Auge in Auge und für wenige Sekunden herrscht Schweigen. Nur das Rauschen des Wassers ist zu hören.

Tina überlegt. Sie weiß, dass sie gleich wieder Sex haben wird. Dieser Mann, der jetzt vor ihr steht, wird sie ficken. Hier in ihrer Badewanne.

Aufregung und Scham gehen einher. Bisher war alles so

schnell gegangen. Alles war so spontan. Aber das hier ist nun geplant. Mit Ansage. Wenn sie in die Wanne steigt, wird er sie ficken und sie stimmt dem zu.

Sie revidiert kurz den Gedanken. In der Küche hatte sie ihn dazu eingeladen. Aber auch dort war sie im Rausch gewesen. Kurz zuvor hatte er sie gefickt und sie war heiß. Ja, sie wollte es. Sie hat ihn verführt, aber das war alles durchgängiger Sex. Aber jetzt und hier, da hat sie ihren Verstand wieder und sie ist Herr über ihre Gefühle und Gelüste.

In diesem Moment wischt sie den Gedanken beiseite. Sie hat schon vorher zugestimmt. Oder anders: Sie hätte es jederzeit verhindern können. Selbst bei der Weihnachtsfeier wäre das möglich gewesen. Und sie ist sich sicher, dass Adam nicht weitergemacht hätte, wenn sie Nein gesagt hätte. Hätte, hätte, Fahrradkette ...

Lächelnd hebt sie das linke Bein und steigt in die Wanne mit dem warmen Wasser. Kaum sitzt sie, blickt sie zu ihm hoch und lädt ihn zu sich herein. Aber zu ihrer Überraschung verlangt er von ihr, dass sie etwas vorrutscht, damit er hinter ihr Platz nimmt.

»Was wird das jetzt?«, fragt sie etwas verwundert und zugleich lachend.

Adam nimmt sich einen Waschlappen, der in einem Stapel am Rand der Wanne liegt, tunkt ihn ein und lässt ihn über ihre Schultern gleiten.

»Zuerst möchte ich dir den Rücken waschen.« Seine Stimme ist lieblich und leise, wie seine Bewegungen über ihren Rücken.

»Ich dachte, wir wollten ficken«, nimmt sie den Faden von vorhin wieder auf und dreht den Kopf leicht nach hinten. Ihre Hände streichen zärtlich über seine Schenkel, die sie in der Wanne umgarnen.

»Das hier ist nur das Vorspiel. Genieße es.« Jetzt klingt er verführerisch.

Der gesamte Morgen war ein einziges Vorspiel, denkt sich Tina, sagt aber nichts und lässt ihren Rücken weiter mit dem Waschlappen verwöhnen.

Es fühlt sich gut an, liebevoll und genüsslich, was er da macht.

Nach einiger Zeit zieht er sie an den Schultern zu sich nach hinten.

»Lehn dich an«, säuselt seine Stimme und sie spürt seinen warmen Körper am Rücken. Der Waschlappen gleitet nun über ihre rechte Schulter nach vorn, wäscht den Hals und ihr Dekolleté. Die linke Hand kommt von der anderen Seite und streichelt ihre Brust, zu der nun der Waschlappen wandert. In den nächsten Sekunden verwöhnt er ihre Brüste. Streichelt, wäscht und liebkost sie. Schnell stellen sich die Warzen auf und als er mit der Linken sie sanft drückt, seufzt Tina und bekommt kaum noch mit, wie der Waschlappen tiefer gleitet. Zum Bauch und zum Schambein.

Die Schenkel sind nun dran. Links und rechts, bis er sich wieder in die Mitte orientiert. Die Hand lässt den Waschlappen los und jetzt massieren seine Finger oben ihre Brust und unten ihren Kitzler.

Tina lässt sich von diesen Liebkosungen fallen, öffnet ihre Beine weiter und spürt schon wieder diese Hitze in sich aufsteigen.

Adam hat es schon wieder geschafft, sie einzuwickeln und zu verführen. Seine Hand reibt auf und ab, wechselt zwischendurch in eine kreisende Bewegung, um anschließend wieder den schmalen Schlitz mit den einladenden Lippen entlangzufahren.

Dabei schiebt sich sein Mittelfinger sanft und forschend in

sie hinein. Genüsslich spreizt Tina ihre Schenkel, bis sie an der Badewanne anliegen. Selbst lehnt sie sich gegen seine Brust und spürt seinen Herzschlag. Die andere Hand massiert ihre Brust, spielt mit der Warze und zupft zärtlich daran.

Ihre Atmung geht schneller. Gleichzeitig drückt sein Ständer gegen ihren Rücken, was sie noch heißer macht. Sein Mund knabbert an ihrem Ohrläppchen. Seine Zunge spielt daran und die flüsternde Stimme füllt ihr Ohr vollkommen aus.

»Du fühlst dich unglaublich gut an«, raunt sie und der Finger in ihrer Muschi bewegt sich schneller.

»Ich begehre deinen Körper«, ergänzt Adam sogleich und drückt ihre Brust fester.

»Und ich will dir jeden Wunsch erfüllen«, sagt er heiser und reibt jetzt über den Kitzler.

Tina stöhnt auf, greift nach hinten und versucht seinen Schwanz zu packen. Aber da er sie noch fester an sich herandrückt, fällt es ihr schwer, die Hand zwischen die Körper zu bringen. So ertastet sie nur mit den Fingerspitzen sein hartes, pralles Glied.

Ein leises Jammern dringt aus ihrer Kehle, während sein Mittelfinger den Weg in ihre heiße Grotte findet und sich darin krümmt. Es folgen zwei Klopfer auf ihren G-Punkt, was aus ihrem Jammern ein deutliches Stöhnen macht.

Ihr Körper zuckt und sie schnappt nach Luft.

»Auch den, dich in der Badewanne zu ficken«, schließt er lüstern den Satz und bewegt den Finger noch schneller in ihrer Möse. Ein Plätschern ist die Folge und vereinzelt spritzen Wassertropfen in ihr Gesicht.

»Oh ja«, haucht sie und verdreht die Augen. Die Vorstellung, seinen Ständer in sich zu spüren und nicht nur am Rücken, macht sie so richtig heiß.

Dabei drückt sie den Bauch nach vorn, sodass ein Spalt an ihrem Rücken entsteht. Den nutzt sie sofort und umschließt seinen Stab mit der gesamten Hand. Was für ein Gefühl.

»Genau den werde ich dir reinstecken«, spricht er leise weiter und reibt noch schneller. Die Wellen in der Wanne werden höher, auch durch die leicht schwankenden Bewegungen ihrer Beine.

»Ja«, erklingt es leise und seicht aus ihrem halb geöffneten Mund. Ihre Augen wirken trübe und der Welt entrückt.

»Er wird deine Möse dehnen und dich ausfüllen …« Seine Stimme wird tiefer, brummiger und eindringlicher.

»Mmh«, macht Tina zustimmend und nickt fast unmerklich.

Seine Finger kreisen wieder schnell und intensiv über ihre Möse und den Kitzler. Ihr Becken zuckt und ihre Beine schwingen schneller auf und zu. Ihre Hand bewegt sich so gut es geht auf und ab, aber das ist lange nicht so schön, wie sie es gewohnt ist.

»… wenn ich tief in dich eindringe.«

Mit diesen dumpf ausgesprochenen Worten schiebt er den Mittel- und Zeigefinger in ihre Muschi hinein, krümmt sie und klopft mehrmals gegen ihre empfindlichste Stelle.

Ihre Muskulatur spannt sich an, während die Luft pfeifend zwischen ihren Zähnen in die Lunge gezogen wird.

»Willst du sanft und zärtlich geliebt oder …« Die Finger bewegen sich vorsichtig und gefühlvoll in ihrer Muschi rein und raus.

»… lieber hart und schnell gefickt werden?« Schlagartig beschleunigt er und sein gesamter Arm schwingt im Wasser hastig auf und ab. Dabei schlägt er hohe Wellen und es spritzt heftig.

Tina schreit plötzlich spitz auf und ihr Oberkörper verbiegt sich in seinen Armen.

»Oh ja! Zuerst … zuerst …« Ihre Stimme überschlägt sich, während seine Hand immer schneller auf und ab schwingt.

Seine Finger stechen regelrecht in ihre Möse hinein.

»… langsam und … und … oh … mein … Gott!«, brüllt sie plötzlich und ihr Körper verkrampft sich regelrecht.

»Ficken! Hart ficken!«, brüllt sie weiter, während ihre Beine wie wild hin und her schwingen. Dadurch entstehen noch höhere Wellen. Gleichzeitig reibt sie den Schwanz hinter ihrem Rücken fester.

»Zuerst langsam, dann … dann …« Ihre Beine zappeln nun regelrecht in der Wanne und schäumen das Wasser auf. Gischt fliegt ihr ins Gesicht und jaulende Laute unterbrechen ihre Worte.

»… fickst du mich … mich … hart!« Das letzte Wort brüllt sie mit aller Kraft heraus. Dabei klappen ihre Schenkel zusammen und pressen gegen seine Hand, die er nun nicht mehr bewegt.

Ihr Becken stößt ruckartig vor und zurück. Gleichzeitig verkrampft sich die Hand um seinen Schwanz, sodass auch Adam sein Gesicht verzieht. Allerdings vor Schmerzen.

Noch ein Ruck und Tina hechelt hastig, bevor sie sich wieder entspannt und tief durchatmet.

Mein Gott, war das geil, denkt sie sich und spürt erst jetzt die Hitze in sich glühen.

»Du bist echt heiß«, flüstert er in ihr Ohr und Tina kann seine Begeisterung hören sowie fühlen. Sein Schwanz zuckt in ihrer Hand. Sie will gerade etwas erwidern, da spricht Adam schon weiter.

»Dreh dich bitte um«, säuselt er verführerisch und küsst ihre Wange.

Tina richtet sich ohne weitere Fragen auf, dreht sich in der Wanne um die eigene Achse, um kurz darauf ihm gegenüberzusitzen. Ihre Beine liegen auf seinen und sie blicken sich interessiert und neugierig in die Augen.

Mit der Rechten biegt er seinen Ständer nach vorn, sodass er direkt auf Tinas Unterleib zeigt. Beide schauen nun durch die Wasseroberfläche nach unten.

»Komm näher«, flüstert er mit einer Stimme, die sie verzaubert.

Beide heben fast gleichzeitig den Kopf, um sich anzulächeln.

In ihrem Kopf schießen die Gedanken wie Blitze umher. *Ich will ficken, ich will den Schwanz in mir spüren, ich will ihn haben.*

Schon im nächsten Moment rutscht sie näher an ihn heran. Mit den Armen zieht sie sich am Wannenrand nach vorn, bis sie seine Spitze an ihrer Scham fühlt.

Ein kurzes Zögern, bevor sie sich weiter nähert. Die Eichel drückt ihre Schamlippen zur Seite und sie öffnet leicht den Mund. Der Eichelkranz verschwindet in ihrer Muschi und sie atmet tief ein. Ihre Schamlippen umschließen den Stamm und sie hält kurz die Luft an.

Noch weiter rutscht sie nach vorn, bis ihre Gesichter nur noch zwei Handbreit voneinander entfernt sind und sein Schwanz an ihrem Muttermund anstößt.

Sie atmet aus und lächelt zufrieden.

»Du gibst das Tempo vor.«

Seine Augen strahlen sie förmlich an und sein Lächeln ist zuckersüß.

»Oh ja, ich ficke dich!«

Ihre Augen werden zu Schlitzen. Gleichzeitig grinst sie ihn breit, lüstern und vulgär an.

Sie zieht ihren Unterleib etwas zurück, um ihn sogleich wieder nach vorn zu schieben. Langsam, vorsichtig und gefühlvoll.

Das macht sie die nächsten Minuten. Schweigend sitzen sie sich dabei gegenüber, schmachten sich gegenseitig an und genießen den slow fuck.

Nur hin und wieder seufzt Tina zufrieden, schließt für wenige Sekunden die Augen oder flüstert einzelne Worte: »Wunderbar, herrlich. Unglaublich geil.«

Aber auch Adam genießt das langsame Vögeln. Er lächelt, grinst, beißt sich auf die Unterlippe und zieht hin und wieder die Luft stark ein, wenn er seinen nahenden Orgasmus verhindert. Dabei bewegt er sich mit. Sanfte Stöße nach vorn, die mit kreisendem Becken geführt werden, erhöhen den Genuss für beide.

So kann sich Tina vollkommen auf seinen Schwanz in ihrem Unterleib konzentrieren. Ihn genießen und seine Bewegung in ihrer Muschi steuern. Einfach fantastisch.

Es ist ein gleichbleibend geiles Gefühl der Wärme, Freude und des puren Glücks. Seichte Wellen schlagen gegen ihre Körper, die sich gegenseitig lieben.

Sie denkt schon, das könnten sie ewig so weitertreiben, aber plötzlich ist da wieder dieses Feuer, das in ihr auflodert.

Sie versteht es nicht, denn eigentlich hat sich an den Bewegungen, der Form und auch der Geschwindigkeit nichts geändert.

Dennoch brandet es auf und, ohne dass sie es will, stößt ihr Becken fester zu. Tinas Blick wird plötzlich wieder klar, aber zugleich auch gierig.

Langsam schiebt sie sich weiter nach hinten, sodass sein Glied aus ihr herausrutscht.

»Jetzt ist es so weit«, sagt sie schwer atmend. Dabei ist sie über ihre tiefe, brummige Stimme selbst überrascht.

Er nickt nur und betrachtet ihren Körper, der sich vor ihm aus dem Wasser erhebt und umdreht, um sich auf die Knie in die Wanne zu stellen. Dabei stützt sie sich mit den Unterarmen an der Kopfseite ab.

223

Auch er erhebt sich. Laut plätschert das Wasser herab und Tina dreht den Kopf nach hinten, während ihr Hintern einladend wackelt.

»Fang langsam an und werde dann härter, ja?« Sie lächelt ihn frivol und lasziv an.

»Gern«, ist seine kurze Antwort, während er sich hinter ihr platziert und ihre Hüften streichelt.

»Du hast so einen geilen …«, beginnt er und schiebt seinen Schwanz in ihre Möse hinein, »Arsch.«

Tina lacht und jault kurz auf.

Langsam zieht er sich zurück, verweilt für einen kurzen Moment und schiebt ihn etwas schneller hinein.

Verweilt hier etwas länger und zieht ihn genauso langsam wie beim ersten Mal zurück. Verweilt und schiebt ihn schneller hinein.

»Fester«, raunt sie und grinst dabei.

Langsam zieht er sich zurück und stößt ihn etwas heftiger rein. Kurz und hart.

»Fester«, fordert sie ihn auf und er wiederholt das Spiel. Langsam zurück, härter hinein.

Dabei hält er ihre Hüften fest umklammert, damit sie nicht nach vorn abhaut.

»Fester«, ertönt erneut ihre Stimme. Fordernd und deutlich.

Adam folgt ihrem Wunsch und in den nächsten Sekunden steigert er seine Stöße, bis es hart klatscht, wenn seine Leisten gegen ihren Arsch knallen.

»Ja! Fester! Fester! Und tiefer! Ja! Ja! Geil! Ja, du fickst so geil!«, ruft Tina immer lauter, während Adam sie schneller und härter bumst.

»Du bist geil. Du bist so verdammt geil!« Seine Stimme überschlägt sich fast und er schnappt nach Luft. Die Anstrengung ist ihm anzusehen.

»Ich könnte dich den ganzen Tag ficken!«

»Ja! Ja!«, antwortet sie sofort.

»Dich und deine geile Fotze!«, brüllt er nun schwer atmend und sein Gesicht vor Anstrengung gezeichnet. Aber auch Tina kämpft mit ihren Energiereserven.

»Ja, sie gehört dir. Nimm sie dir, wann immer du willst. Wo du willst und so oft du willst«, bietet sie ihm ihren Körper an, ohne darüber nachzudenken.

Hart prallen die Leiber aufeinander. Es klatscht laut, während die Wellen unter ihnen wieder höher werden und gegen ihre Beine schlagen.

»Oh mein Gott, bist du tief …«, röhrt Tina ihre Geilheit heraus und hebt den Kopf leicht an.

Sein Schwanz verschwindet in schneller Folge bis zum Anschlag in ihrem Unterleib. Füllt ihn aus und reibt an allen Innenseiten ihrer Möse, was sie zum Kochen bringt.

Mit kurzen, harten Stößen rammt er seinen Schwanz in ihre Muschi rein. Beide atmen schwer und bringen das Wasser zum Kochen.

Zumindest wirkt es bei diesem Wellengang und der Schaumbildung so.

Dabei glühen nur ihre Körper bei der Verschmelzung.

»Der Wahnsinn … ich … so tief … so unglaublich … du … ich …« Tina stammelt unsinnige Wörter. Ihr Körper bebt und zittert, um sich im nächsten Augenblick fast schlagartig zu verspannen.

»Ich komme«, bellt Adam, der ihre Hüften noch fester packt.

In diesem Augenblick stößt Tina einen brunftigen Schrei heraus, gefolgt von harten Zuckungen.

»Ja! Ja!«, brüllt Adam und rammt seinen Schoß gegen ihren zappelnden Leib. Sein Schwanz zuckt und pulsiert in ihrer brennenden Möse und spritzt seinen Saft in ihre Grotte hinein.

Als wäre er zum Löschen da, jedoch bewirkt es bei Tina noch mehr Feuer, Glut und unbarmherzige Lava.

Ihr Orgasmus schwillt noch weiter an, dehnt sich aus, bis es für sie fast unerträglich wird. Nach Luft schnappend zuckt ihr Oberkörper, schwingt auf und ab, so wie auch ihr Kopf hin und her ruckt.

Die Entladungen lassen nach und langsam spürt Tina, wie sein Glied schrumpft. Dabei zieht er ihren Körper zu sich hoch, umarmt ihn und als sie ihren Kopf zur Seite dreht, küsst er sie auf den Mund.

Sie lässt es zu, genießt es und verspürt eine leichte Enttäuschung, als er sich wieder von ihr löst.

Langsam fällt er zurück, setzt sich auf den Wannenboden und lehnt sich am Rand an. Keine Sekunde lässt er sie dabei los und zieht sie mit sich herab, bis sie erneut an seiner Brust lehnt.

Seine Hände gleiten zärtlich über die Haut und sie lächelt zufrieden.

»Warum ist der Sex mit dir so geil?«, fragt sie ihn und dreht ihren Kopf nach hinten.

»Warum ist der Sex mit *dir* so geil?«, fragt er zurück und lächelt sie schelmisch an. Noch immer sind beide außer Atem, dennoch packt ihre Hand sein Haupt und zieht ihn an sich heran.

Es folgt ein zärtlicher, sinnlicher Kuss, bei dem die Zungen leidenschaftlich miteinander spielen. Mit einem unendlich zufriedenen Seufzen lösen sie sich voneinander und blicken sich verträumt in die Augen.

»Du bist fantastisch«, schwärmt er und lächelt zuckersüß.

»Du auch«, antwortet sie und lehnt sich wieder an ihm an.

Die nächsten Minuten verbringen sie schweigend in der Wanne. Das Wasser kühlt die beiden überhitzten Körper ab.

Er streichelt sanft ihre Arme und Brüste, während ihre Finger über seine muskulösen Schenkel streichen.

»Jetzt wird mir kalt«, sagt sie nach einiger Zeit und richtet sich auf.

Er folgt ihr und nimmt dankbar das Handtuch entgegen, das sie ihm reicht.

Abtrocknen, Bademantel anziehen und erneut in die Küche gehen. Dort trinken sie gemeinsam Wasser und reden ganz unverfänglich, unkompliziert und frei von jeweiligen Zwängen miteinander, bis ihr Blick auf die Uhr fällt.

»Oh, verdammt. Ich muss gleich mit dem Kochen beginnen, damit meine Kinder etwas zum Essen haben, wenn sie von der Schule kommen.«

Tina springt auf und wirft sofort einen entschuldigenden Blick zu Adam.

Dieser winkt jedoch verständnisvoll ab, während auch er aufsteht.

Schnell suchen sie ihre Kleidung zusammen und ziehen sich an. Vor der Wohnungstüre nimmt er sie in den Arm und küsst sie erneut.

»Das sollten wir öfter machen.«

Verschmitzt lächelt er sie an und sie nickt.

»Oh ja, aber leider muss ich morgen wieder arbeiten.«

Sie zuckt mit den Achseln und zwinkert ihm zu.

»Aber ich hoffe, es dauert nicht wieder Wochen, bevor …«, sie überlegt kurz, wie sie es sagen soll, und wählt die direkte, harte Art, »… du mir wieder den Verstand aus dem Leib fickst.«

Sie lacht und er setzt mit ein.

Nach einem weiteren Kuss verlässt er sie und Tina beginnt hastig mit dem Kochen.

***

Entsetzt und schockiert starrt sie ihr Gegenüber an. Gleichzeitig ist da eine Traurigkeit, die an Melancholie erinnert, in ihrem Blick, der jedoch dem Inhaber des Fitnessstudios nicht weiter auffällt.

»Das ist nicht dein Ernst«, sind die ersten Worte, nachdem sie sich wieder gefangen hat.

Günter hebt entschuldigend die Hände.

»Es tut mir leid. Wenn es nach mir gehen würde, liefe es ganz normal weiter. Aber durch die Konkurrenz bleiben die Kunden aus. Tja. Ende des Monats ist Schluss. Der Mietvertrag für das Studio ist dann vorbei.«

Betretenes Schweigen tritt in den nächsten Sekunden ein. Tina weiß nicht, was sie sagen soll. In ihrem Kopf kreisen die Gedanken. *Adam, Sex, Training. All das ist dann vorbei?*

»Wir werden ein paar Tage zuvor schon schließen. Ich versuche die Geräte zu verkaufen. Willst du eins haben?« Aufmunternd zwinkert er ihr zu. Dennoch kann er seine viel größere Verzweiflung nicht verbergen. Das hier war Günters Leben und das ist jetzt futsch.

»Ich weiß noch nicht. Eigentlich ist es ein Platzproblem bei mir zu Hause«, erwidert Tina leise und noch immer schockiert.

»Was wirst du machen?«, fragt sie ihn und glaubt schon, dass seine Augen feucht werden.

Günter zuckt mit den Achseln.

»Mal sehen. Vielleicht mache ich etwas ganz anderes. Einen Fahrradhandel zum Beispiel.«

Er lacht künstlich und presst schon im nächsten Augenblick die Lippen aufeinander.

»Und was ist mit Adam?« Diese Frage ist ihr nur so rausgerutscht, wo sie doch sonst immer tunlichst darauf bedacht ist, keinerlei Verdacht zu erregen.

»Ach der …«, winkt Günter ab. »Der wird sich etwas anderes suchen, um sein Studium zu finanzieren. Vielleicht fängt er ja bei der Konkurrenz an. Er sagte, er suche sich jetzt auch eine Firma, bei der er als Werkstudent arbeiten könne.«

In Tina scheint eine Welt zusammenzubrechen und sie wird

bleich. Eine solch heftige Reaktion hätte sie niemals erwartet.

»Ich weiß, ihr zwei habt euch supergut verstanden. Aber er ist ja nicht aus der Welt.«

Jetzt zeigt Günter wieder sein breites Lächeln, das ihn so sympathisch macht.

Tina nickt nur und bewegt sich wie ferngesteuert in Richtung der Umkleidekabinen.

»Dann werde ich die Zeit noch nutzen und trainieren«, murmelt sie etwas undeutlich und hört schon gar nicht mehr, was Günter dazu sagt.

Das Training ist kurz und immer wieder blickt sie zum Eingang, um zu sehen, ob Adam vielleicht doch noch kommt.

Aber er kommt nicht.

Später unter der Dusche – sie ist wieder allein – hat sie noch nicht einmal Lust, zu masturbieren. Zu sehr vermisst sie den jungen Mann.

Zu Hause angekommen, fällt es auch Werner auf.

»Was ist los?«, fragt er seine in sich versunkene Frau und streichelt ihren Rücken. Das tut gut, aber die Hand von Adam wäre ihr viel lieber.

In den letzten Wochen, nachdem er sie besuchte und sie gemeinsam diesen unglaublich erfüllenden Sex hatten, haben sie sich im Studio immer wieder mal vergnügt.

Unter der Dusche, beim Training mit der Hand oder dem Mund, oder einfach an der Theke. Sie hat ihm einen geblasen, er hat sie mal geleckt oder sie haben es sich gegenseitig mit der Hand gemacht.

Es war jedes Mal etwas Besonderes. Irgendwie etwas Neues. Nie langweilig. Tina hat auch den Eindruck, dass es mit Adam niemals langweilig werden könnte.

Die Kombinationen aus Stellungen, Orten und Situationen wechselten ständig und machten den Reiz an dieser Affäre aus.

Aber war es nur eine Affäre? Oder hatte sie sich in den viel jüngeren Mann verliebt? Schon öfter hat sie über ihre Zukunft nachgedacht. Meistens nur kurz, weil sie immer davon ausgegangen ist, diese erotischen Spiele dauerten bis zum Jüngsten Tag.

Aber jetzt weiß sie, dass sie sich geirrt hat. Und ihr wird jetzt auch klar, dass sie keine Ahnung hat, wie Adam mit Nachnamen heißt oder welche Handynummer er hat. Wenn sie ihn bis zum Ende des Monats nicht wiedersieht, kann sie keinen Kontakt aufnehmen.

Sie kann auf gut Glück beim anderen Fitnessstudio einen Vertrag abschließen und hoffen, dass Adam dort arbeitet. Was, wenn nicht?

Tina fröstelt und Werner spürt es. Sanft nimmt er seine Frau in den Arm und sie ist dankbar dafür. Dankbar, dass ihr Ehemann, den sie jetzt schon so lange hintergeht und betrügt, sie tröstet. Scham kommt in ihr auf und sie windet sich aus seiner Umarmung.

»Ich bin nur etwas schockiert, weil das Studio diesen Monat schließen wird.«

»Echt? Das kommt ja plötzlich.« Werner reißt überrascht die Augen auf, redet dann aber beschwichtigend auf sie ein. »Aber du kannst doch auch zu einem anderen gehen«, versucht er sie zu beruhigen, was nicht so ganz klappt, denn Tina verliert sich wieder in ihren Gedanken.

Ja, ein anderes Studio. Aber das ist weiter weg und dort gibt es wahrscheinlich keinen Adam.

Aber natürlich sagt sie das nicht ihrem Mann, sondern geht in die Küche und holt sich ein Glas Wasser. An der Arbeitsplatte stehend, leert sie es in einem Zug und schlagartig ist die Erinnerung wieder da. Sie mit Adam hier in der Küche, und sie ficken.

***

Auch in den nächsten Tagen ist Tina nicht sehr gesprächig. Sie geht zu unterschiedlichen Zeiten ins Studio, aber nie ist Adam da. Dann fragt sie Günter direkt, wann Adam wieder arbeitet. Ganz unter dem Vorwand, dass sie sich von ihm noch verabschieden wolle.

Und Günter sagt es ihr.

Erst nächste Woche wird er wieder da sein, weil Günter einen anderen Termin hat. Bis dahin schmeißt der Inhaber den Laden allein und somit kostengünstiger.

Eine Woche, denkt sich Tina sehnsüchtig und beißt sich auf die Unterlippe. An diesem Abend masturbiert sie wieder unter der Dusche und denkt an Adam.

Auf dem Nachhauseweg denkt sie das erste Mal ernsthaft über eine Trennung von ihrem Mann nach. Natürlich gibt es dann viele Fragen und Probleme, die zu lösen sind.

Adam ist noch Student und wohnt zu Hause. Und will er überhaupt mit Tina eine feste Beziehung aufbauen, oder ist sie nur ein geiler Zeitvertreib für ihn? Was ist mit ihren beiden Töchtern? Wird sie in der Wohnung bleiben und Werner zieht aus? Kann sie das finanziell überhaupt stemmen?

Fragen über Fragen, die ihre Stimmung wieder in den Keller ziehen.

Am nächsten Abend, die Situation beschäftigt sie immer stärker und sie kann kaum noch schlafen, sitzt sie neben Werner und gemeinsam schauen sie sich eine Dokumentation auf Arte an.

Jedoch kann sie dieser kaum folgen, denn ihre Gedanken kreisen um die Frage, wie sie das Thema mit Adam besprechen möchte. Fällt sie mit der Tür ins Haus und fragt ihn direkt, ob sie zusammenziehen wollen? Oder eröffnet sie ihm nur, dass sie sich von Werner trennen möchte?

Dabei nagt noch immer die Frage in ihr, ob ein Zusammenleben mit Adam überhaupt funktioniert. Er ist viel jünger und eigentlich haben sie nur fantastischen Sex miteinander. Und sonst?

Plötzlich wird sie gewahr, dass Werner sie von der Seite betrachtet. Sie versucht es zu ignorieren und starrt weiter auf den Fernseher.

»Bist du glücklich?« Diese Frage ihres Mannes reißt sie aus der mühsam aufgebauten Gedankenwelt. Ihr Kopf schnellt überrascht zur Seite.

»Was?«

»Bist du glücklich?«, fragt Werner erneut und in seinem forschenden Blick liegt zusätzlich pure Besorgnis.

»Warum fragst du?« Das macht Tina immer gern. Einfach eine Gegenfrage stellen, wenn die erste unangenehm ist.

»Nun ja, ich war schon glücklicher«, meint Werner.

Diese Antwort ihres Mannes überrascht sie. Sie klingt so ehrlich, etwas, was sie sich selbst nicht getraut hat.

»Warum?« Ihre Stimme ist leise. Gleichzeitig aber keimt in ihr ein Gedanke auf. Eine Chance. Vielleicht macht er ihr jetzt eine Szene oder macht ihr klar, dass ihre Ehe gescheitert sei und es besser sei, sich zu trennen. Und vielleicht hat er auch schon einen Plan dafür, dann wären viele ihrer Probleme, Sorgen und Fragen erledigt.

»Du wirkst traurig und unzufrieden.«

Na toll, jetzt bin ich es doch wieder, denkt sie sich und presst die Lippen aufeinander. Aber die Chance ist noch immer da. Jetzt in den Angriff gehen, ihn provozieren, streiten und das die nächsten Tage wiederholen. Dann ist eine Trennung unvermeidlich.

Zunächst nickt Tina kurz.

»Ja, ich bin unzufrieden. Unzufrieden mit unserer Beziehung

und vor allem mit dem Sex.«

Wumm, das hat gesessen, denkt sich Tina und hofft inständig, dass Werner durch diesen Angriff wütend wird. Aber erneut wird sie überrascht, denn ihr Ehemann nickt nur.

»Ja, das verstehe ich.«

Erneut pressen sich seine Lippen aufeinander und sie sieht, wie er nach Worten sucht.

»Mir geht es ähnlich …«, lauten seine nächsten Worte und Tina frohlockt innerlich. Sie sind beide bereit sich zu trennen.

»… und ich verspüre eine unglaubliche Unsicherheit, wenn ich mit dir intim werde.«

Jetzt kräuselt sich Tinas Stirn und mit fragenden Augen blickt sie ihn an. Er schluckt kurz.

Es kostet ihn eine gehörige Portion Überwindung, weiterzusprechen.

»Ich weiß nicht, was du gern magst. Ich weiß auch nicht, ob du immer Lust hast, wenn ich Lust habe. Ich habe gelesen, dass Frauen oft keine Lust haben, dann sich aber hingeben, wenn der Mann es will. Aber das will ich nicht.«

Die Worte muss Tina erst mal verdauen. *Was ist das denn jetzt?*

»Außerdem würde ich manchmal gern das ein oder andere ausprobieren, aber ich weiß nicht, ob du das magst. Womöglich hältst du mich dann für pervers oder sogar gefährlich.«

Jetzt platzt es Tina ganz kurz heraus. Sie muss kichern und hält sich sofort die Hand vor den Mund. Die andere legt sie entschuldigend auf seinen Oberschenkel.

Erst jetzt wird ihr klar, dass ihr Mann weit über seinen Schatten springt. Noch nie hat er sich so offen geäußert. Er scheint heute aufs Ganze zu gehen. Er scheint eine Entscheidung herbeirufen zu wollen. Er scheint ihre Beziehung prüfen zu wollen.

Das ruft in ihr eine Welle des Respekts hervor, was sie sich nicht erklären kann. Ihre Gedanken kreisen wieder. Werner und Adam. Sie muss sich entscheiden. Was mag sie an Adam? Den Sex, aber auch seine offene Art. Und jetzt kommt Werner selbst mit einem so intimen Thema um die Ecke, worüber sie bisher noch nie gesprochen haben.

»Was würdest du denn gern ausprobieren?«, fragt sie vorsichtig, nachdem ihr Mann wegen des kurzen Lachanfalls schweigt.

Sein Unterkiefer mahlt und sie sieht, wie er erneut mit sich ringt. Er möchte nichts falsch machen.

Aber das bedeutet doch, dass ihm die Beziehung mit mir noch wichtig ist!

Schlagartig schlägt ihr Herz höher und in seinen Augen entdeckt sie etwas, das sie so lange nicht mehr bei ihm gesehen hat. Liebevolle Zuneigung.

In ihrem Magen bilden sich Schmetterlinge, zwar nur kleine, aber es ist ein schönes Gefühl. Die Erinnerung an den Anfang ihrer Beziehung ist schlagartig wieder da.

Wenn sie die Falten, die grauen Haare und den Bauchansatz wegdenkt, dann sitzt dort der Mann, in den sie sich vor vielen Jahren verliebt hat. Und heute kämpft er um diese Liebe.

Es wird ihr ganz eng ums Herz und die Kehle schnürt sich zu. Ihre Beine werden weich und in ihrem Bauch rumort es. Kann das alles sein?

»Na ja«, beginnt er leise und vorsichtig. »… vielleicht mal Sex an unterschiedlichen Orten. Oder verschiedene Stellungen und …«, er beißt sich kurz und verlegen auf die Unterlippe. Tina nickt ihm aufmunternd zu.

»… und Arten.«

»Arten?«, fragt Tina nach und unterdrückt das Lachen. Sie versucht ernst zu bleiben, aber irgendwie ist die Situation schon komisch. Und das in zweifacher Hinsicht: merkwürdig und witzig.

»Also, also«, stammelt er unsicher und zieht die Luft zwischen den zusammengepressten Zähnen ein.

»Sag mir ein Beispiel. Ich verspreche auch, nicht zu lachen oder dich als pervers zu bezeichnen. Okay?« Ihre Augen klimpern ihn an.

Tina kann es nicht beschreiben, aber sie ist unglaublich aufgeregt. Wie als kleines Kind an Weihnachten, als sie nicht wusste, was für Geschenke auf sie warten. So ist es jetzt auch. Unruhig rutscht sie auf der Couch hin und her.

Und endlich gibt sich Werner einen Ruck.

»Ich möchte gern mal ganz intensiv an deinen Brustwarzen lutschen und lecken.«

Sofort senkt er den Kopf und schaut sie vorsichtig an.

In Tinas Brüsten wird es warm und ihre Warzen stellen sich sanft auf.

»Dann mach das doch«, flüstert sie und lächelt ihn lasziv an.

Noch immer zögert Werner.

»Das ... das war jetzt nur ein Beispiel«, platzt es aus ihm heraus.

»Vielleicht möchte ich noch ganz andere Dinge, die dir vielleicht nicht so gefallen.«

Jetzt wirkt er wie ein geprügelter Hund. Abwartend, vorsichtig und den Schwanz eingekniffen, sitzt er da und beobachtet die Reaktion seiner Frau.

Diese betrachtet ihn nachdenklich und schlägt ihm auf den Oberschenkel.

»Okay. Aktuell öden wir zwei uns beim Sex nur an. Das können wir so belassen oder versuchen es zu ändern«, beginnt sie sachlich mit der Zusammenfassung.

»Wir können uns gegenseitig sagen, was wir gern möchten, und laufen Risiko, dass der andere Nein sagt.«

Werner nickt zustimmend.

»Angenommen, ich habe zehn Wünsche, und zwei davon möchtest du nicht machen, dann habe ich zwei Mal Pech, aber acht Mal Glück.«

Sie lächelt und hält bis auf zwei Finger alle in die Höhe.

»Aber, wenn du keinen meiner Wünsche magst?« Werners Stimme zittert und bebend hebt er seine Augenlider an.

»Tja, dann ist es so wie jetzt. Nur, dass ich vielleicht noch denke, dass du pervers bist.«

Sie grinst ihn schelmisch an und zuckt mit den Schultern.

»Ist das noch viel schlimmer als jetzt?«

Ihr Grinsen wird noch breiter und selbst Werner bekommt ein sanftes Lächeln ins Gesicht.

Tina zieht mit einem Mal ihr T-Shirt über den Kopf.

»Lass uns eine Vereinbarung treffen. Jeder sagt dem anderen, was er möchte, und der kann frei entscheiden, ob er zustimmt oder nicht.«

Sie öffnet ihren BH.

»Also, wenn du Bock auf Sex hast, dann sagst du mir: Ich möchte mit dir bumsen. Okay?«

Während Werner nickt, streift sie sich den linken Bügel über den Arm ab.

»Und wenn du möchtest, dass ich dir einen runterhole, sagst du es auch: Wichs mir meinen Schwanz. Wenn mir nicht danach ist, dann sage ich es dir. Einverstanden?«

Seine Frau erkennt in seinem Blick seine Verwunderung. Aber auch etwas, das wie Freude wirkt. Erneut nickt er und mit glänzenden Augen betrachtet er ihre Brüste.

Plötzlich verspürt sie Stolz. Sie entdeckt die zunehmende Sicherheit in seinen Augen und so etwas wie Neugier. Oder ist es eher Abenteuerlust?

Gleichzeitig gewinnt er wohl an Sicherheit.

Der zweite Bügel ist ebenfalls abgestreift und Tina wirft ihren BH in sein Gesicht. Dabei lacht sie kurz und Werner lächelt. Zufrieden legt er ihn beiseite.

»Und wenn ich möchte, dass du mir die Muschi reibst, und du das nicht möchtest, dann ...«, sie holt kurz tief Luft, bevor sie weiterspricht, »... bekommst du richtig Ärger«, flüstert sie den Rest und beide lachen, denn ihr Versuch, ein böses Gesicht aufzulegen, misslingt kläglich.

»Spaß beiseite. Für dich gelten natürlich die gleichen Regeln.«

Ihr Lächeln ist süß und verführerisch. Jetzt drückt sie ihre Brust nach vorn und schaut ihm auffordernd in die Augen.

»Deinen ersten Wunsch hast du schon gesagt. Worauf wartest du noch?«

Ein erneutes kurzes Kichern erfolgt.

Werner beugt sich voller Freude vor, nimmt ihre linke Brust in die Hand und küsst ihre Brustwarze. Seine Lippen umschließen sie und saugen daran. Gleichzeitig gleitet seine Zungenspitze über den Nippel, was in Tina ein sanftes Ziehen auslöst.

Sie atmet tief durch und lacht leise.

»Das ist gut«, flüstert sie und streichelt seinen Kopf.

Werner wird nun mutiger und öffnet seinen Mund weiter. Die Lippen gleiten über den Warzenhof und die Zunge umspielt ihre Warze.

»Wann darf ich mir denn etwas wünschen?« Tinas Stimme wird schwerer und die Atmung geht tief und langsam. Dabei legt sie ihre Hand auf seinen Oberschenkel und streichelt ihn.

Ihr Mann hebt kurz den Kopf.

»Jederzeit«, flüstert er und nähert sich sofort der anderen Brust. Auch hier verwöhnt er die Warze und den Hof. Gleichzeitig massiert sie seine Hand zärtlich und gefühlvoll.

Während sie lüstern seufzt, wandert ihre direkt in seinen Schritt und ertastet sogleich seinen Ständer. Genüsslich knetet sie ihn durch den Stoff.

»Ich möchte deinen Schwanz mit meinen Fingern spüren«, raunt sie heiser und eine unbestimmbare Ungeduld schwingt in ihrer Stimme mit.

Sofort öffnet er mit seiner freien Hand die Hose und zieht seinen Ständer heraus, ohne seinen Mund von ihrer Brust zu entfernen.

»Das hätte ich auch machen können«, tadelt sie ihn lächelnd und umschließt mit einem genussvollen Ton seinen Ständer, um die Vorhaut langsam nach unten zu ziehen.

Jetzt hebt Werner doch seinen Kopf und zwinkert ihr zu.

»Dann hättest du sagen müssen, dass du das machen möchtest.« Und schon saugt und leckt er innig an ihrer Brust. Jetzt ist wieder die erste dran.

»Das nächste Mal«, raunt sie und genießt seine Zunge sowie seinen Ständer. Dabei bemerkt sie, dass er nur unwesentlich kleiner als der von Adam ist. Das gefällt ihr und sie reibt ihn etwas schneller.

»Du lutschst und leckst geil«, lobt sie ihren Mann und schließt ihre Augen. Ihr Körper reagiert wie im Fieber auf seine Liebkosungen und das steife Glied in ihrer Hand tut sein Übriges.

Der Mund saugt zur Bestätigung noch fester. Seine Lippen ziehen an ihrer Warze und mit einem leisen Geräusch entgleitet sie seinem Mund und zappt zurück.

Ihr Bauch zuckt und sie lächelt. Jetzt öffnet sie ihre Augen und blickt in sein Gesicht. Direkt in seine Augen, die sie anhimmeln. Das gefällt ihr noch mehr und die Wärme in ihrem Unterleib nimmt weiter zu.

Das Kribbeln in ihrem Schritt fordert Aufmerksamkeit und Tina lächelt lüstern.

»Dein Mund ist geil und deine Zunge noch viel mehr. Möchte sie auch woanders noch etwas lecken?« Aus ihrem Lächeln wird ein laszives Grinsen. Gleichzeitig kreist ihr Becken in ganz sanften Bahnen auf der Couch.

Werner stockt kurz, um sich anschließend mit dem Kopf nach oben zu bewegen. Langsam legt sich der leicht geöffnete Mund auf Tinas. Der Kuss ist leidenschaftlich, fest und einfach himmlisch. Ihre Zungen spielen miteinander, lecken aneinander und lassen kaum voneinander, bis er sich schwer atmend von ihr löst und sie mustert.

Sie lächelt ihn an, als Zeichen, dass alles gut ist.

»Wer ist denn gerade dran mit wünschen?«, fragt sie und beißt sich etwas verlegen auf die Unterlippe. Ihre Hand wichst noch immer seinen Schwanz und leichte Verwunderung macht sich in ihr breit: Normalerweise wäre er schon längst gekommen. Aber vielleicht ist auch für ihn die Situation etwas angespannt.

»Ähm, ich glaube, dass ich dran bin. Aber wenn du gerade einen Wunsch auf dem Herzen hast …«

Er zwinkert ihr zu. Tina ist etwas unschlüssig. Ja, bei Adam ist das alles viel einfacher als bei ihrem Ehemann. Zwei tiefe Atemzüge später hat sie sich entschieden. Entweder es klappt mit der Offenheit oder eben nicht.

»Ich möchte, dass du auch an meinen anderen Lippen leckst.«

Sie spricht langsam und leise. Ihre Augen mustern ihn und seine Reaktion. Fast schon wie erwartet zuckt er zusammen und seine Augen weiten sich. Schon glaubt sie, dass er empört von ihr ablässt, aber nur wenige Sekunden später wandern seine Mundwinkel nach oben.

Gerade will sie etwas schneller wichsen, da löst er sich von ihr und sitzt nur wenige Sekunden danach vor ihr auf dem Boden.

Seine Hände gleiten sanft ihre Jeans aufwärts, bis er den Knopf erreicht und ihn öffnet. Die Finger ziehen den Reißverschluss ganz langsam herab. Währenddessen beobachtet er sie ganz genau, aber sie zeigt nur ein zufriedenes Lächeln und ihr Becken kreist einladend auf der Couch. Die Hose ist geöffnet. Durch das entstandene V zeigt sich eine rote Unterhose, komplett aus Spitze und am Bund prangt eine schwarze Schleife.

Seine Finger ergreifen den Rand der Jeans und ziehen an ihr. Tina hebt unterstützend den Hintern, sodass es für Werner kein Problem ist, die Hose auszuziehen und neben sich auf den Boden zu legen.

»Das hätte ich auch machen können«, sagt Tina amüsiert und wirft ihm einen Luftkuss zu.

»Das nächste Mal«, antwortet Werner und erwidert den Kuss in der Luft.

Während die Finger zärtlich und forschend ihre Innenseiten der Schenkel aufwärts streicheln, entsteht ein fiebriger Glanz in seinen Augen.

Immer weiter öffnen sich die Schenkel, die Werner nun links und rechts küsst, bis sein Mund am Rumpf anlangt. Mit der Zunge leckt er am Rand der Unterwäsche entlang, schön die Leiste auf und ab.

Aus dem Kreisen ist ein Wippen geworden, das ihr Becken nun vollführt. Immer ihm entgegen. Seine Augen wirken erstarrt und scheinen ihren Schritt durchbohren zu wollen.

»Wünsch dir was«, flüstert sie einer inneren Eingebung folgend. Werner scheint schon wieder etwas unschlüssig oder unsicher zu sein.

»Ich möchte, dass du deinen Slip beiseiteschiebst«, flüstert er und traut sich dabei nicht, seine Frau anzusehen. Noch immer fixiert er den fast durchsichtigen Schritt vor seiner Nase.

Ohne lange zu überlegen, greift sie an ihre Unterwäsche

und zieht sie zur Seite. Ihre blanke, einladende Muschi strahlt ihn förmlich an.

Einmal tief durchatmen und er senkt seinen Kopf in ihren Schoß. Seine Lippen liegen auf ihren und die Zunge gleitet vorsichtig von unten nach oben.

Ihr Becken zuckt kurz und sie gibt einen undeutlichen Ton von sich.

Sein Kopf fährt hoch und blickt sie etwas vorsichtig fragend an.

Tina wartet gar nicht, bis er etwas sagt, sondern drückt seinen Kopf mit der freien Hand nach unten.

»Mach weiter, das ist gut«, raunt ihre Stimme und schon spürt sie wieder seine Zunge über ihre Scham lecken.

Schon wenige Sekunden und einiges Stöhnen später wird Werner mutiger. Er küsst und leckt sie intensiver, fester und schneller.

»Schieb die Haut direkt über dem Kitzler etwas nach oben. Dadurch stellt er sich auf«, verrät sie ihm und sofort folgt er ihrer Anweisung. Der Zeigefinger zieht die Haut in Richtung Bauchnabel und ihre Klitoris wird deutlich sichtbar.

Seine Lippen packen die kleine Perle und ziehen daran, um sie gleich wieder loszulassen.

Tina stöhnt lauter und ihr Becken zuckt vor Freude. Die Zunge kreist nun darüber und Werner probiert immer mehr Dinge aus. Mal nur mit der Zungenspitze am Kitzler oder an den Außenseiten der Schamlippen spielen und ein anderes Mal leckt die Zunge mit der gesamten Breite von ganz unten bis zum Kitzler hoch, um dort einige Runden zu drehen.

Schnell bemerkt er, was seine Frau mag und was eher nicht.

Aber als er seinen Mittelfinger unter seiner Zunge zwischen ihre Schamlippen schiebt, bäumt sich ihr Körper unter lautem Jaulen auf. Da weiß er, dass er alles richtig macht.

Mit schnellen Stößen vögelt er sie mit dem Finger und leckt dabei schnell und ausgiebig ihre Möse darüber ab.

Ihr Körper reagiert immer heftiger, zittert, zuckt und ruckt fester.

Plötzlich verkrampft sich alles in ihr und die Hand auf seinem Kopf presst ihn fest gegen ihre Möse. Ein kurzer Schrei und ein heftiger Ruck durch ihren Leib zeigen ihm ihren Höhepunkt.

Tina scheint zu verglühen und verdreht die Augen. Noch ein Ruck und noch ein kurzer Schrei, bevor der Orgasmus ganz langsam nachlässt.

Liebevoll küsst er ihre Scham, nachdem ihre Schenkel seinen Kopf wieder freilassen.

»Hu, das war geil.« Sie lacht ihn an. Ihre Atmung geht schnell, als hätte sie eben im Studio schwer trainiert.

»Und was wünschst du dir jetzt?« Ihre Stimme ist lasziv und verführerisch. Die Zunge leckt langsam über ihre Lippen.

Verkniffen und noch immer voller Unsicherheit beißt er sich auf die Unterlippe. Tina kommt ihm zu Hilfe.

»Dann wünsche ich mir noch mal was.« Ein kurzer Atemzug folgt.

»Ich möchte deinen Schwanz mit dem Mund verwöhnen.«

Es scheint, als würde sein Herz stehen bleiben. Werners Augen weiten sich und sein Lächeln wirkt wie vom glücklichsten Menschen auf der Welt. Ein riesengroßer Stein scheint ihm vom Herzen zu fallen und sogleich setzt er sich neben seine Frau, die ihm einen längeren Kuss auf den Mund gibt, bevor sich ihr Kopf zu seinem Schoß bewegt.

Tina betrachtet kurz den Ständer vor ihr. So genau hat sie ihn in ihrer gesamten Ehe noch nie betrachtet. Die rote Eichel, die glänzt wie eine polierte Kugel. Die kleine Öffnung an der Spitze, der Eichelkranz und direkt dahinter der Graben, an den sich die Vorhaut anschließt.

Am Stamm entdeckt sie zwei dicke, blaue Adern, die sich in einem unkontrollierten Weg nach oben schlängeln.

Ihre Hand bewegt sich abwärts, spannt die Haut noch stärker und zieht an dem kleinen Häutchen an der Unterseite. Genau dort küsst sie ihn als Erstes. Ihre Zunge leckt langsam an der Haut entlang, bis sie ganz oben an der Spitze ankommt.

Ihre Lippen legen sich auf die Eichel und schieben sich gemächlich und mit sanftem Druck abwärts. Überwinden den Eichelkranz und gleiten sanft über den restlichen Stamm herab.

Kaum stößt die Spitze an ihren Gaumen, zieht sie sich zurück. Dabei pressen ihre Lippen noch fester gegen den Stamm und sie saugt die Luft aus ihrem Rachen heraus.

Das Stöhnen ihres Mannes entzückt sie. Ihre Lippen überwinden den Eichelkranz und stoppen, bevor seine Spitze komplett ihren Mund verlässt.

Die Faust reibt schnell, während ihr Kopf im selben Tempo nur ein paar Zentimeter auf und ab schwingt. So reibt sie an der Eichel und nur wenige Sekunden später vernimmt sie sein Keuchen und bemerkt das Zittern seines Leibes.

»Ich … ich … ich komme gleich«, presst er angestrengt hervor.

Tina wichst und bläst noch schneller.

»Ich spritze … ich …«, stammelt er. Seine linke Hand reibt über ihren Rücken aufwärts, bis sie den Kopf erreicht. Unschlüssig, an ihm zu ziehen oder nach unten zu drücken.

Im nächsten Augenblick schießt sein Sperma in ihren Mund. Er stöhnt tief und fest. Sein Schwanz pulsiert in ihrer Hand und spritzt seinen Saft in ihren Rachen.

Sie schluckt, leckt und grinst dabei gleichzeitig, bis sein Samenerguss nachlässt.

Tief atmet er durch und Tina leckt seine Spitze sauber, stellt dabei aber leider fest, dass sein Glied weich wird.

»Es … es tut mir leid.« Es klingt wie ein Wehklagen und Tina hebt den Kopf an. Sie lächelt zufrieden und beruhigend.

»Nicht entschuldigen. Du sollst dir was wünschen.«

Schelmisch grinst sie ihn an und seine Augen weiten sich nicht zum ersten Mal an diesem Abend.

»Ich … also …« Er blickt herab auf seinen immer stärker schrumpfenden Penis, der noch immer in ihrer Hand gehalten und sanft gerieben wird.

Erneut schauen sie sich an.

»Ich möchte jetzt noch vögeln. Du auch?«, fragt sie ihn rasch und schwer atmend. Gier liegt in Tinas Augen und ein unstillbarer Hunger. Sein Schwanz zuckt kurz und wird nicht mehr kleiner.

»Ja, schon, aber …« Ein erneuter Blick nach unten auf sein schlaffes Glied, das in dieser Form alles, nur nicht vögeln kann.

»Okay. Lass uns was probieren. Du erzählst mir, wie du mich jetzt gern vögeln würdest, und ich spiele ein wenig mit ihm.«

Grinsend senkt sich ihr Kopf und schon leckt ihre Zunge über seinen Penis.

»Also, ich … ich würde gern …«, beginnt er zaghaft und zuckt kurz, als ihre Lippen sich um sein bestes Stück schließen.

»Ich würde dich gern von hinten nehmen.«

Seine Hand gleitet über ihren Rücken abwärts und streichelt ihren Hintern.

»Der ist so unglaublich knackig, seit du ins Training gehst.«

Er beugt sich etwas zur Seite, sodass seine Hand zwischen ihrem Spalt tiefer kommt und ihre feuchte, heiße Grotte erreicht.

»Oh, und deine Muschi ist geil. So feucht, so nass, so heiß«, seufzt er und sein Glied beginnt zu wachsen.

Voller Freude reibt sie ihn und dreht den Kopf nach oben.

»Erzähl weiter«, fordert sie ihn auf und drückt sein anwachsendes Glied sanft und gefühlvoll.

»Ich … ich …« Werner schnappt nach Luft.

»Ich möchte dich hier an der Couch von hinten nehmen. Du beugst dich vor, ich packe deine Hüften und stoße zu.«

Seine Stimme wird lauter, schneller und überschlägt sich am Ende fast. Gleichzeitig schwillt sein Penis zur vollen Größe. Er wie auch seine Ehefrau sind erstaunt, aber zugleich ungemein froh darüber.

»Weiter«, treibt sie ihn an, um sogleich ihre Lippen um diesen herrlich roten, heißen Ball zu legen und dran abwärts zu gleiten.

Sie hört ihn stöhnen, bevor er weiterspricht.

»Ich knie hinter dir, sehe deinen Arsch und meinen Schwanz darunter in dich eindringen. Ich spüre deine Hitze und die Enge deiner Möse.«

»Sag es anders. Benenne sie dreckiger«, platzt es aus ihr heraus.

Kurz stockt Werner und wieder fragt sich Tina, ob sie zu weit gegangen ist. Der Körper unter ihr beginnt zu beben.

Ein kurzes Zögern, dann antwortet er.

»Ich spüre deine Fotze. Deine enge, dreckige Fotze, die ich ficke«, presst er hervor und sein Schwanz zuckt.

Tina hebt den Kopf, blickt ihrem Mann tief in die Augen. Pure Zufriedenheit, nackte Gier und unverhohlene Lust blitzen darin auf.

Schon richtet sie sich auf, um nur wenige Sekunden später über der Sitzfläche ihrer Couch zu knien. Mit dem Arsch wackelnd funkelt sie ihn auffordernd an.

Werner versteht, positioniert sich hinter ihr und fickt seine Frau, wie er sie noch nie gefickt hat.

Sie kommt zwei Mal, bevor er in ihr abspritzt. Er hält ihr den Mund zu, damit die Kinder nichts hören. Anschließend gehen sie ins Schlafzimmer, kuscheln dort, streicheln sich und flüstern vulgäre Wünsche in die Ohren des anderen, bis er wieder eine Erregung hat.

Erst lang nach Mitternacht beginnt ihre Nachtruhe. Der Schlaf ist tief und fest. In den nächsten Tagen haben sie mehrmals Sex. In der Küche, im Badezimmer und im Schlafzimmer.

Ihre Wünsche werden immer offener und direkter. Beiden gefällt es und erregt sie. Ihre Langeweile ist verschwunden und an dem Tag, an dem Adam das letzte Mal im Studio arbeitet, geht Tina gar nicht dorthin.

Denn sie sagt ihrem Ehemann viel lieber, dass sie in der Küche von hinten gebumst werden möchte. Und weil Werner ein braver Ehemann ist und keinen Wunsch seiner Gattin ausschlagen möchte, kommt er diesem sehr gern und ausgiebig nach.

Adam sieht sie nie wieder und der Wunsch, in ein Fitnessstudio zu gehen, ist ebenfalls verschwunden.

NICHT VERPASSEN: KOSTENLOS PER POST ...
»SEX IN DER UMKLEIDE«
DIE EROTISCHE ZUSATZGESCHICHTE
SCHNEIDE DIR DIE POSTKARTE AUS
UND SCHICKE SIE AUSGEFÜLLT ZURÜCK!

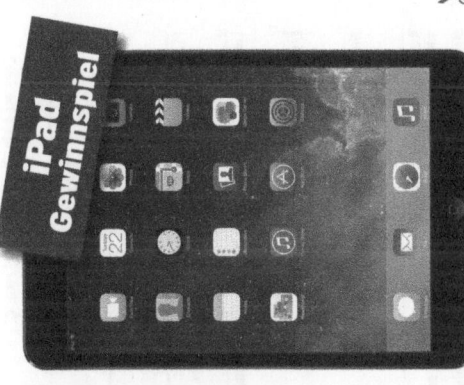

NICHT VERPASSEN: KOSTENLOS PER POST ...
»SEX IN DER UMKLEIDE«
DIE EROTISCHE ZUSATZGESCHICHTE
SCHNEIDE DIR DIE POSTKARTE AUS
UND SCHICKE SIE AUSGEFÜLLT ZURÜCK!

☐ Ja, ich möchte am iPad-Gewinnspiel teilnehmen.

☐ Bitte schicken Sie mir die kostenlose Internet-Story
»Sex in der Umkleide«
ausgedruckt per Post an meine folgende Adresse.

☐ BUCH-ABO / E-BOOK-ABO: Sie erhalten jedes neue Buch
versandkostenfrei direkt und unverbindlich zugeschickt und
zahlen bequem per Lastschrift oder Rechnung.
Bei Nichtgefallen können Sie es einfach zurückschicken!
Dies ist kein Club, kein Kaufzwang!

Name, Vorname   ☐ Herr ☐ Frau

Straße, Hausnummer

PLZ, Ort

Land   Geburtsdatum

E-Mail (für aktuelle Informationen)

Wie haben Sie von diesem Buch erfahren?

Wo haben Sie dieses Buch gekauft?
Infos zur Datenverarbeitung unter: blue-panther-books.de/de/datenschutz.html

Miu Degen – Wollüstige Spiele im Fitness-Studio | 1. Auflage | MD26 | 2870

Antwort

blue panther books
Osterfeldstr. 12-14 | Haus 1 | Nord
22529 Hamburg
Deutschland / Germany

Bitte
freimachen
falls Marke
zur Hand